U0165876

讀詞筆記

李文鈺——著

五南圖書出版公司 印行

前言：讀詞歷程

曉夢方酣，濃愁未解，任他雨弄春寒。蘊藉芳心，千重心事纏綿。東君沉醉誰家院，渾不知、易墜華年。黯傷神，一徑芳菲，紅淚輕彈。　　　閒愁漫惹雙顰黛，奈朝朝苦雨，瘦損朱顏。怕著雲裳，應憐翠袖嫌寬。問何人解淒涼意，轉無情、淚盡花殘。上高樓，飛絮斜陽，深院風煙。　　　——〈高陽臺〉春雨

　　大三的那年春天，一直飄著雨，沉浸在「詞選」課的感傷氣息中，不知不覺寫下了這樣的一闋詞。不知是為了在雨中一直無法舒展綻放的杜鵑而愁，還是為了自己稍嫌蒼白的青春與愛情，無論如何，懵懂卻敏感的少年心，彷彿在詞裡找到了安身的角落。

　　大學時期，詞是寄託愁思的隨興創作，也是與詞人沉醉風月、吟賞煙霞的賞心樂事。到了研究所階段，在吳宏一、柯慶明先生「詩學詞學專題」、張以仁先生「溫庭筠詞研究」、「韋莊詞研究」、林玫儀先生「詞學專題討論」等專業課程中，才正式觸及了詞學研究，開啟了詞的學術探索。曾經不食煙火非關現實的詞篇，從此與心相刃相靡，伴隨著一次次的困惑、求索、挫折，以及理解與發現。在當時，課程的訓練多以詞作解讀為主，準備課堂討論以及撰寫學期報告的過程中，也隱約感受詞的文本解讀是詞學研究基礎，是可信的論述憑據，也常是問題的起源。

　　撰寫博士論文《宋詞中的神話特質與運用》時，遍讀《全宋詞》，除了熟習宋詞概況，也磨練讀詞能力。指導教授方瑜先生以其地負海涵、博通中外的學術涵養，自大學以來，即引領、拓寬古典文學的研究視野，神話便是在「文學概論」、「杜甫詩」、「李賀詩」、「李商隱詩」、「神話與大眾文學」等課程，以及課外請益的過程中所探觸的新奇領域，涵納著自洪荒以來人類的生存經驗與奇幻

想像。彭毅先生「先秦神話」、「神話與文學」等專門課程，更是開啓了神話研究的興趣，因此融合著神話與詞的研究，使博士論文的撰述成為一段極為悠遊享受的探索歷程。神話賦予詞幻麗空靈的美感，滋養詞的豐邃內蘊，而詞也提供了神話重生的形式與演繹的動力，透過神話相關理論，有時亦能開展詞的解讀空間，體察其中的特殊意涵。

　　更深入的體會詞心與詞情，是開始在大學講授「詞選」等課程之後。曾經醉心其中神遊其境的課堂，一旦站上講臺，便不再是容許躲藏在教室角落裡，隨興悠遊冷暖自知的不繫之舟，相反的，成為必須一再經歷理性與感性的傾軋牽扯，考據背景，詮解字句，梳理脈絡，分析結構，引領學生一同摸索詞意探求詞境的領航者。而在教學與研究的過程中，也確實印證詞的解讀是詞學研究重要基礎，如未能確切掌握詞意，深入解析，則所作論述很可能成為另類的「無稽之談」，玄虛縹緲的無根之論；反之，若是真讀懂了詞，乃至進行更深入周密的理解，亦可能帶來意外的發現，顛覆了對詞人詞心的片面認知，諸如晏殊的理性圓融、東坡的超曠自適等。因此，如何讀詞，如何讀懂一闋詞，乃成為教學與研究的重點，自然也是一再面臨的考驗。

　　課堂中，透過一次次與詞、與學生的切磋對話，漸漸的，詞不再只是賞心悅目的美麗古典，暗自沉醉訴說幽情的創作寄託，或是供作研究的文獻、建構論述的文本。隨著字字句句深入其境，反覆的感受與思索，神遊詞中構設的場景，細體其中流轉的情思，再梳理成自己的話語，盡可能貼近詞意的傳釋、解讀之後，發現其錯落有致看似變換自由卻規範甚嚴的形式，所構築的原是鮮活的情感世界，是文人的祕密花園，以落花微雨、殘月斜陽、重簾繡幕、畫樓深院等構築而成的神祕幽境，文人在其中縱情想像，編織夢想，安放不符期待卻絕對真實的自我，或者背離了現實卻留住了初衷的靈魂。無論在現實中，是束帶立於朝的官員，或落拓江湖的浪子，是流離在浮沉宦海之中，還是掙扎於卑微的生存困境，在詞的創作世界裡，現實的庸

懦、瑣碎、醜陋、罪惡等種種不堪都被淘洗淨盡，詞中呈現的只有超然與純粹，留住的是天地與人情的絕美瞬間，是凡人都嚮慕的心靈淨土，而來自入世極深的文人。

數年下來，讀詞的課堂仍常充滿感傷情緒，但是出入詞境之餘，又猶如淨化靈魂的神聖空間，一次次帶來洗滌與救贖。偶然間，看見善感的學生低頭拭淚，也看見亮起的眼神、綻開的笑顏，乃至疑惑、思索的神情；或者，在下課時驚喜的發現往年修課學生正等在講臺邊，回來閒聊讀詞的心得，以及課程中留下的缺憾與願望——那些因為時間或其他因素而言猶未盡，或未及在課堂上一同閱讀的詞作，如果能以文字錄寫下來，那麼當時的瞬間感悟，或者似懂非懂的疑惑，便能藉以留住，或者慢慢開解。

一直進行這樣的功課，備課之餘，將心得記錄下來，於是便有了這本書的修撰出版構想。在課堂講授之餘，在文字撰述的過程中，也更加體認，詞原是感官與心靈的召喚，因此即使遺失了樂曲，讀來仍韻律猶存，彷彿與內心的節奏隱隱合拍；縱使詞語千錘百鍊，讀來卻似渾然天成，如同畫出了內心的真實風景，道出了人們難以言說卻始終纏繞的心情。在詞的世界裡，交會著最細膩深沉的情感，無論時空相近或遠隔，總能讓人「相視而笑，莫逆於心」。[1]讀詞，是聆聽無聲的心曲，是與詞人的心靈對話，它要求真心的尋思與體會，也給予最溫柔的同理與慰藉。

1 　《莊子‧大宗師》。

目　錄

緒論

一、詞為何物

　　作為一種文體，詞與詩相近，都是押韻的韻體，有平仄格律，且篇幅不長，其特點尤在於句式參差，形式多變，可說是中國文學中一種極為精致曼妙的文體。大約起源於唐，歷經五代，勃興於宋，以作家之多與作品成就，堪稱是宋代的代表文學，在文學史上足以與唐詩分庭抗禮。

　　以上對詞的認知，大致是建構在詞體發展完成之後，所進行的整體觀照。而若是溯其源流，則在成為文體以前，詞本是歌詞，亦即唐宋時期流行歌曲的歌詞，最初的作者是樂工，或者民間專業作詞人，後來逐漸吸引文人創作，在文人手中演進為文體。詞與同樣是配樂演唱的古樂府詩最大差別，在於所配的音樂與配樂方式。詞的音樂，不同於中國傳統的雅樂、清樂，而是隨著隋唐以來域外民族音樂尤其西域音樂傳入，與中國本土音樂交響融合而形成的新樂。[1]節奏的快慢、音律的高低，都更富於變化，所謂「鏗鏘鏜鎝，洪心駭耳」，[2]「繁手淫聲，爭新哀怨」[3]差可形容。至於配樂方式，除少數格律派詞人善於「初率意為長短句，然後協以律」，[4]偶然採先寫詞後配樂的作法，一般是先樂後詞，亦即「依曲拍為句」，[5]配合詞調的曲律節奏填上歌詞，以供演唱。

　　詞與音樂的關係密切，因此在初起時被稱作「曲子」或「曲子詞」，一直到南宋都仍沿用，可見詞原本被視為音樂的附庸，其音樂

---

[1]　施議對：《詞與音樂關係研究》（北京：中華書局，2008）。
[2]　《通典・樂二》。
[3]　《隋書・音樂志》。
[4]　姜夔〈長亭怨慢〉序。
[5]　劉禹錫〈憶江南〉序。

性質也一向受到重視。[6]而後，陸續出現「歌詞」、「樂府」、「新樂府」等名稱，也大多與歌曲、音樂有關，但值得注意的是後二者已約略顯示，詞在人們的意識中，逐漸與古代的樂府詩產生連結。[7]

　　此外，以「長短句」論詞，大約在北宋中期出現，東坡〈與蔡景繁書〉：「頒示新詞，此古人長短句詩也。」評論友人詞作風格如詩，只是句式參差，不似詩歌整齊。「長短句」字面上與音樂無關，側重其文字組成的句式。而後李之儀〈跋吳思道小詞〉：「長短句於遣詞中最爲難工，自有一種風格，稍不如格，便覺齟齬。」即專論詞的文字創作與形式風格，顯示宋代文人對詞的關注重心漸有轉移，雖然同樣看重音律，但亦不再單純視爲配樂而歌的歌詞，而是自具風格的文字創作形式，如欲求工，挑戰也較詩文更加嚴峻。

　　至於「詩餘」一詞的出現，則大約在南宋初期。[8]從字面看來，視爲詩之餘，似乎略具貶意，但其意義是已將詞列入廣義的詩歌範疇之中。「今之長短句，蓋樂府曲之苗裔也。」[9]文人爲詞賦予了詩歌的起源，也在塡詞中體會著不同於詩的創作樂趣，「作詞之樂，過於作詩，豈亦昔人中年絲竹之意耶？每水閣閒吟，山亭靜唱，甚自適也。」[10]

[6]　孫光憲《北夢瑣言》：「晉相和凝，少年時好為曲子詞，布於汴、洛。……號為曲子相公。」歐陽炯〈花間集序〉：「因集近來詩客曲子詞五百首，分為十卷。」張舜民《畫墁錄》：「晏公曰：『賢俊作曲子麼？』三變曰：『只如相公亦作曲子。』」王灼《碧雞漫志》：「蓋隋以來，今之所謂曲子者漸興。」此外，敦煌千佛洞發現的最早詞集《雲謠集》，又名《雲謠集雜曲子》，編成於唐末。可見自唐末至南宋，人們習慣於稱詞為「曲子」、「曲子詞」。

[7]　蘇軾〈題張子野詩集後〉：「子野詩筆老妙，歌詞乃其餘波耳。」黃庭堅〈小山詞序〉：「余少時間作樂府，以使酒玩世。」陳師道《後山詩話》：「柳三變遊東都南北二巷，作新樂府，骩骳從俗，天下詠之。」

[8]　劉少雄：〈宋人詩餘觀念的形成〉，《臺大中文學報》第23期（2005）。

[9]　王炎〈雙溪詩餘自序〉。

[10]　汪莘〈方壺詩餘自序〉。

　　詞的名稱甚多，以上舉其大要，從「曲子」、「曲子詞」到「長短句」、「詩餘」，名稱出現的先後，大致可見其音樂生命與文學生命的消長，由作爲音樂附庸的歌詞，逐漸蛻變爲獨具風格的文體，而其關鍵則尤在於文人的關注與創作。如高友工所說：「詞最後能夠達到一個純藝術的巔峰，正是由於文人把詞從樂家的手中接收過來的結果。」[11]樂曲的吸引，宴樂唱和的風氣，[12]以及在詩文創作之外尋求「遁而作他體，以自解脫」[13]的自由與樂趣，皆是吸引文人塡詞的原因。在文人的經營錘鍊下，詞脫離了樂家詞、民間詞可歌而不可讀的歌詞本色，蛻變爲獨具美感意境的文體，即使如今失去了音樂生命，依然以其鏗鏘抑揚舒徐婉轉的節奏，錯落多變欲縱還斂的形式，承載著詞人之情，鏤刻著詞人之心，細膩可感，情致動人，是精雅優美的文學珍品，也是穿越時空的無聲歌唱。

---

[11] 高友工：〈小令在詩傳統中的地位〉，《中國美典與文學研究》（臺北：臺大出版中心，2004）。

[12] 向達：《唐代長安與西域文明》（北京：生活・讀書・新知三聯書店，1987）：「唐代士大夫燕居之暇，大都寄情歌舞，流連風景。……文人對於西域新傳來之歌舞樂曲沉酣傾倒反覆讚嘆。」李肇《國史補》：「長安風俗，自貞元（785-804）侈於遊宴。」

[13] 王國維《人間詞話》。

二、如何讀詞

　　詞應如何解讀？每一位有經驗的讀者都有自己的方法，而採行的方法也大抵與讀詞的目的有關。如果只爲了淺嚐美感，抒發情緒，那麼拾取一兩句喜歡的詞句吟詠玩味便已足夠；但是若認眞想讀懂一闋詞，理解其訴說或寓託的情思，則切實掌握方法，將更有助於進入詞中，體察其筆墨之中、筆墨之外的深情妙理。

㈠ 傳統解讀

　　作爲中國傳統文學，詞的解讀可如詩文一般，採取知人論世、以意逆志的方法——如果詞人的平生經歷可以詳實掌握，同時提供了塡詞的背景資料，則以此爲基礎，進行解讀，定有助於理解詞人寄託於詞中的情意。以歐陽修〈朝中措〉爲例：

> 平山闌檻倚晴空。山色有無中。手種堂前垂柳，別來幾度春風。　　文章太守，揮毫萬字，一飲千鍾。行樂直須年少，尊前看取衰翁。

此詞以詞序「送劉仲原甫出守維揚」交代了寫作背景。原甫，劉敞（1019-1068）字，排行第二，因稱劉仲原甫；維揚即揚州，可知此詞乃是爲劉敞出任揚州知州而作，時爲仁宗嘉祐元年（1056），當時歐陽修在汴京，爲翰林學士。而在更早之前，仁宗慶曆八年（1048）間，歐陽修亦曾任揚州知州，且於揚州西北蜀岡山建造平山堂，在堂前手種柳樹一株，人稱歐公柳。

　　依據上述背景，則此詞的寫作時間、地點與動機皆清楚可曉，同時可以推想，劉敞出守揚州一事，定然觸動歐陽修的揚州記憶，因此詞一開篇，一落筆，詞人的思緒即彷彿穿越時空，重返彼時，重溫倚

在平山堂上仰望晴空遠眺群山的舒暢感受，同時懷想當時親手種下的垂柳，數年來在春風中逐漸成長裊娜搖曳的情景。詞語雖極豪宕疏朗，流露的卻是無限呵護眷顧的柔情。揚州是一個令人如此懷念的地方，歐陽修正是藉此向劉敞傳達其美好的揚州經驗。

　　過片，重回眼前，扣合以詞相贈的寫作動機，聚焦於劉敞瀟灑俊邁的形象刻畫，泉湧的文思，飲酒的豪興，如此的風流人物正與揚州的浪漫風情相得益彰。最後則勉其把握盛年時光，盡情行樂揚州，看似戲謔調笑，但以歐陽修對揚州的情感以及〈醉翁亭記〉曾流露的爲宦愛民之心，可知應是寄予珍重與祝福，揚州太平，百姓安樂，作爲一州之長自然也有餘裕享樂，與民同樂。

(二) 文本分析

　　如上詞例可見，詞人的生平經歷與寫作背景，確實提供了讀詞的依據，有利於詞意的理解與探求。然必須提醒的是，作者背景固然提供了讀詞基礎，但詞作本身的分析解讀，仍然是根本與重心所在。況且就詞的實際狀況考量，一來，並非所有的詞都有寫作背景可供參照，詞原是歌詞，即使發展爲獨立文體，在文人的創作意識中也仍與詩文有別，除了偶然藉以遣興抒懷，也可能來自酒筵歌席競技唱和，或爲了因應歌妓聲口，「男子而作閨音」，所寫的內容可能是虛構想像，「假多而眞少」、「無其事，有其情」，[14]亦即未必皆與詞人本身經歷直接相關，甚至未必訴說個人的現實心聲，有別於傳統的比興寄託，自然也未必留下其填詞背景與動機。二來，詞的文體特質精密整鍊一如詩歌，尤其在詞人刻意營造下，特具「意徘徊而不盡，韻縹緲而長留」[15]的意境與風格，使詞成爲意蘊豐邃的文本，在作者的本意之外，亦易於觸發讀者的感受思索，正如譚獻所言：

14　田同之《西圃詞說》。
15　吳錫騏〈與董琴南論詞書〉。

「作者之用心未必然，而讀者之用心何必不然。」[16]

　　詞既具以上特質，則讀詞也應採取相應的方法。理解詞人作詞本意至爲重要，卻並非讀詞的唯一目的，亦不應以此爲限，況且在有些詞作中也幾乎不可強求。面對作者或寫作背景不詳，又無確切的資料可供參證，詞本身也並無透露相關訊息，只留下詞與詞牌的詞作，讀者固然不能斷章取義、牽強附會；而另一方面，詞人本意之外的「讀者之用心」，亦不能天馬行空，漫無邊際的隨意闡發。讀詞最謹愼也最基本的方法，應是以詞爲據，與詞對話，尊重詞本身即是意蘊自足的文本，考慮作者背景，但不過度拘限於作者現實際遇的比附猜想，而以文本分析、探得詞意爲主。解讀一闋詞，因應其文體與形式特質，詞中的字面、意象、脈絡、結構，皆是文本分析的重點，引領進入詞作的門徑。

1. 字面

　　進行詞作文本分析，首先應細讀字面，「一句一字閒不得」，[17]字面是了解詞意的根本依據。以馮延巳〈長命女〉爲例：

> 春日宴。綠酒一杯歌一遍。再拜陳三願。一願郎君千歲，二願妾身常健。三願如同樑上燕，歲歲長相見。

詞意明白曉暢，在春宴中舉杯敬酒，藉著歌聲訴說新春三願。就字面看來顯然是一闋壽詞，可供歌者在壽筵上演唱，祝壽之外，兼表情意。

　　若進一步解析，詞中「春」、「綠酒」以及「樑上燕」不僅季節、色彩、物象前後呼應，使整闋詞縈繞春日氣息，作爲一年之

16　譚獻《復堂詞話》。
17　張炎《詞源》。

初、美麗季節,「春」亦寓託了此情常如初始、歷久彌新的祝願,因一段情感在最初始時,也總是最純粹美好。而「綠酒」為家釀濁酒,以之相敬,非但不顯寒傖,更見彼此情深,正如白居易〈問劉十九〉:「綠蟻新醅酒,紅泥小火爐。晚來天欲雪,能飲一杯無?」如此家常、自然卻溫暖,當然無須貴重名酒充作宴席上無謂的妝點,情感越是疏離冷淡,才越是需要過度的物質彌補。至於燕子本是候鳥,有南北漂泊也有短暫棲居的時候,願如樑燕的心願,亦是寄託雙宿雙飛比翼相隨甘苦與共的心意,與首句「春」字的表裡意涵首尾呼應。

　　由此可見,字面的精讀有助於細體詞意,即使是酬酢色彩濃郁的壽詞,也能從中感受情意的深重。而精讀字面之外,透過此詞也顯示意象的解析亦讀詞須掌握的重點。

2. 意象

　　詞如詩歌,篇幅簡短,以有限字數訴說深曲之情,自然須借助意象,以具體之物傳達抽象的情思。如賀鑄的名作〈青玉案〉:

> 凌波不過橫塘路。但目送、芳塵去。錦瑟華年誰與度。月橋花院,瑣窗朱戶,只有春知處。　　飛雲冉冉蘅皋暮。彩筆新題斷腸句。若問閒愁都幾許。一川煙草,滿城風絮。梅子黃時雨。

「凌波微步,羅襪生塵。」〈洛神賦〉的典故運用,使詞呈現淒迷幻麗的神話色彩。橫塘是現實的地名,詞中發話者所在之處,對比佳人所在彼岸的虛渺朦朧。一水相隔,佳人如女神般可望而不可及,只能望著她的身影在迷濛芳塵中逐漸遠去,自己也隨之黯然銷魂。迷魂飄轉於相思與想像的虛擬之境,佳人所居的美麗幽深春日相伴卻不知位於何方的院落,而其身影則依舊佇立原地,目送佳人遠去的水岸。直

到黃昏，暮雲籠罩，「日暮碧雲合，佳人殊未來」，[18]才終於回神，意識到這一晌的等待終究是落空，所思不見，滿懷惆悵，唯有寫下斷腸詞句，聊以紓解。

詞末自問自答，孤寂寥落無人與言的心情可以想見。「一川煙草，滿城風絮，梅子黃時雨」，一連呈列三個意象，藉以傳釋心中的閒愁。從空間次序看，是由平面而立體，由有限空間延展至無限空間；就時間順序觀察，是春、暮春到初夏的序列，亦即向無盡的未來持續延伸；而從數量來說，是多、更多、又更多，不僅綿延滋長，更是瀰天蓋地，令人無計迴避；至於其物性，則是越來越無力剷除，迥非人力所能操控。

煙水迷離，芳草萋萋，風絮飄搖，飛雨濛濛，三個意象所呈現的迷濛景致，與詞初始女神凌波微步的神話幻境首尾映照，使全詞瀰漫淒迷惝恍的氣息。而透過意象的呈列，詞人也傳釋事與願違的感情經驗，不是所有的痛苦都能隨著時光流逝而釋懷，有時相反，它與時滋長，且越來越難以擺脫。

據此詞例可見，透過意象的分析，有助於詞意的深度理解。此外，除了意象本身的內涵，其序列的脈絡也是值得留意的重點，透過脈絡的安排，詞人往往傳遞了重要的訊息。

3. 脈絡

脈絡組織是文人填詞的著力處，讀詞自然也須掌握全詞脈絡的推進，以體會詞人或者詞中人物的情思轉折。以蔣捷〈虞美人〉為例：

> 少年聽雨歌樓上。紅燭昏羅帳。壯年聽雨客舟中。江闊雲低、斷雁叫西風。　　而今聽雨僧廬下。鬢已星星

---

[18] 江淹〈休上人怨別〉。

也。悲歡離合總無情。一任階前、點滴到天明。

從字面解讀，此詞顯然是以順向的時間流程作爲脈絡，以「聽雨」串聯少年、壯年及暮年，記錄一生處境與心境的變化，其中，「上」、「中」、「下」三字，尤其精準傳釋一生的轉變。少年時擁有浪漫無懼的氣魄，總是高高在上，展現睥睨天下的雄心；中年時眞正投身現實，與之相刃相靡，終於體認生存的艱難，心境是沉重、孤獨而茫然；而如今已入暮年，終究匍匐於現實底下，再也無力抗擊命運，只求一處遮風避雨的所在，疲憊的心拒絕悲歡的攪擾。

　　在字面所呈列的順向時間脈絡之外，如果從創作的立場設想，則正在聽雨的暮年，事實上才是詞作時間的眞正起點，因爲「雨聲」觸動了記憶，有如開啓記憶的門扉，昔時聽雨的情景隨之紛至沓來，重現眼前，詞人於是將其拾掇串聯，也在詞的創作過程中，再度經歷了一場人生回眸。[19]以此角度體察，則「無情」並不是如今的心境，只是回首一生嚐盡離合悲歡之後的祈願，不堪孱弱的心靈再徒增負荷。無情的人不會徹夜聽雨，直到天明，也不會任由思緒轉徙於哀樂迭宕的過去，再度撫觸斑駁的生命痕跡。

　　經由以上表裡層次的脈絡梳理，可以體會詞中的「無情」其實是有情，對詞作也有更完整的理解。而在脈絡之外，此詞結構以上下片呈現今昔的對比，突顯生命流程中的變與不變，縱使處境隨著無常際遇而變化，但始終貫穿的雨聲，也透露其至今不變的多情善感的心靈。

4. 結構

　　詞有分片等獨特的形式結構，文人亦常加以運用，透過巧思，將內容進行特殊的布局設計，使詞意境更爲深遠，如東坡〈蝶戀

---

[19] 參宇文所安（Stephen Owen）著，鄭學勤譯：《追憶》（北京：生活・讀書・新知三聯書店，2004）。

花〉：

> 花褪殘紅青杏小。燕子飛時，綠水人家繞。枝上柳綿吹又少。天涯何處無芳草。　　牆裡鞦韆牆外道。牆外行人，牆裡佳人笑。笑漸不聞聲漸悄。多情卻被無情惱。

詞上片以客觀角度，描寫春末夏初的風景，殘花褪落，杏子初結，燕子飛翔，綠水流繞，翻飛的柳絮越見稀少，而芳草滋長，綿延天涯。在一幕幕景物的變換中，時間在流動，季節在轉換，有些生命在凋零，有些則在滋長，大自然的規律在其中如常的運轉。

下片透過敘事，抒發情懷。一牆之隔，兩個世界。牆裡佳人盪著鞦韆，享受凌風飛翔般的快意，笑聲中帶著喜悅，宛如動人的天籟，能輕易感染人的情緒。因此當牆外行人走過，一時貪戀歡笑，於是駐足聆聽。然而不覺中笑聲漸悄，佳人或許玩累了，離去了，只留下一片寂靜，也留下如夢初醒的行人，恍然失落，感慨自嘲。

短短的下片，重複用了四個「牆」字，顯然具有特殊的寓意，從「牆」的作用以及敘事的內容看來，在此應是「隔閡」的暗示。如自象徵的層次解讀，下片的故事呈現著一種經驗感受，亦即在人的世界裡，有形無形的「牆」無處不在，阻隔於人與人之間，常使人看不到對方，感受不到彼此的心意。每個人都曾扮演牆外行人的角色，因為阻隔，心意被無視或錯過，最終只能化為嘆息；但難以避免的，也都曾經如牆裡的佳人，活在自己的世界，將美好的心意阻隔於外，甚或有意無意的漠視。於是許多美好的心意悄悄的滋生又孤單的結束，彷彿不曾存在過，而人的世界裡也因此充滿感傷與遺憾。

從形式結構分析，全詞上片寫景，下片抒情，是詞中極為常見的結構設計，但是就內容觀察，上下片之間似乎意脈斷裂，亦即景、情各自獨立，不見彼此的關聯，或許東坡想藉此傳達的是人世間本來充滿遺憾，正如自然規律的重複運轉，一切都屬平常。但若進一步觀

察，則能發現，上片之景以自然為主，唯有「人家」與人事相關，可知下片所寫的內容實與「人家」呼應，自「人家」二字放大而來，亦即綠水流繞、燕子飛翔的村莊裡，正在發生下片所敘述的事件。

　　以此著眼，則全詞巧妙的呈現立體的空間結構，透過此一特殊的結構設計，詞中正展演著天地間的恆常真實，亦即無論人的世界裡發生了什麼，人正在經歷何種痛苦或煩惱，自然依舊是自然，依舊按照正常的規律運轉，依舊展演著一幕幕交替著初生與死亡的季節風景，無動於衷，不曾改變。一如詩人所謂「眼枯即見骨，天地終無情。」[20]「五更疏欲斷，一樹碧無情。」[21]自然如此無情，與人如此疏離，因此東坡所感慨的「多情卻被無情惱」，無情的除了「牆」以及被阻隔的佳人，也包含正在如常運轉的自然。也因此相對於杜甫詩「清江一曲抱村流，長夏江村事事幽」，[22]或王安石「平岸小橋千嶂抱，柔藍一水縈花草」[23]皆以「抱」字強調自然與人的親密情感，猶如母抱子懷，東坡在這闋詞中則是以不帶感情客觀描述的「繞」字呈現景象。

　　經以上詞例的分析，可見讀詞掌握方法，有助於進入詞境，體察其中的深情妙理，與詞人詞心進行經驗的共享、情感的對話。而在上述字面、意象、脈絡、結構等重點之外，以精讀文本為基礎，透過適當的理論引導，也能開啟新的視角，從不同層面抉發詞意，帶來特殊的體悟與發現。此外，因應詞的歌唱性質、演唱場合以及書寫題材，詞中描寫的空間常聚焦於室內，如宴會的場所、女性的閨帷等，早期的文人詞尤其如此。因此山水花草、風雲日月之外，人造器物亦常在詞中紛繁呈列，如燈燭、屏幛、熏籠、鏡匣以及女性的釵

---

[20]　杜甫〈新安吏〉。
[21]　李商隱〈蟬〉。
[22]　杜甫〈江村〉。
[23]　王安石〈漁家傲〉。

鈿、衣飾等，此類器物的形制、使用古今有別，考證其文化背景，還原詞中的人物形象或空間場景，亦有助於詞意的精確感知與闡釋。

　　當然，運用方法掌握重點之外，讀詞最主要的仍是體認詞來自文人心靈，來自生命經歷與情感體驗，因此讀詞更須以心相待，用情交感，方能重返詞境，探尋字句間流動的情思。

貳

唐代詞選

　　隋唐以來，隨著域外民族音樂傳入，與中國本土音樂交響融合，新的音樂亦即詞樂逐漸形成。詞即歌詞，在發展爲獨立文體之前，原是配合詞樂曲調填寫，以供歌唱的歌詞。

　　玄宗愛樂，在位時擴大教坊，提升胡俗樂地位，[1]當時教坊樂工所作曲子即教坊曲，爲唐宋詞調的重要來源。[2]中唐之後，隨著遊宴風氣與都市興起，歌曲在宴會與酒樓間傳唱，填詞之風越加盛行。

　　「樂童翻怨調，才子與妍詞。」[3]民間流行的曲詞之外，文人也因新樂的吸引而填詞，在文人手中，詞逐漸具備了美感與形式。至晚唐溫庭筠，則脫離了中唐文人亦詩亦詞的風格，[4]開創精致唯美、陰柔深婉的獨特詞風，規範了詞的文體特質，見稱「唐詞第一作家」。[5]

---

[1]　《新唐書‧禮樂志》：「（玄宗）置內教坊於蓬萊宮側，居新聲、散樂、倡優之伎。……開元二十四年，升胡部於堂上。」

[2]　唐崔令欽《教坊記》錄有玄宗時教坊曲曲名三百餘首，其中有七十九首曲名與唐宋詞詞調名相同，如「漁歌子」、「浪淘沙」、「虞美人」、「相見歡」、「定風波」、「浣溪沙」、「臨江仙」、「蝶戀花」、「菩薩蠻」、「西江月」等常見詞調。

[3]　白居易〈楊柳枝二十韻〉。

[4]　況周頤《蕙風詞話》：「唐賢為詞，往往麗而不流，與其詩不甚相遠。」

[5]　王易：《中國詞曲史》（臺北：洪氏出版社，1981）。

一、敦煌詞：素樸的天籟

　　清光緒二十六年（1900），敦煌鳴沙山下莫高窟第一五一號洞窟的密室意外被開啓，北宋仁宗景祐年間，因西夏入侵，倉皇之際，被千佛洞寺僧藏進密室，夾雜於經卷中的一批手抄歌詞，因寺僧皆死於戰亂，數百年來無人知曉，直到此時，才終於重見天日。[6]

　　因發現於敦煌，故稱「敦煌詞」，多數是流行於唐代民間的歌詞。內容駁雜，然以情歌爲主。[7]形式未盡工整，語言通俗質樸，而情感卻眞切自然。作者多半不詳，可能是民間樂工、歌妓、專業作詞人，部分出自不知名的文人筆下。整體而言，詞中傳唱的是庶民的心聲，不假雕琢的天籟。

無名氏〈望江南〉

天上月，遙望似一團銀。夜久更闌風漸緊，爲奴吹散月邊雲。照見負心人。

　　詞以天上的月亮揭開了序幕，順著脈絡，可見掛在天上的是一輪明月，散發著銀白色的月光，而且有人正遠遠的望著。

　　是誰在望月，又望了多久呢？不知不覺已是夜深，此時夜風漸起，陣陣寒意襲來。在此情況下，一般人的反應應是轉身回到屋

---

[6]　林玫儀：〈論敦煌曲的社會性〉，《詞學考詮》（臺北：聯經出版事業公司，1987）。

[7]　王重民：〈敦煌曲子詞集敘錄〉：「今茲所獲，有邊客遊子之呻吟，忠臣義士之壯語，隱君子之怡情悦志，少年學子之熱望與失望，以及佛子之讚頌、醫生之歌訣，莫不入調。其言閨情與花柳者，尚不及半。」《敦煌曲子詞集》（上海：商務印書館，1956）。

裡，或者「披衣覺露滋」，[8]本能的避開風寒；然而詞中的女子卻對周遭的變化渾然不顧，更祈求風繼續吹，為她吹散月邊的雲，別讓雲遮掩了月光。

　　她是如此不畏風寒且著迷於月亮的美嗎？直到全詞的最後一句，讀者才終於明白，她是在月光下思念或者等待，只是一片癡心卻被辜負，因此盼望月亮能夠代為提醒。或者，圓滿無缺的明月就如同她的真心，她所執著的純淨無瑕的愛情，希望他能看見，能懂。

　　詞的用語淺近質樸，以「一團銀」形容明月，以「奴」自稱，顯然是民間俗語，絕非出自重視修辭的文人。類似的內容如出自文人筆下，所寫成的可能是如李白〈玉階怨〉一般的作品：「玉階生白露，夜久侵羅襪。卻下水晶簾，玲瓏望秋月。」晶瑩純白的意象紛繁呈列，營造空靈意境，也傳釋情感的純淨。只是詩中的女子在露濕羅襪的冰冷觸覺提醒下，仍是選擇轉身回到屋裡，垂簾望月，任由相思的慣性與斷絕的意念在內心交戰。

　　相較之下，這闋民間詞中的女性卻猶如《楚辭・九歌》中的山鬼，[9]渾然忘了自我保護，也忘了歸去，獨自佇立在暗夜與冷風中，單純而堅定地守護真心，宛如天上的那一輪明月。她愛得十分勇敢。

無名氏〈望江南〉

莫攀我，攀我太心偏。我是曲江臨池柳，者人折了那人攀。恩愛一時間。

8　張九齡〈望月懷遠〉。

9　山鬼為楚國神話中的山神，一位等待的女神。與她相約的公子失信，使她在淒風苦雨、雷聲震震、猿狖哀啼的山中日夜徘徊。其神話見於《楚辭・九歌・山鬼》。

　　「弱柳從風疑舉袂，叢蘭裛露似霑巾。」[10]將物擬人化的手法在詩詞中常見，然在這闋民間詞中，「我是曲江臨池柳」，說得坦蕩直接，卻是將自己給比擬為物，而整闋詞的意義也據此展開。

　　曲江位於長安東南，乃風景名勝，平時遊人如織，熱鬧繁華，但當人潮散去，植根池畔的柳樹只能獨對冷清，承受無計迴避的風霜雨露；而即使是人來人往的時節，也常是遭人一時興起隨手攀折把玩，厭膩了便任意拋棄，毫不顧惜。因此詞一開始，便見以柳自比的發話者，以悍然的語氣，表明拒絕玩弄、逢場作戲的堅定立場。

　　以曲江的繁華、柳樹的嬌娜，可推測發話者應是長安名妓。她深知命定的卑微處境無法改變，也確知在旁人眼中自己不過是賞心悅目的玩物，但依然不自輕自賤、媚世媚俗更不柔弱乞憐，而是勇敢的為自己發聲，堅信縱使處身歡場，也與所有的人一般，擁有追求真情與拒絕玩弄的權利。

　　此詞使人聯想唐代傳奇許堯佐〈柳氏傳〉中韓翃與柳氏的贈答：「章臺柳，章臺柳。昔日青青今在否？縱使長條似舊垂，亦應攀折他人手。」「楊柳枝，芳菲節。所恨年年贈離別。一葉隨風忽報秋，縱使君來豈堪折？」同樣以柳比擬處境堪憐的女性，但在男性文人筆下，仍牽絆著情感權力與占有欲望，也揮不去女性卑微自棄的陰影。相較之下，民間詞中的女性更具強烈鮮明的個性，即使一無所有也無所依傍，卻仍能自重自惜，自我保護，顯得勇氣十足，也全然的忠於自我。

　　這首清切質樸的歌詞，讀來猶如一篇捍衛尊嚴的獨立宣言。

無名氏〈浣溪沙〉

浪打輕船雨打篷。遙看篷下有漁翁。莎笠不收船不繫，任西

10　劉禹錫〈憶江南〉。

東。　　即問漁翁何所有，一壺清酒一竿風。山月與鷗長作伴，在湖中。

　　不同於文人隱逸詞的「斜風細雨不須歸」，[11]突顯漁隱生涯中淡定逍遙的理想面向，這闋出自敦煌的民間詞更完整也更真實的揭露離群索居、浪跡江湖的漁隱實況。

　　詞一開始，即連續以兩個「打」字直揭江湖風浪險惡，毫不留情，漁船輕簡，想必無力招架，只能在風雨駭浪之中翻轉飄搖，驚險萬狀。然而在如此險境中，漁翁不僅沒有棄船登岸，依舊守著漁船安坐其中，更不忙著將漁船穩穩繫在岸邊，而是「莎笠不收」，隨著漁船東飄西盪，看來是做足了「一蓑煙雨任平生」[12]的準備。

　　自古以來，隱者追求的是自由，然而自由卻需要有所割捨更需勇於承擔才能真正享有。脫離了社會體制，斷絕了世故人情，不再備受宰制與牽絆，終於擁抱了夢寐以求的自由，但是與此同時，也將一併失去曾經享有的庇護與支持。原來那些處身其中或者擁有時令人感到拘束與牽制的，諸如規範、責任或者情感等，往往在逃離或捨棄之後，才能真正完整體悟其存在的意義，它給予約束與限制，但也提供了保護，以及可資遵循的規則。因此在出走之後，面對一片空無，也將逐漸明白，是否真能享受自由，其實有待考驗，亦即是否具有勇氣與能耐，承擔接下來的各種風險。正如這闋詞中的漁翁，在失去保護一無依傍的險境中，依然不放棄對自由的堅持，為自己做好能做的防禦準備，即使身陷驚濤駭浪也依然隨遇而安自在逍遙，方為真正的不繫之舟。

　　正因經歷了上片的風雨洗禮，下片的淡定自得才更顯真實，而欲望的節制也補足了意義。無欲則剛，不為物役，才能真灑脫、真自

11　張志和〈漁歌子〉。
12　蘇軾〈定風波〉。

由。「一壺清酒一竿風」猶如窮人誇富，看來很多，其實幾近一無所有。但一壺清酒可供沉醉，一竿清風也清滌心胸，尤其釣竿更是暗示自力更生，自給自足，在清貧的隱逸生涯中為自己守住尊嚴。而物質縱使清簡，精神卻無比富足，徜徉自然，山、月與鷗長相伴隨，亦是剛靜、純淨與自由的心境寫照，儘管帶著些許孤獨，但終究是自由的代價。詞最後的「在湖中」，尤其展現歷經風浪之後的平靜，以及心靈雖超離塵俗而形跡依舊不離現實的真實感。

無名氏〈浣溪沙〉

雲掩茅庭書滿牀。冰川松竹自清涼。幽境不曾凡客到，豈尋常。　　出入每交猿閉戶，回來還伴鶴歸莊。夜至碧溪垂釣處，月如霜。

　　江湖之外，山林亦是隱士託身之所。

　　開頭兩句即描寫隱士棲居的山林幽境。茅庭之外山雲籠罩，茅庭之中書滿几案。書的強調，代表的應是斷絕俗緣之後與人的世界僅存的聯繫，同時也是在孤獨的隱居生活中偶然感到茫然彷徨之時，用以自我確認的一點憑藉。而雲的意象則使人聯想六朝時山中宰相陶弘景〈詔問山中何所有賦詩以答〉：「山中何所有？嶺上多白雲。只可自怡悅，不堪持贈君。」在答覆梁武帝的詩裡，白雲象徵的是無拘無束的自由，而這樣的自由體認，不是如皇帝那般世緣深重又背負重責的人所能享有。

　　此外，賈島〈尋隱者不遇〉：「松下問童子，言師採藥去。只在此山中，雲深不知處。」雲掩茅庭，亦顯示其棲居的山林之高，山高則水清，更加上松林、竹林環繞，構成了遠隔塵俗的清幽世

界。「幽境」即承接前兩句。所謂「窮巷隔深轍」、[13]「荒塗橫古今」，[14]無論隱於人境或者避世山林，交通阻絕總是一道屏障，也是天然的過濾機制，有利於息交絕遊，捨棄不必要的人情往來，方能逍遙於遺世獨立的隱逸樂境。

上片著墨於人跡罕至的山林幽境，下片則敘寫隱逸其間的生活日常。隔絕了與人的交往，生活中相與爲伴的便是山中鳥獸，猿鶴相隨，陶然忘機。從《列子‧黃帝篇》海上戲鷗者的寓言可知，[15]信任的關係難於建立卻易於破壞，而在詞中敏感的鳥獸都已融入其生活日常，自在共處，可見隱士業已滌盡人類自身的優越意識，歸返於萬物有靈，人與自然鳥獸忘機共處，成爲生命共同體的原始素樸境界。

最後的寧靜月夜，碧溪垂釣，透露即使離群索居、自然爲伴，孤獨也是其生活的日常、心靈的體驗，更是其存在形態與生命的歸宿。全詞始於雲而終於月，正如始於自由而終於孤獨，二者顯然是一體兩面，選擇自由也等於選擇了孤獨。

無名氏〈菩薩蠻〉

清明節近千山綠。輕盈士女腰如束。九陌正花芳。少年騎馬郎。　　羅衫香袖薄。佯醉拋鞭落。何用更回頭。謾添春夜愁。

敦煌千佛洞發現的一批手抄民間歌詞，作者多數是不知名的樂工、歌妓、百姓，但也有少部分出自文人之手。此詞就文字風格、布

13　陶潛〈讀山海經十三首〉其一。

14　左思〈招隱詩〉其一。

15　寓言中的主角常至海邊，鷗鳥與他熟識，因此常飛舞其身旁，相與嬉戲。一日，父親叮囑他帶隻海鷗回家。隔天，一到海邊，鷗鳥見其神色有異，旋即遠遠飛離。

局結構研判，應是來自文人匠心，而其意境也意外的與西方神話學中「邂逅女神」（The Meeting with the Goddess）的原型主題呼應，傳釋著普遍卻深刻的生命經驗。[16]

　　詞上片以一、三句寫景，二、四句寫人，兩者交織串聯，構成詞作場景，也帶出了詞中的主要人物。首句所寫為全景，訴諸視覺，群山青翠，一片盎然春意，次句勾勒窈窕動人的少女身影，呼應清明節近的和暖天氣，春衣輕盈，纖腰如束。第三句描寫近景，路上野花開遍，香氣飄灑，於視覺景象之外，更融入迷人的嗅覺感受：第四句則引出「少年騎馬郎」，一派青春瀟灑的形象，也是全詞的靈魂人物。

　　承接上片場景與人物的鋪陳，下片敘事，敘寫一段少男少女在春日裡邂逅相遇的故事。「羅衫香袖薄」呼應上片的「輕盈士女腰如束」，「佯醉拋鞭落」則呼應「少年騎馬郎」。從上下片延續的脈絡看來，二句所寫當是少年策馬行經少女身旁，不覺為之驚豔，為之意亂情迷，因此做出了看似帶著醉意卻思慮甚深若有所圖的舉動──將手一鬆，讓馬鞭墜落，以此便有理由調轉馬匹，藉著撿拾馬鞭之便，再多看少女一眼，否則就只能漸行漸遠，從此錯過，難再相見。

　　詞最後二句「何用更回頭，謾添春夜愁？」是詞中發話者的嘆息，如飽經世事的「智慧老人」（Wise Old Man），一切看在眼裡，對少年此舉不勝感慨，「許多煩惱，只為當時，一晌留情。」[17] 多看一眼又如何？從此展開一段情緣又如何？情之為物，不過是為人平添許多煩惱，平添無數夜裡的相思閒愁。

　　但以上解讀之外，最後二句也可能來自少年的內心，亦即就在佯醉鬆手之際，也不禁質問自己，何必回頭呢？一時的多情所換來的常

16　Joseph Campbell著、朱侃如譯：《千面英雄》（臺北：立緒文化事業有限公司，1997）。
17　周邦彥〈慶宮春〉。

是日後的無盡煩惱，何苦多此一舉？若是探後一種解讀，則全詞便呈現著「邂逅女神」的神話意境。西方神話學中，有「邂逅女神」的原型主題，「女神」象徵內在的嚮導，引領人穿透表象，一探內心世界的真實。「她」是一股內在的驅動力，而在現實經驗中，常投射於為生命帶來轉變的人物身上，一旦與生命中的「女神」相遇，魂絕色飛，驚心動魄，從此整個心思、世界便因為「她」而天翻地覆，不再能夠如往常般平靜與單純，「她」帶來轉變，也帶來成長的契機。

　　這闋詞從情節脈絡看來，詞中「少年騎馬郎」所經歷的正是「邂逅女神」的過程，單純瀟灑的形象因為「她」的出現而變化，無論形跡或內心皆陷入衝突，發自內心的自然情感與過去經驗所鍛鍊的理性意識，開始在他身上展開拉鋸。美國神話學者坎伯（Joseph Campbell）在所著《千面英雄》（The Hero With A Thousand Faces）一書中曾經指出，「女神」帶來生命的贈禮，也帶來考驗，「她」可能引領人探觸永恆與超越的境界，感受純粹與美好，但也可能誘人沉淪，陷入惘然自失，而一切結果端看邂逅者是否不計得失，真誠以對。這闋詞停留在邂逅的當下，衝擊的開端，引人沉吟揣想，也許隱約觸動了個人經驗，而詞也留下了無盡的餘韻。

二、盛唐詞：華麗的歌聲

　　敦煌詞傳唱庶民的心聲，而教坊曲則是宮廷的歌唱。玄宗時教坊樂工所作曲子甚多，當時必有填上歌詞以供演唱者，惜多數未能流傳，據五代歐陽炯〈花間集序〉：「在明皇朝，則有李太白應制〈清平樂〉詞四首。」今所傳明皇及李白〈清平樂〉詞眞僞未明，但內容則頗具宮廷氣象。另外，〈菩薩蠻〉（平林漠漠）、〈憶秦娥〉（簫聲咽）二闋，是否為李白所作也一向具有爭議，但無論作者是否為李白，詞本身確實為詞史上遊子思鄉、詠史懷古的經典名篇，有「百代詞曲之祖」[18]的稱譽。

李隆基〈好時光〉

寶髻偏宜宮樣，蓮臉嫩，體紅香。眉黛不須張敞畫，天教入鬢長。　　莫倚傾國貌，嫁取箇，有情郎。彼此當年少，莫負好時光。

　　玄宗是一位音樂家皇帝，在位時擴大教坊規模，培育無數技藝精湛的樂工，教坊樂工所作曲子後世稱作教坊曲，為唐宋詞調的重要來源。〈好時光〉一曲雖未列入崔令欽《教坊記》所錄教坊曲曲目，歌詞是否為玄宗所作亦難確定，但詞語清暢華麗，亦頗堪玩味。

　　近似宮體詩的內容與風格，詞作描寫一位宮中佳麗，上片刻畫其傾國之貌，從髮型、臉龐到全身，如運鏡般的由上而下，由局部到整體，最後聚焦於雙眉，進而從外貌的呈現轉入其心境的暗示。

18　黃昇《花菴詞選》。

　　美人梳著宮中流行的寶髻，蓮花般嬌嫩的臉龐，全身膚色紅潤且透著香氣，風華絕代，引人遐思。而於形象的刻畫中特別突顯其雙眉，當因「蛾眉」自《詩經》、《楚辭》以來，於文學傳統中已成為美人的代稱，所謂「螓首蛾眉，巧笑倩兮，美目盼兮」、[19]「眾女嫉余之蛾眉兮，謠諑謂余以善淫」；[20]二則藉著「蛾眉」引出張敞畫眉的典故，帶入情感的暗示，「眉黛不須張敞畫」，顯露美人的性格，孤芳自賞，睥睨情感。

　　於是下片首句以「傾國貌」承接上片美人形貌的刻畫，以「莫倚」回應「不須」二字。詞人殷勤勸說，美貌難長久，不足為恃，且「易求無價寶，難得有情郎」，[21]青春時光與愛情機緣皆是稍縱即逝，怎容許輕易辜負？人生中最美好之事，莫過於美麗、青春與愛情同時擁有，在最美的時候、最好的時光，與契合的人相遇。只是詞中美人是否聽取勸告，而她又為何睥睨愛情，是美麗之人往往自戀，還是曾歷經愛情的創傷？在短篇的歌詞中無法詳盡交代，但也因此留下懸念，使詞韻味無窮。

李白〈清平樂〉

禁庭春晝。鶯羽披新繡。百草巧求花下鬥。只賭珠璣滿斗。

日晚卻理殘妝。御前閑舞霓裳。誰道腰肢窈窕，折旋笑得君王。

　　據歐陽炯〈花間集序〉，李白作有〈清平樂〉詞四首，今《尊前集》收錄五首，其中當有玄宗召入翰林時所作，以同時作品〈清平

---

[19]　《詩・衛風・碩人》。

[20]　《楚辭・離騷》。參葉嘉瑩：《迦陵說詞講稿》（北京：北京大學出版社，2007）。

[21]　魚玄機〈贈鄰女〉。

調〉三首相較，內容皆寫宮中美人，風格皆濃豔華麗，推測此首可能出自謫仙之手。

詞寫宮中舞妓，其結構以時間為界，上下片分別描寫舞妓的日間與夜晚生活。上片以春季為背景，與其青春華年相為映襯，隨著春來，黃鶯換上一身鮮嫩的新羽，而佳麗們也應景的穿上美麗的春裝，在宮禁庭園裡玩起鬥草的遊戲，[22] 以御賜的珠玉珍寶作為賭注的籌碼。入夜之後，洗卻日間殘妝，畫上豔麗的晚妝，準備登場，在君王面前演出嫻熟的舞技。伴隨著〈霓裳羽衣曲〉的動人樂聲，下腰、旋轉，變換著曼妙的舞姿，柳腰婀娜，纖細窈窕，當時心中暗想，有誰能料到，也許有朝一日能夠贏得君王稱賞。

白日鬥草為戲，夜宴競逞舞技，作為君王玩賞對象的舞妓，也在生活中尋找自己的樂趣。然而仔細想來，詞中這群被刻畫得光鮮亮麗、歡樂無憂的動人身影，事實上也令人憐憫。日復一日，活在賭注與爭鬥裡，爛漫的青春以及辛勤練就的舞技，亦如同手中戲弄的花草以及珠玉珍寶，都成為用來賭注的工具，與原應同病相憐的同伴以及未知的命運爭鬥，只為了改變眼下的處境。只是在詞中，「禁庭」、「御前」、「君王」這些象徵權力的語詞，脈絡串聯，首尾緊扣，從整體結構上形成一個緊密的枷鎖，無情的暗示這些年輕美麗的生命無論輸贏，無論幸與不幸，終其一生都逃不出權力的掌控，而「誰道」二字也透露爭鬥的同時，已知曉權力與命運的無理與任性。

全詞彷彿呈現了現實的縮影。一群應是志趣相投的人，不知不覺被圈禁在一個令人窒息的競爭場域裡，以一生的心血較勁，明爭暗

---

22 《荊楚歲時記》：「五月五日，四民並踏百草，又有鬥百草之戲。」鬥草為古時以花草競賽的活動，《紅樓夢》第62回有大觀園中少女鬥草遊戲的描寫。大抵兩隊競賽，所舉花草名稱須偶對，如「美人蕉」對「君子竹」、「羅漢松」對「觀音柳」、「月月紅」對「星星翠」等。

鬥，賭自己的命運。原應創造無與倫比的美，成就純淨崇高境界的才能，卻在爭鬥中化爲冰冷的籌碼，也使人逐漸流失了靈魂，徒留軀殼。

李白〈菩薩蠻〉

平林漠漠煙如織。寒山一帶傷心碧。暝色入高樓。有人樓上愁。　　玉階空佇立。宿鳥歸飛急。何處是歸程。長亭連短亭。

　　這闋詞是否出自李白，一向爭論不休。擱置作者爭議，就詞本身而言，自是一闋好詞，遊子登樓望鄉，宛如一篇精簡的〈登樓賦〉。

　　詞作脈絡上片由景而人，下片由人及景。上片首二句寫景，平原上的樹林廣漠無盡，更籠罩濃密凝重的煙靄，望之予人憂鬱沉重之感。次句寫林外青山，山勢綿延，山色青碧，而「寒」流露孤寒之意，「傷心」則更是直接表露心情。但山不知寒也不懂傷心，顯然景的刻畫中有人的主觀情緒投射，因此詞作脈絡順勢由景而人，彷彿攝影運鏡一般，隨著「暝色入高樓」，正如「蒼然暮色，自遠而至」，[23]鏡頭也由外而內，由遠而近，聚焦在高樓上，更進而推進樓中，停留在佇立樓中的人物身上，甚至更深入其內心──「有人樓上愁」。滿懷愁思的人所望之景，自然也投射其主觀的情緒，山林景象的凝重陰鬱、孤寒傷心，莫非其心境的反映。

　　過片意脈不斷，鏡頭依然聚焦樓中人物，著一「空」字，不僅解釋其爲何滿懷愁思，更解釋了首二句景物描寫與情緒投射的層次遞

變。「平原遠而極目兮，蔽荊山之高岑」，[24]古人總是登樓望鄉，藉以解慰鄉愁，所謂「遠望可以當歸」，[25]但登樓之後，卻常發現故鄉的方向被高山遮擋，縱使極目眺望也望不見，反而更添鄉愁。此所以詞一開始，當眺望平林時心情猶能壓抑，但再遠望，視線遭到高山阻擋，愁思便一發難收，直接傾吐。佇立高樓為的是望鄉，然故鄉難以望見，願望落空。於是暮色中急飛過眼前的鳥，在其眼中自然亦主觀認定是迫切歸巢棲宿的鳥，「急」投射其心情。而望著飛鳥漸漸飛遠，其視線又隨之再度望向遠方，只見「五里十里，長亭短亭」，[26]歸鄉之路依然迢迢無盡。

　　「獨自莫憑欄，無限江山，別時容易見時難。」[27]「山映斜陽天接水，芳草無情，更在斜陽外。」「明月樓高休獨倚，酒入愁腸，化作相思淚。」[28]「不忍登高臨遠，望故鄉渺邈，歸思難收。」[29]異鄉遊子的悲歌，世代傳響。這闋〈菩薩蠻〉令人震撼處尤在於全詞的構圖，前後皆是極盡遠方的景，過片則聚焦於樓中之人，以景之夐遠與人之藐小對比，圖像性的呈顯出異鄉遊子飄零天地空茫無託的處境。

李白〈憶秦娥〉

簫聲咽。秦娥夢斷秦樓月。秦樓月。年年柳色，灞陵傷別。
樂遊原上清秋節。咸陽古道音塵絕。音塵絕。西風殘照，漢家陵闕。

---

[24] 王粲〈登樓賦〉。
[25] 漢佚名〈悲歌〉。
[26] 庾信〈哀江南賦〉。
[27] 李煜〈浪淘沙〉。
[28] 范仲淹〈蘇幕遮〉。
[29] 柳永〈八聲甘州〉。

　　北宋李之儀有〈憶秦娥〉一闋，自注「用太白韻」，詞中所用押韻字皆同此詞；邵博《邵氏聞見後錄》：「李太白詞也。余嘗秋日餞客咸陽寶釵樓上，漢諸陵在晚照中，有歌此詞者，一座淒然而罷。」南宋時所編之《草堂詩餘》、《花菴詞選》等詞集皆收錄此詞，題李白所作，可知宋人多以為出自李白。但明、清之後，漸有學者如胡應麟、吳衡照等，以詞風衰颯或《李太白集》未收等，懷疑並非李白所作。無論作者是否為李白，詞氣象雄渾蘊意深遠，誠為懷古名篇。

　　詞作密度極高，讀來宛如當今的縮時攝影，景象一幕幕變換也一層層堆疊，鋪陳一段滄桑史話。其空間始終聚焦長安這個印刻著歷史痕跡的古都，鏡頭依序由西而東，由南到北運轉；時間則自先秦、兩漢延伸到唐甚至宋朝，跨越了千餘年時光；內容則自生離死別的單一個案，擴及人世間無數重演的離別，再從一地的繁華以至沒落，延伸至史上朝代的崛起與滅亡。全詞中，悲歡離合變化不斷的是人事，而永恆循環的則是自然。

　　詞以如泣如訴的簫聲揭開了序幕，自「秦娥」可知是用典，《列仙傳》中蕭史、弄玉以精純絕美的簫聲，抵禦宮廷的誘惑與險惡，超脫俗情的牽絆，最終雙雙乘鳳飛去，成為神仙美眷，在仙境裡永無生離與死別。[30]然而此詞作者卻拆碎了神話的圓滿結局，簫聲嗚咽，秦娥夢碎，可能是愛情消逝也可能是神仙夢醒，無論何者，終究是與蕭史生離或死別，若是後者，則與詞末「漢家陵闕」的死亡意象首尾映照，顯示死亡的無可逃避。

　　春秋時，秦國首都雍城位於長安西，詞作鏡頭最初即聚焦於此，

---

[30] 劉向《列仙傳》：「蕭史者，秦穆公時人也。善吹簫，能致孔雀白鶴於庭。穆公有女字弄玉好之，公遂以女妻焉。日教弄玉作鳳鳴，居數年，吹似鳳聲，鳳凰來止其屋，公為作鳳臺，夫婦止其上，不下數年。一日，皆隨鳳凰飛去，故秦人為作鳳女祠於雍宮中，時有簫聲而已。」

秦樓之中秦娥夢斷，秦樓之外則月照秦樓。當鏡頭從樓中轉移，並持續聚焦於天上明月，此時大地歲月奔流，世代滄桑，於是鏡頭再度轉回人間，所照見的已是漢代風景。據《三輔黃圖》：「灞橋在長安東，跨水作橋，漢人送客至此橋，折柳贈別。」灞陵乃漢文帝陵墓，接近灞水、灞橋。「年年」是時間的流逝也是人事的重演，在流逝的歲月中，世人重複經歷著離別，而長安也承載了無數的聚散悲歡。

過片由長安南至長安北。樂遊原位在長安南，為秦宜春苑故址，漢宣帝時於曲江池北建造樂遊苑，唐時改稱樂遊原，位於長安最高處，四望寬敞，為唐時風景名勝，春秋佳節，遊人如織。因此「樂遊原上清秋節」乃呈現唐時長安繁華景象，然而鏡頭一轉，「咸陽古道音塵絕」，則陡然呈現沒落冷清的畫面，咸陽在長安西北，渭水北岸，又稱渭城，為送別之地，曾經車馬往來絡繹不絕，如今則車聲車塵皆已銷聲匿跡。

興衰無常卻也恆常，在一片寂靜荒寒之中，「西風殘照」更添衰颯氣息，「漢家陵闕」指高祖長陵、惠帝安陵、景帝陽陵、武帝茂陵、昭帝平陵，皆位於長安北，所謂「看取漢家何事業，五陵無樹起秋風」。[31]帝王陵寢，墓樹凋零，只見秋風蕭瑟，殘陽映照，自唐至宋此景同興感慨，輝煌的帝國、崢嶸的霸業，最終也不免在歷史巨輪的輾壓下灰飛煙滅，徒留陳跡。叱吒風雲不可一世的帝王而今安在？全詞歸結於壯偉卻荒涼的帝王陵墓，似乎蒼涼的印證著，人們都渴望公平，但也只有在最不想面對的死亡面前才能得到公平。

從春到秋，詞中羅列的月、柳、西風、殘照等自然意象皆是無盡的輪迴，對比人的生命有時而盡，人世的生離死別、起落興衰也如短暫的雲煙。長安依舊是長安，如今又換了一代的人，經歷著註定消逝的一切，無論如何的刻骨銘心，捨我其誰。

---

[31] 杜牧〈登樂遊原〉。

三、中唐詞：酒筵的競技

「巨盜起，陷兩京，自此天下用兵不息，而離宮苑囿遂以荒湮，獨其餘聲遺曲傳人間，聞者爲之悲涼感動。」[32]安史亂後，教坊樂工逃難民間，宮中教坊曲隨之流傳，加上中唐之後經濟發展、都市繁榮以及遊宴風氣盛行，文人也受新樂的吸引，於是詞作逐漸多了起來。

儘管「依曲拍爲句」[33]的創作方式帶來新鮮感，但文人塡詞於題材上仍延續詩歌習慣，偏於述志抒懷，因此風格如況周頤所說，「與其詩不甚相遠」。[34]然而，這也只是就詞作表象略論，若從塡詞情境與心境體察，中唐文人詞已逐漸偏離詩歌寫實風格，向「無其事，有其情」、「假多而眞少」[35]的虛構傾向轉移。

張志和〈漁父〉

西塞山前白鷺飛。桃花流水鱖魚肥。青箬笠，綠蓑衣。斜風細雨不須歸。

張志和（約730-810），十六歲擢明經，獻策論政，深得肅宗賞識，命待詔翰林，授左金吾錄事參軍；後坐事貶南浦尉，又因母喪之故，絕意仕進，棄官歸隱，自號煙波釣徒、玄眞子。今存〈漁父〉詞五首，據南唐沈汾《續仙傳》載，乃是與湖州刺史顏眞卿及其門客

32　《新唐書·禮樂志》。

33　劉禹錫〈憶江南〉序。

34　況周頤《蕙風詞話》。

35　田同之《西圃詞說》。

陸羽、徐士衡、李成矩等人會飲唱和之作。五首詞中，漁父遊歷的蹤跡遍及西塞、巴陵、松江、霅溪、釣臺，如俞陛雲所言，「地兼楚越，非一舟能達」，可見張志和雖有漁隱之實，然詞中所詠仍有部分是「托想之語，初非躬歷」，[36] 至如顏真卿等官職在身而吟詠漁隱之樂的同場唱和之詞，則虛構色彩應是更為濃郁。

　　從填詞情境可以想見，同調異詞，同場競技，文人們自然各逞所能，吟詠想像中的漁隱樂境，尤其對於仕途受挫的文人，放浪江湖、淡泊自許，更是失意怨望中常有的念想，特具自我療癒的作用。張志和此闋〈漁父〉詞脈絡井然，全首四句，由景及人，再由人物的外在形象，寫入其內在的心境，而其心境又與首二句景物所呈現的境界相為呼應。

　　山青水綠，鳥飛魚游，點點桃花點綴其間，正是天理流行，生趣盎然，萬物各得其所各適其性的逍遙境界：而漁父所著之「青箬笠」、「綠蓑衣」，在色彩上與前兩句的山水映照，在功能上又引出了下一句的「斜風細雨」，可謂是承上啓下，也暗示漁父既與自然山水融為一體，又作足了「一蓑煙雨任平生」[37] 的準備，隨時因應風雨，縱身其中，因此「不須歸」的逍遙心境也就順勢而成，對他而言，漁隱樂境已是安穩的託身之所，除此之外，別無所歸。

　　自《莊子》、《楚辭》以來，漁父即是淡泊傲岸的人格象徵，在文學傳統中有著鮮明而獨特的形象。相較於敦煌詞〈浣溪沙〉「浪打輕船雨打篷」的寫實，毫不容情的揭露漁隱生涯的艱險實況，張志和這闋〈漁父〉則毋寧是輕描淡寫、理想美化，然而其間體驗的創作滋味，也如同在文人詞的世界裡開啓了通往想像樂境的門扉，五代、兩宋文人如《花間》詞人和凝以及李煜、蘇軾等皆有類似的詞作。對於受困於權力與欲望的傾軋，纏擾於身心相違而難以脫逃，或者亂世

36　俞陛雲：《唐五代兩宋詞選釋》（上海：上海古籍出版社，2011）。

37　蘇軾〈定風波〉。

中耽溺於絕望享樂的文人們，詞的想像書寫毋寧是得以暫時遠離現實，體嘗虛擬樂趣，沉醉逍遙的創作天地。

韋應物〈調笑令〉

胡馬。胡馬。遠放燕支山下。跑沙跑雪獨嘶。東望西望路迷。迷路。迷路。邊草無窮日暮。

隨著遊宴風尚盛行，唐代酒令遊戲蓬勃發展。韋應物（736-？）這闋詞即來自唐人的酒令遊戲「改令著辭」。同一曲調，按照句式、押韻、修辭、題材的規定，各自填上不同文字，在酒筵上一較高下。詩人戴叔倫（732-789）亦有〈調笑令〉：「邊草。邊草。邊草盡來兵老。山南山北雪晴。千里萬里月明。明月。明月。胡笳一聲愁絕。」與此詞同寫邊塞，句式、格律以及詞中後一組二字句必為其前六字句倒數二字的調轉等格式皆同，且二闋詞分別以「邊草」為起結，可推測是同場競技之作。[38] 儘管來自酒筵遊戲，但出自詩人之手，作品仍深具意境，被稱為最早的邊塞詞。

燕支山，又名胭脂山、焉支山，因盛產胭脂草而得名，位於甘肅境內。胡馬產自西域，因此放牧在燕支山下的草原，無疑是最為適性得所，最能滿足快意馳騁本能的地方。「跑沙跑雪」，正是盡情的享受自由奔馳的快樂，無論冬夏，無分雪晴。然而，漸漸的沙雪迷濛也暗示時間流逝、季節流轉，更暗示快意馳騁中茫然之感逐漸來襲，當突然回神，驚覺自己已是離群甚遠，即使聲聲嘶喊，呼喚同伴，四處張望，卻只更加確認自己正處身於孤獨迷茫的困境中，不辨方向，不見出口。燕支山下的這一片草原，曾經是夢想以求的樂園，但隨著日落，暗夜降臨，最終成為一片黑暗混沌。

---

[38] 王昆吾：〈唐代酒令與詞〉，《隋唐音樂文化論集》（臺北：學藝出版社，1991）。

　　自由、孤獨與迷惘常是伴隨而來，烙印在人們生命中的內在經驗，也具體呈現於這闋酒筵遊戲的詞作之中。

王建〈宮中調笑〉

羅袖。羅袖。暗舞春風依舊。遙看歌舞玉樓。好日新妝坐愁。愁坐。愁坐。一世虛生虛過。

　　〈調笑令〉又名〈宮中調笑〉，詩人王建（約765-830）這闋詞如其著名的絕句〈宮詞一百首〉，以宮中女性為書寫對象，所描寫的是一位舞妓。

　　詞一開始，即聚焦於輕羅裁成的衣袖，從「暗舞」看來，應是正翩然起舞，羅袖搖曳，舞姿依舊如春風曼妙，然則「暗」字也透露她是在暗中獨舞，暗自練習，並非在表演當中。難道是君王不再享受聲色，欣賞歌舞？「遙看歌舞玉樓」隨即揭露殘酷的真相，遠方，或者對她而言已是遙不可及的玉樓之中，此時正傳來歌舞之聲，君王仍沉醉聲色饗宴，欣賞著宮中舞妓的儷影翩翩，然而她卻未能處身其中，即使舞姿依舊曼妙。

　　是因為得罪了君王，還是遭受同伴們的排擠？詞中並未說明，但見她仍暗自練習，在君王可能開宴的美好時日裡，畫上了新妝，做好了所有再度上場的準備。然而，越是盡了一切努力，越是不願放棄，所換來的也越是日復一日的希望落空，以及哀愁累積。隨著年光流逝，鍥而不捨的努力也逐漸失去了意義，最後，她為自己一生所下的註腳，是終歸徒勞，枉然成空。

　　詞中描寫的這位舞妓，也許在展露舞蹈天分時就被選入宮中，所受的訓練及有限的經歷，都使她根深柢固的認為能在君王面前表演動人的舞姿，便是今生追求的唯一目標。一旦失去了舞臺，不再為君王欣賞，便只能落得惘然自失，空虛無託。「楚管蠻絃愁一概，空

城罷舞腰肢在。」[39]詞中的舞妓有其處境與侷限，並沒有太多選擇，只能將自身的存在意義依附於旁人的眼光與好惡之中。但是如今，活在擁有更多選擇的現代，能在眾人的否定、背棄或冷眼中依然活得理直氣壯，肯認自身實力與特質的人又有多少？即便有，大概也只能離群漸遠，孤芳自賞吧！正如王國維〈虞美人〉所說：「碧苔深鎖長門路。總爲蛾眉誤。自來積毀骨能銷。何況眞紅一點臂砂嬌。　妾身但使分明在。肯把朱顏改。從今不復夢承恩。且自簪花坐賞鏡中人。」

白居易〈憶江南〉三首

江南好，風景舊曾諳。日出江花紅勝火，春來江水綠如藍。能不憶江南。

江南憶，最憶是杭州。山寺月中尋桂子，郡亭枕上看潮頭。何日更重遊。

江南憶，其次憶吳宮。吳酒一杯春竹葉，吳娃雙舞醉芙蓉。早晚復相逢。

　　三首〈憶江南〉扣合調名而作，實爲聯章組詞。據考作於白居易（772-847）晚年，約文宗開成三年（838）以太子少傅分司東都之時。詩人少年時曾旅居江南，而穆宗長慶及敬宗寶曆年間，因居朝失意屢請外放，先後調任杭州、蘇州刺史。三首內容與其江南經歷吻合，帶有自傳與回憶錄的性質。

---

[39] 李商隱〈燕臺四首——冬〉。

　　首闋寫少年時旅居江南的記憶，兼為組詞總序。「江南好」乃最直接真誠的讚美，脫口而出，不假雕飾，而所云江南之好尤其指風景，詩人以「舊曾諳」強調是親身經歷、親眼所見，絕對不是道聽塗說、人云亦云，因此也更具說服力。

　　自「風景」二字引出以下江南風景的描寫，春花燦爛，春水碧綠，色調上呈現冷暖明暗的對比，亦顯露著蓬勃躍動的生氣。尤其「日出」、「春來」，正是一日、一年的初始，也即宗教現象學家伊利亞德（Mircea Eliade）所謂的「神聖時間」，[40]純淨無染，象徵重生，蘊含無窮的希望，既呼應清白純淨的青春心靈，也為組詞的江南書寫揭開序幕。江南歲月對於宦途多憂的文人確然是「神聖時空」，悠遊適性的樂園，每一次回首都宛如重返彼時，重拾熱情，滌淨心靈，因此追憶難捨，不能或忘。

　　第二、三首分別敘寫杭州以及蘇州的江南記憶。「山寺月中尋桂子，郡亭枕上看潮頭」，「吳酒一杯春竹葉，吳娃雙舞醉芙蓉」，深印在腦海中的是杭州西湖靈隱寺的月桂墜子傳說，[41]以及從郡治所在附近的鳳凰山虛白亭上俯瞰的錢塘江潮，還有蘇州的醇酒美人、曼妙歌舞。從詞中不難發現，詩人追憶的內容除「郡亭」透露些許官宦氣息，其餘盡是自然的尋幽訪勝以及沉醉歌舞的閒情逸趣，甚至連人的痕跡都模糊淡化，唯有吳娃漫舞留下恆久的美感影像。

　　詞作中詩人刪除了在江南時的官宦事蹟，居朝失意乃乞外放的坎壈心情已然抹去，築堤捍江為民勤瘁的政績，在此時追憶的過濾中也已成為瑣碎的價值，[42]藉由填詞詩人意圖留住的是在江南時無比自在

---

[40] 伊利亞德（Mircea Eliade）著，楊素娥譯：《聖與俗──宗教的本質》（臺北：桂冠圖書股份有限公司，2001）。

[41] 宋之問〈靈隱寺〉：「桂子月中落，天香雲外飄。」

[42] 《新唐書‧白居易傳》：「天子荒縱，宰相才下，賞罰失所宜，坐視賊，無能為。居易雖進忠，不見聽，乃丐外遷。為杭州刺史，始築堤捍錢塘湖，鍾洩其水，溉田千頃。復浚李泌六井，民賴其汲。」

的心境，既能超離塵俗，徜徉於無垠的自然，探索宇宙秘奧，亦能溫柔入世，品味人間難得的甘醇絕美。詞中重新記錄的不僅是宦遊江南的時光，亦是處身其中的心靈感受，同時「確信」透過歌詞的創作，能將最純淨精華的瞬間尋回。

　　相對於〈醉吟先生墓誌銘〉以及多首自傳性質的詩歌對其宦遊與謫居生活的如實記錄，[43]〈憶江南〉三首可謂提煉且修正了平生的重要時光，使其完全成為自己所珍惜與夢想的情狀，顯然詩人在詩文與歌詞的創作之間有所區隔。至於〈憶江南〉三首回憶錄般的性質，浪漫聲色詞語下隱含對過往的重新詮釋，以及意圖留存生命中難得觸及的純淨至美，對後世文人以詞追憶、以詞為傳也深具影響，韋莊〈菩薩蠻〉五首即是顯著的例子。[44]

---

[43] 川合康三著、蔡毅譯：《中國的自傳文學》（北京：中央編譯出版社，1999）。

[44] 李文鈺：〈流逝與尋回──試論韋莊〈菩薩蠻〉五首中的春意象〉，《漢學研究》第29卷第1期，2011年3月。

四、晚唐詞：夜夢的心曲

　　歷經中唐文人的嘗試摸索，至晚唐，詞逐漸褪去了亦詩亦詞的模糊形態，在形式、題材與風格方面，都展現了獨具的特色。其中，溫庭筠以其「有絃即彈，有孔即吹，不獨柯亭爨桐」[45]的傑出音樂天賦，以及不羈的才具與性情，在填詞上佔得無人能及的優勢，平康狎邪以詞為貨也好，獨抱幽懷以詞寄託也罷，終究錘鍊了詞體，取得詞史上的創始地位。[46]

　　溫庭筠本名岐，字飛卿，生卒年不詳，據考約生於德宗貞元十七年（801），卒於懿宗咸通七年（866），[47]為貞觀時宰相溫彥博裔孫。雖出身名門，但因「士行塵雜，不修邊幅」，[48]好流連風月，擾亂科場，譏刺權貴，又捲入莊恪太子事件，以致屢試不第。曾為襄陽節度使徐商幕僚，徐商為相，引為國子助教，於處理科舉試務時，公開揭露考生邵謁、李濤等諷刺時政之文，且親自撰文稱揚，以此得罪當權，貶方城尉、隋縣尉，流落江湖而卒。

　　溫庭筠之外，皇甫松（生卒年不詳）亦晚唐成就特殊的詞人。其父中唐古文家皇甫湜。皇甫松因科舉失利，無緣仕宦，一生布衣，因此正史無傳。《花間集》收其詞十二首，李冰若《栩莊漫記》評其詞「詞淺意深」。所作雖多扣合詞調，緣題起詞，近似中唐詞風，但結構更為緻密，意境也更趨幽隱。

---

[45] 孫光憲《北夢瑣言》。

[46] 鄭騫：〈溫庭筠韋莊與詞的創始〉，羅聯添編：《中國文學史論文選集》（臺北：臺灣學生書局，1979）。

[47] 傅璇琮：《唐才子傳校箋》（北京：中華書局，1987）。

[48] 《舊唐書・文苑傳》。

溫庭筠〈菩薩蠻〉

小山重疊金明滅。鬢雲欲度香腮雪。懶起畫蛾眉。弄妝梳洗遲。　　照花前後鏡。花面交相映。新帖繡羅襦。雙雙金鷓鴣。

　　此詞收入五代趙崇祚所編《花間集》，位列五百闋文人詞之首，是飛卿具代表性的詞作。飛卿有〈菩薩蠻〉十四首，清代張惠言《詞選》以「感士不遇」論其詞旨，引發溫詞有無寄託的爭議。[49]撥開政治託諷的迷霧，就字面閱讀，全詞脈絡井然，刻畫的是一位女子晨間甦醒，起身、梳洗、化妝、簪花、著裝的過程。其中較具爭議的是第一句。

　　「小山」所指為何，歷來眾說紛紜，大致有小山眉、如山堆疊的髮髻、插在髮上用作裝飾的篦梳、山枕及山屏等說法。[50]若作小山眉解，則與第三句「蛾眉」重複，且眉妝重疊金粉閃爍面容狼藉，也破壞了詞作風格的唯美；作髮髻解，與第二句的「鬢雲」重複，且從脈絡觀察，女子自第三句「懶起畫蛾眉」時方起身，則此時應仍臥於牀上，髮髻堆疊似乎不是睡時模樣；作篦梳解亦同，頭上滿插小梳重重疊疊想必難以入眠；而作山枕解，看似可通，然古人所用山枕多為木枕、瓷枕，質地堅硬，難以重疊。以上各說皆有不盡穩妥之處，相較之下，考慮古時房帷陳設，應以山屏較為合理。古人常於牀前或牀沿擺置屏風，屏上畫金碧山水，山勢重疊，亦稱山屏。小山，應指置於

[49] 張以仁：〈溫庭筠〈菩薩蠻〉詞的聯章性〉，《花間詞論集》（臺北：中研院文哲所，1995）。

[50] 參夏承燾：《唐宋詞欣賞》（北京：北京出版社，2002）、華鍾彥：《花間集注》（開封：河南大學出版社，2009）、沈從文：《中國古代服飾研究》（北京：商務印書館，2015）、吳世昌：《詞林新話》（北京：北京出版社，2000）、孟暉：《花間十六聲》（北京：生活‧讀書‧新知三聯書店，2008）。

牀沿的小屏風。

「日映紗窗，金鴨小屏山碧」，[51]詞的首句所描寫景象與此相近，清晨的曙光穿透窗紗，映照在屏風上，屏上所繪金碧山水因受光而閃爍，忽明忽滅的光影變化，使牀上的女子微微甦醒，因此「鬢雲欲度香腮雪」，「欲度」應是即將甦醒之際臉龐微微一動，如雲的鬢髮隨之輕移，彷彿就要掠過如雪般白皙的臉頰。鬢髮如雲，肌膚似雪，可見天生麗質。

第三、四句寫起身之後的梳洗與化妝。「懶」與「遲」流露其意態之慵懶以及行動的慢條斯理，為古典美人的典型風韻。唐代女子化妝，依序有敷鉛粉、抹胭脂、畫黛眉、貼花鈿、點面靨、描斜紅、塗唇脂等七個步驟，「弄」字透露其遣玩的意興，仔仔細細的描畫，看著自己的臉龐在悉心妝扮下越見光彩，賞心悅目，不覺沉浸其中，而特別強調畫眉，應是與《詩經》、《楚辭》以來以「蛾眉」為美人的象徵有關。

過片，接續其裝扮流程。梳洗化妝後，接著對鏡簪花。據考證，唐代之後有柄的鏡子始自西域傳入，之前皆是紐鏡，使用時須手持鏡背鏡紐所繫絲帶，或以雙手持鏡，或由他人代勞。[52]據此可推想詞中美人應是背對一面座鏡，一手持著鏡子正面映照，另一手則調整頭髮上的簪花，亦即以兩面鏡子前後同時映照，務必使花插在最適當的位置上，使花與人皆將彼此映襯得更美，是惜人也是惜花，其中更展現追求極致完美的態度。最後著上新裝，羅襦上有新裁剪、貼縫的鷓鴣圖案，雙雙對對，閃耀金色光澤，是映襯美人的孤獨，也暗示她的心願。

於傳統的香草美人政治解讀之外，整闋詞聚焦於女性，鏡頭甚至穿透窗帷牀屏，將原屬私密的晨起梳妝的流程公然展示，也因此觸動

51　溫庭筠〈酒泉子〉。

52　朱笛：〈敦煌寫本「錦鑑」初探〉，《古代史與文物研究》2015年第四期。

對性別意識較為敏感的讀者神經，提出諸如物化女性之類的批判。但回歸詞的文本本身，詞中所寫純是一位孤獨的女子，睡美人般的在晨光中甦醒，「懶」與「遲」除了顯示意態嬌慵，也略微透露初醒當下心境的倦漠與遲疑，孤芳自賞，誰適為容？但是最後仍克服了情緒困擾，起身細意梳妝。她並不因天生麗質而輕忽了修飾，也不因無人賞愛而輕易自棄，而是依然自珍自重，成就自身的美好，以待知音相賞的他日。若從象徵的層次體察，超越性別，詞中所呈現的其實也是一種好修的精神，如屈原所謂「紛吾既有此內美兮，又重之以修能」，[53]無論是否為人所知，人最該認真對待的，不正是自己？

溫庭筠〈菩薩蠻〉

水精簾裡頗黎枕。暖香惹夢鴛鴦錦。江上柳如煙。雁飛殘月天。　　藕絲秋色淺。人勝參差剪。雙鬢隔香紅。玉釵頭上風。

　　此詞上片四句分別寫室內、室外之景，下片則隱約勾勒出一個女子的身影。乍看之下，全詞似乎意脈斷裂，各不相干，但實則彼此呼應串聯，脈絡俱在，且別具意境。

　　上片前二句刻畫房帷景象，水精簾、玻璃枕、香暖的爐煙、繡著鴛鴦的錦被，精美的物象羅列，構成一處清幽雅致的空間，而光影的折射，若有似無的煙氣，亦營造夢境般朦朧迷離的氛圍。此外，物件的使用往往與人有關，是性情或人格的延伸，又或者是心境的投射與暗示。水精、玻璃，晶瑩剔透，映襯房帷中人物的冰清玉潔及其情感的澄淨純粹，而爐香與鴛衾之香暖則與之形成對比，透露其心中的愛意與願望。自「惹夢」二字可以推想，此時房帷中有人，在爐香氤氳

53　屈原〈離騷〉。

中怡然入夢，夢境或許正是鴛衾所暗示，與情人儷影雙雙，相伴相隨。

在房帷景象的描寫之後，詞人運鏡般的將鏡頭轉至室外，江柳含煙、殘月臨照、鴻雁長飛，是一片淒清迷濛之景。柳具有別離的象徵，「參辰皆已沒，去去從此辭」，[54]古時人們動身遠行，多在殘月依稀、天色微明之時，因此室外景象的描寫略見離別的暗示，亦即當女子沉醉於美夢的同時，一場離別也悄然展開，夢裡相依相隨的人此際正如鴻雁，即將或已動身離去。

下片透過衣裳釵飾的精致描寫，勾勒出女子的形象，延續上片脈絡，應是夢者甦醒起身之後。「藕」為「偶」的諧音，與上片的鴛鴦呼應，特地穿上藕白色的衣裳，具有情意的暗示。「人勝」乃戴在頭上作為裝飾的綵勝，「香紅」指戴於雙鬢的花，或指畫在雙鬢處的彩妝「斜紅」。最後則是頭上戴著玉釵，玉釵隨風搖曳，顯示她正處於行動的狀態中。如以上片為背景，則此盛裝打扮的女子正走在一段路上，也許她知道情人即將遠行，因此特地盛裝送別，藕白色的衣裳暗示無論從此相隔多遠，一路深情相隨，心意永遠成雙。而豔麗的裝扮亦是希望在對方心中留下生氣鮮明的印象，減輕其別後的掛念，一切的用心正與詞最初呈列的物象呼應，冰清玉潔，暖人愛意，守護情感的澄淨純美。

以上解讀之外，下片的另一種可能情況是女子並不知道情人即將或已經遠去，只是夢醒之後，一如往常，為所愛的人精心裝扮，滿懷熱情的前去赴約。若作此解讀，則這一段路以及走在路上的女子，顯然正在展演著一場悲劇般的情境，路的盡頭也許不見所愛，註定落空，滿懷真心與熱情換來的是失望，終歸徒勞。

命運早已註定，結局早已寫就，但是無數受困在命運網羅中的人們看不見最後的結果，仍是做足了準備，在夢想追尋的路上孜孜矻

54　蘇武〈贈李陵〉。

砭，一往情深，熱情以赴。溫庭筠這闋詞在華麗字面以及看似破碎斷裂的脈絡下，隱藏著耐人尋味的意境，傳釋著人們隱約意識到，也極為常見的生命經驗。而令人想叩問的是，如果已知結局註定落空，心力終究徒勞，那麼這一段路是否還能走得下去？是否依然願意盡心準備，滿懷熱情，全力以赴？如果真的是心之所向，是否真能不計代價，不問結果？是否對命運的捉弄能瀟灑一笑置之，而堅持不背叛自己的初心？

　　或許所謂的結果，在往後無盡延長的時間裡，仍有著莫測的變化，永遠無人知曉？一如這闋詞，呈現過程不見結果。

溫庭筠〈更漏子〉

柳絲長，春雨細。花外漏聲迢遞。驚塞雁，起城烏。畫屏金鷓鴣。　　香霧薄，透簾幕。惆悵謝家池閣。紅燭背，繡簾垂。夢長君不知。

　　飛卿詞緻密幽深，曲折隱晦，往往難以一眼看穿其字面下的內容，更遑論詞中隱藏的旨意。這闋詞描寫女性，是溫詞常見的題材，然其手法特別之處，在於不直接刻畫女子本身，而是透過其感官，捕風捉影般的將其身影拼貼呈現。詞中羅列的諸多物象，大半是女子所聽、所見、所聞、所感。

　　更漏是古代夜裡所用的計時器，詞調名「更漏子」可譯為夜曲、小夜曲，詞作內容通常也以夜晚作為背景。此詞上片以聽覺為主，從柳絲低垂的無聲畫面，逐漸的飄進夜雨輕灑的細碎聲音，最後則是從遠處花叢外傳來的更漏滴水的聲響，一聲聲劃破寧靜——或者，更漏聲也是雨聲，如葉嘉瑩所言，雨勢漸大，打在花葉上所發出的滂

沱雨聲，[55]而其實連同以下的塞雁、城烏驚飛而起的振羽之聲，皆莫非夜夢裡驚醒的當下模糊難辨的聽覺感受，此聲響足以驚醒邊塞的雁子、城樓上棲息的烏鴉，自然也驚醒了睡夢中的她，而醒時睜眼所見，正是牀前屏風上所畫的金鷓鴣，不同於虛實難辨的塞雁、城烏，它就在眼前，清晰可見，但卻動彈不得，有翅難飛。

相較於夜雨驚夢，醒時睜眼所見的畫面，對於詞中女子或許更是令人驚心，它強烈的暗示某種受困的狀態。下片隨即透過醒後所聞所見以及所感，透露女子的處境與心緒。已經淡去而仍依稀可聞的爐香，瀰漫薰染，飄透房帷，甚至逐漸籠罩了所居的池閣。「謝家」即「謝娘」，歌妓的代稱，至此透露女子的身份。「蠟照半籠金翡翠，麝熏微度繡芙蓉。」[56]逐漸淡去的香氣，猶如消逝中的情感，無聲繚繞，難以留住，卻揮之不去，因此其惆悵情緒凝結在所在的整個空間，可見深沉凝重。而房帷中觸目所見，是紅燭燃燒，繡簾低垂，物象的特性暗示其癡心依舊暗自煎熬，然而簾外的人已是阻隔難通，因此最後終於發出幽幽的嘆息——「夢長君不知」。

夢，呼應詞最初雨聲驚擾之前的情境，如果不是被驚醒，則她仍在夢中，猶如現實中她也仍做著擁有知音的美夢，只是這樣的夢隨著「君不知」也已然驚斷。對於一位歌者而言，曾是知音的人如今已不知，不願知或不能知，也許才是備感惆悵的原因，「不惜歌者苦，但傷知音稀。」[57]與知音難逢之苦相比，知音的無情轉身，更是教人情何以堪。

然而她仍困在美麗卻空洞的夢境裡，如畫屏中的金鷓鴣，失去了飛翔本能也發不出聲音，被囚禁在冰冷的屏框所象徵的已然逝去的情感中。全詞脈絡以「畫屏金鷓鴣」作為承上啟下的關鍵，前此所羅列

---

[55] 葉嘉瑩：〈溫庭筠詞概說〉，《迦陵論詞叢稿》（臺北：明文書局，1981）。

[56] 李商隱〈無題〉。

[57] 〈古詩十九首〉其五。

的物象如柳絲、春雨、花、塞雁、城烏等多是在室外，具有自然生命，或者能發出聲音，但其後所列的爐香、簾幕、池閣、紅燭、繡簾等，皆是置於室內，不具自然生命的無聲物象，透過物象的排序，詞作正傳釋著生命的經驗，亦即一旦為情所役，或受困於已經不存在的夢想中，將使人漸漸流失了自然的生氣與熱情，一如詞中的歌者，已經無聲。

正如詞一開始的柳絲意象所暗示，此詞所寫的是離別，一場內在的離別，與已然「不知」的君，以及曾經擁有鮮活生命的自己。

溫庭筠〈更漏子〉

星斗稀，鐘鼓歇。簾外曉鶯殘月。蘭露重，柳風斜。滿庭堆落花。　　虛閣上，倚欄望。還似去年惆悵。春欲暮，思無窮。舊歡如夢中。

夜盡天明，這闋詞在背景與情節上，猶如上一闋詞的續集。上片寫景，下片抒情，不僅時間脈絡有所延續，景與情也互相映照。

詞一開始，羅列視、聽覺意象，由遠而近、逐漸將鏡頭聚焦。浩渺夜空中星光漸淡，城裡鼓樓上敲響的報曉鼓聲也漸漸停歇，[58]天色微明，四下寂靜，此時簾外傳來鶯聲，而殘月依稀可見。

物象的精密刻畫暗示時間正緩緩流動，也暗示詞中人物徹夜未眠，敏銳的感知著周遭景物的變化，其孤獨的心境亦隱約可感。「長河漸落曉星沉」，[59]隨著天色漸亮，視線逐漸清晰，所見的景物也更顯細微，經由「簾外曉鶯殘月」的過渡，詞中的景也轉移至簾外的庭園，叢蘭裛露，柳絲隨風，還有堆滿庭園的落花。

---

58 李賀〈官街鼓〉：「曉聲隆隆催轉日，暮聲隆隆催月出。」

59 李商隱〈嫦娥〉。

　　景物的描寫引發想像，「幽蘭露，如啼眼。」[60]晨間滴落的露水對於嬌弱的蘭草似乎顯得太過沉重，望之猶如淚水盈眶，所承受的痛苦遠超出負荷。晨風吹拂，纖細的柳絲無力抗拒，只能隨風傾移，一如「風波不信菱枝弱」，[61]無端遭受外力的牽役與捉弄，身不由己，無法擺脫。景物的刻畫投射觀看者的心情，而此外，庭園裡還堆滿了落花，一片淒清凋零。

　　落花呼應鶯聲，點出時序正當暮春，與下片「春欲暮」先後串聯全詞脈絡，也營造瀰漫全詞的悵惘意緒。上片所寫的景物，皆是人物在虛閣上所聽所望，獨自倚欄，樓閣上空蕩冷清，「虛」與「滿」呈現鮮明對比，不僅所在的樓閣，即內心也是空虛，唯有堆滿悵惘而已。「還似」透露所望之景年年依舊，不僅去年、今年，因此「滿庭堆落花」應是年復一年的落花堆積，「春心莫共花爭發，一寸相思一寸灰。」[62]滿庭落花所象徵的，正是年復一年隨著春來春去的重燃希望與再度落空，累積下來，心中自是堆滿悵惘。

　　「將萎之華，慘於槁木。」[63]詞人不言「春已暮」，而是「春欲暮」，是正在經歷春的逝去，眼看又是一年希望落空，芳華凋零，其間滋味更是慘於春去心冷。然而縱使年年煎熬，依舊思念無窮，只是相思無用，抵禦不了漫長分離對感情所帶來的斲傷，曾經擁有的舊日歡情，眞眞切切，如今卻已漸覺惘然如夢，空幻難留。

　　全詞所呈現的是「失去」的過程，曾經擁有的美好，如今正在流失之中，甚至開始懷疑自己是否眞的擁有過。

---

[60] 李賀〈蘇小小墓〉。

[61] 李商隱〈無題〉。

[62] 李商隱〈無題〉。

[63] 龔自珍〈乙丙之際箸議第九〉。

溫庭筠〈歸國遙〉

雙臉。小鳳戰篦金颭豔。舞衣無力風歛。藕絲秋色染。　　　錦帳繡帷斜掩。露珠清曉簟。粉心黃蕊花靨。黛眉山兩點。

　　此詞從「舞衣無力風歛」，可知是描寫舞妓。因應酒筵歌席的表演情境，歌舞樂妓常是詞人所刻畫的對象，尤其關注其光鮮亮麗的表演者形象下，極不相襯的處境與命運。

　　詞一開始，鏡頭聚焦在舞妓的臉頰，之後順勢上移，髮髻上插戴著鳳釵與篦梳，裝扮豔麗。「戰」同「顫」，「颭」則是因風搖動。透過釵飾，顯示她正在展演曼妙動人的舞姿，所戴釵飾皆隨之搖曳顫動，金色流光閃爍，可想見舞臺上豔光四射，絢麗非凡。而當舞蹈結束，舞衣也隨之無力垂墜，「風歛」與「颭」形成靜與動的對比，一樣是透過身上衣飾暗示她的狀態。但也許無力的不只是身上的舞衣，也是舞妓自身，是表演之後的虛脫，或者心境的慵倦寥落。「藕絲秋色染」，除了形容舞衣的顏色，以帶有季節意涵的「秋」字，取代藕白色的「白」，也有時間流動的暗示。

　　過片，時間由深夜至清曉。在房帷中，「斜掩」的帷帳暗示她心中似乎有所等待，呼應上片「藕」的諧音「偶」，或許是曾經為她的舞技動心的人，又或是她的情意所託付的對象。只是一夜過後，晨露墜落，枕簟清冷，顯然等待已是落空。露珠如淚，是冰冷的觸覺，也是內心的感傷，物象的刻畫微微透露她的心情。但此時天色已明，終須起身裝扮，在臉上畫著粉嫩鮮黃的花靨，描著小山眉，再在兩頰點上紅靨，準備上場表演。

　　全詞首尾相扣，「粉心黃蕊花靨，黛眉山兩點」遙扣第一句「雙臉」，使整闋詞形成一個精整縝密的結構。據此結構，再考慮歌詞的演唱乃是配合曲子一遍又一遍的重複，則此詞所呈現的正是舞妓日復一日的生活，甚至是一生難以脫逃的處境。首尾四句的光鮮亮麗、動人舞技，是展現在眾人面前賞心悅目、風華絕代的形象；而中間四句

則是下了舞臺之後，寥落冷清，情無所託，空對年光流逝，如此終始循環，直到再也無力表演為止。

　　詞作精鍊的傳釋著表演者的宿命。人們觀看表演，目的是為了逃避，現實充滿缺憾也令人苦惱，因此表演的場合必須像一個虛幻的樂園，表演者在其中營造美好的表象，展演著炫目的技藝，使人沉醉迷戀，暫時的忘卻現實。她是虛幻樂園中的虛幻存在，不能顯露真實，更不能流露真情，即使技巧性地融入表演之中，讓表演有些靈魂，但也只能喚起感動，絕不能被看穿。因此詞一開始所聚焦的「雙臉」，雖是彩繪著濃妝的臉頰，但看來卻空洞模糊，不僅面無表情，甚至不見五官。那是表演者的面具，雖然在面具底下，她一樣是血肉之軀，不盡完美，也會老去，同樣也有情感的期望，只是一旦越了界，也就註定落空，觀看表演的人已經習慣面對也只能接受戴著面具的表演者。

　　在現實中，每一個人都是表演者，擁有兩張臉，在人前戴上精心加工修飾的面具，而面具之後，是不知不覺中習慣掩藏的真實自我。[64]曾經有人批評這闋詞「堆砌麗字」，[65]「略無深意」，[66]但顯然麗字之下，深意俱在。

皇甫松〈夢江南〉

蘭燼落，屏上暗紅蕉。閒夢江南梅熟日，夜船吹笛雨蕭蕭。人語驛邊橋。

---

[64] 連冠豪：〈雙臉，表演快樂表演——溫庭筠〈歸國遙・雙臉〉與金玟岐〈小丑〉表演者內心刻畫與背景構築之分析與比較〉，2021，臺大資管系。

[65] 李冰若《栩莊漫記》。

[66] 蕭繼宗：《評點校注花間集》（臺北：臺灣學生書局，1981）。

　　詞作內容扣合詞牌，寫夢見江南。緣題起詞是早期文人詞常見的現象，嘗試「依曲拍爲句」，摸索不同於詩的創作形式，於是常以詞牌名作爲靈感，填寫詞作內容。

　　從脈絡分析，全詞以「閒夢」爲界，之前是現實，之後則是夢境，詞中並呈現實與夢境兩個空間。在現實中，隨著蘭燭成燼，火光熄滅，牀畔畫屏上彩繪的紅蕉圖案，也漸漸消失於暗夜之中，而人也自然的進入夢境。夢中的江南正是梅雨季節，詞從「梅熟日」引出下一句的「雨蕭蕭」，又從「船」引出下一句的「驛邊橋」，脈絡扣得十分緊湊。不同於白居易〈憶江南〉的極言江南之好、風景之美，皇甫松此詞所寫的江南夢景平淡無奇，是某一年初夏的某一個夜晚，梅雨霪霪，伴隨著雨聲，水面上的船中有人吹笛，而驛站旁的橋上，有人正在說著話。

　　比較詞中的現實與夢境，時間同樣是黑夜，但空間上，現實的空間是室內，雖有蘭燭、畫屏等精美器物環繞，卻顯得幽閉而隱密；至於夢中的江南則是開闊的室外場景，其中的流水、船、驛站等都蘊含著向無限遠方開展的動力。其次，比較空間中的物象，現實裡的蘭燭、畫屏雖美，卻任人擺布，其中的蘭草已成爲蠟燭的香料，紅蕉也原是人工彩繪的圖案，都不具生命；相對的，夢境裡的物象如笛、船、驛站、橋等儘管樸實無華，卻能藉以抒發心聲，能乘著航向遠方，或者傳遞訊息或者溝通水岸，而梅子正在滋長、成熟，飽含自然的生氣活力。最後也最顯著的差異是，迥異於現實中暗夜裡的靜默無聲，夢中的江南卻有雨聲、笛聲、人語聲，可謂眾聲喧嘩，也許正感慨漂泊或者吟詠悠閒，也許正訴說離愁或相逢之樂，無論聚散悲喜，夢裡的人都能暢述心懷，也有人聆聽。

　　夢常是現實的補償，也是對於在現實生活中茫然迷失或過度偏執的人所發出的提醒。[67]人一生都在追尋，追尋更好的生活，或者名

---

[67] Stephen Segaller、Merrill Berger著，龔卓軍等譯：《夢的智慧》（臺北：立緒文化事業有限公司，2000）。

利、榮耀、權力、財富、一個角色或位置，但是在追求過程中，也可能不知不覺的交出了什麼作為交換。詞中蘭燭、畫屏等所構成的空間，透露著華麗富貴的氣息，然而夢中的江南卻具有自由、悠閒、眞實、鮮活飽滿的生命力以及無窮的希望與可能，這一切是否正是人們在追求過程中所失去的，在擁有時曾經視爲理所當然的特權？

　　「蘭爐落」，詞一開始所呈現的蘭燭成爐的意象，是否也暗示著生命存在樣態的轉換，以及自然、眞實與美好的流失？

<h2>皇甫松〈夢江南〉</h2>

樓上寢，殘月下簾旌。夢見秣陵惆悵事，桃花柳絮滿江城。雙髻坐吹笙。

　　此詞同樣以現實與夢境對舉。以「夢見」爲界，前兩句是現實，人在樓中，樓外殘月西斜，暗示夜已深，人已入睡；或者正在望月懷人，如《詩・陳風・月出》般的情境，竟夕起相思，與末句的「雙髻」遙遙相對。

　　有所思，有所夢。「夢見」以下由現實進入夢境。詞人以「惆悵」二字明言夢中的情景已經是失落的往事，與「殘」字呼應。人已入夢中，然而惆悵心情卻穿透現實與夢境，正如虛實迷離的意識狀態，進而引出以下兩句夢景的描寫。

　　桃花柳絮，春來春去，是自然的變化、生命的流程，而無論是璀璨綻放，或淒迷翻飛，如今在歲月的淘洗下，在驀然回首的夢境中，盡皆化成美麗的風景，極爲純淨的生命畫頁，更何況當時年華正好，知音相對，無論際遇是升沉起伏，也無論心情的哀樂悲歡，清音相伴，總不孤單。

　　浪漫的江南歲月，如今終究化成夢境。曾經視爲尋常的風景與情感，總在徹底失去後，才驚覺原來如此難得。在詞中，相對於夢境

的美景紛繁、笙樂繚繞，詞人對於現實並未多作著墨，略顯冷清沉寂，「殘」字也略見缺憾。或許現實中擁有的一切，相對於夢境的自然純淨有如天上人間，雲泥兩分，然或許在將來的夢境中，如今乏善可陳的現實，也將化成轉瞬即逝的人生美景。

　　隔著時空距離，隨著年歲漸增，當時總是失落的美好樂園。

皇甫松〈摘得新〉

酌一卮。須教玉笛吹。錦筵紅蠟燭，莫來遲。繁紅一夜經風雨，是空枝。

　　〈摘得新〉來自唐代教坊曲，調名取自「花開堪折直須折，莫待無花空折枝。」[68]皇甫松此詞扣合調名本意，寫把握時光，及時行樂。

　　詞從飲酒作樂寫起。「酌一卮」，譯成白話即「喝一杯吧！」除了喝酒，還須來點音樂，有酒有樂，正是一場宴會，於是順勢引出以下的「錦筵紅蠟燭」，在華宴中紅燭正燃燒。紅燭妝點宴會場的華麗氣息，但是在火光中逐漸銷融，也提醒時間的流逝，因此「莫來遲」，享樂時光怎容輕易辜負。此外，詞末的「繁紅一夜經風雨，是空枝」，也是「莫來遲」的理由。「夜來風雨聲，花落知多少？」[69]風雨無常也無情，一如人生橫逆不知何時來襲，繁花美麗卻脆弱也猶如生命，因此還是把握享樂時光，痛快的沉醉吧！

　　詞末繁紅成空的意象，再度引起「酌一卮」的享樂渴望，全詞可謂首尾扣合。在宴會中配合曲子一遍遍演唱，勢必令人更急切的投入享樂之中，達成召喚享樂的效果。另一方面，就脈絡分析，全詞從飲

68　杜秋娘〈金縷衣〉。

69　孟浩然〈春曉〉。

酒作樂開始，最後歸結到一切成空，反映的事實亦令人驚心。再如
何沉醉的歡宴，終有曲終人散之時，正在狂歡的人們，最終也都會消
失，正如高燒的紅燭、紅豔的繁花也終歸空無，哀樂人生，果然如
幻，全詞所呈現的不過是幻影的瞬間。

　　享樂主旨之外，詞精彩處尤在於並呈的兩個紅色意象──「紅蠟
燭」與「繁紅」。紅色交融燦爛與血腥、美麗與恐怖，「繁紅」如
前所言，如生命的美麗與脆弱，又難免無常無情的打擊；而「紅蠟
燭」除了暗示生命有時而盡，也具象的呈現人類存在的焦灼狀態。[70]
紅燭燃燒，成就光亮，也成就存在價值，然而卻是以燭芯的煎熬、燭
蠟的銷融為代價，如果承受不了煎熬而拒絕燃燒，則蠟燭也就成了無
用之物，沒有人會想要一根拒絕燃燒的蠟燭。同樣的，人的存在的
價值來自才具的鍛鍊與生命的耗損，如果承受不了過程的痛苦而放
棄，也就成了徒具形軀的無用之人。存在本身就是一場試煉，為了完
成自我，成就價值，人註定與個人的才具鬥爭，自我煎熬。以此觀
點，則詞中的享樂也就成了暫時逃脫、釋放的難得時刻。

　　如李冰若《栩莊漫記》所評，皇甫松詞「詞淺意深」，這闋享樂
歌詞果然極能引發思索，也觸動經驗感受。在中國文學傳統中，享樂
的作品多半不是單純歌頌享樂、沉醉享樂，而常是伴隨著時間的壓
力、死亡的恐懼或存在的痛苦，吶喊著及時行樂的作品，通常來自
不快樂的心靈。〈古詩十九首〉的「生年不滿百」、李賀的〈將進
酒〉莫不如此，[71]這闋〈摘得新〉也印證了這一點。

---

[70] 參加斯東・巴什拉（Gaston Bachelard）著，杜小真、顧嘉琛譯：《火的精神分析》（長沙：
岳麓書社，2005）。

[71] 李賀〈將進酒〉：「琉璃鍾，琥珀濃。小槽酒滴真珠紅。烹龍炮鳳玉脂泣，羅屏繡幕圍香
風。吹龍笛，擊鼉鼓。皓齒歌，細腰舞。況是青春日將暮，桃花亂落如紅雨。勸君終日酩酊
醉，酒不到劉伶墳上土。」

參

五代詞選

　　五代是中國歷史上分崩離析的亂世，但也是詞體發展、成形的時代。如陸游所言：「歷唐季五代，詩愈卑而倚聲輒簡古可愛。」[1]不僅詞人詞作數量漸多，更有文人詞集的編纂以及詞學的論述，而精緻典雅陰柔婉媚的詞體風格也隨之確立。

　　五代詞發展的原因甚多，考量亂世背景以及塡詞自娛娛人的功能，眾多文人此時投入歌詞創作，動機不外乎是對現實的逃避，沉浸於飲酒作樂、輕歌漫舞之中。然而逃避的行爲中也往往蘊蓄著創造的動力，[2]以文字爲媒材的塡詞，更是誘發了文人原始的創作熱情，在塡詞裡逃避現實，逃避詩文創作的低迷與壓力，但也在塡詞中開創了新奇的創作場域，在形式、題材、技巧與風格上，都享受著探索的樂趣。

　　因《花間集》的編纂，以及詞人身份顯赫，向來五代詞以西蜀、南唐著稱。但《花間集》所收詞人包括歷仕五代的和凝，從仕荊南的孫光憲，而後唐莊宗李存勗亦善寫歌詞，且粉墨登場親自演唱，加上吳越、閩等南方各國亦有歌詞流傳，可見當時無論南北皆詞風盛行。但以詞作數量及成就論，仍以西蜀、南唐爲首。

1　陸游〈跋花間集〉。

2　段義符著，周尚義、張春梅譯：《逃避主義》（臺北：立緒文化事業有限公司，2006）。

一、韋莊：似直而紆，似達而鬱

　　韋莊（836？—910），字端己，唐詩人韋應物四世孫，京兆杜陵人。早年受挫科場，厄於一第，曾南下漫遊瀟湘、江南。中年時遭逢黃巢、藩鎮之亂，流離南越，避難江南。僖宗廣明元年（880），返長安應舉，適逢黃巢亂軍攻入長安，僖宗西逃。韋莊避難山中，後逃至洛陽，作〈秦婦吟〉，紀錄親眼所見世亂慘狀。昭宗乾寧元年（894），及進士第，年約五十九。入朝爲校書郎、拾遺、補闕等。後入蜀，爲王建掌書記，唐亡，王建創立前蜀，韋莊仕蜀爲相。蜀武成三年（910），卒於成都花林坊。

　　韋莊生逢唐末五代亂世，半生歲月常在流離之中。陳廷焯《白雨齋詞話》論其詞「似直而紆，似達而鬱」，紆迴曲折的沉鬱心境，寓託於看似直言無隱、通透曠達的詞語中，如孫康宜所說：「韋莊詞無論如何淺顯，總帶有一層痛苦的覺悟，不願讓希冀與現實妥協。」[3]因此更具迭宕之姿。詞史上與溫庭筠並稱「溫韋」，對文人詞的發展皆具開創之功。[4]〈菩薩蠻〉五首爲其代表作。

〈菩薩蠻〉其一

紅樓別夜堪惆悵。香燈半捲流蘇帳。殘月出門時，美人和淚辭。　　琵琶金翠羽。絃上黃鶯語。勸我早歸家。綠窗人似花。

---

[3] 孫康宜：《詞與文類研究》（北京：北京大學出版社，2004）。

[4] 鄭騫：〈溫庭筠韋莊與詞的創始〉，羅聯添編：《中國文學史論文選集》（臺北：臺灣學生書局，1979）。

　　〈菩薩蠻〉五首為聯章之作，有其次第脈絡與中心主題，字面上雖不離風花雪月、遊子思鄉，但也見稱「填詞中〈古詩十九首〉」，[5]亦即字面下隱藏著戰亂的背景。據張惠言《詞選》：「此詞蓋留蜀後寄意之作。」整組詞乃暮年回顧半生亂離漂泊，具傳記與回憶錄的性質。首章即以一場故鄉離別，揭開了漂泊旅程的序幕。

　　首句點明離別之地、離別之時、離別之情。紅樓、香燈、流蘇帳，華麗的物象構成旖旎浪漫的場景，然而其中卻堆滿離情，情景的反差更突顯別離的無奈與當下的惆悵。流蘇帳的「半捲」，引出下句的「殘月」，殘月臨照，天色微明，正是離人起身，準備動身遠行的時刻，於是帷帳半捲，美人和淚相送。

　　承接上片，下片描寫臨別的情境。金翠羽乃琵琶面板上的捍撥，據《海錄碎事・樂器部・琵琶門》：「金捍撥在琵琶面上當絃，或以金塗為飾，所以捍護其撥也。」物如其人，美人深情正如所懷抱的琵琶，令人呵護珍惜。而其琵琶曲聲則如黃鶯細語，如天籟般純淨，聲聲叮嚀，早日歸家，只因美人如花，青春易逝，紅顏易老，一如生命中的美好總是轉瞬即逝。而離人自然也懷抱著「早歸」的夙願，在天色微明之時，踏上了亂世漂泊的旅程。只是在當時，他們都不知道，此際的生離將成為永別。

　　紅樓綠窗，首尾相扣，詞中羅列的物象皆極精美，色彩亦是繽紛閃亮，即使天色朦朧，離別的陰影逼臨，依然難掩其聲色光華。或許在歷經亂離之後回首，那一夜共度的最後時光，已在生命中化為難得的溫馨記憶，正如紅樓中的那一盞香燈，溫柔的光芒與散發的香氣，在黯淡殘缺的歲月裡，持續曖曖含光、經久不滅。

5　譚獻《復堂詞話》。

〈菩薩蠻〉其二

人人盡説江南好。遊人只合江南老。春水碧於天。畫船聽雨
眠。　　鑪邊人似月。皓腕凝霜雪。未老莫還鄉。還鄉須斷
腸。

　　詞人多次漫遊或避難江南，因此江南在其生命行旅中佔有一席之
地。於追憶書寫時，也特別將江南往事紀錄詞中。

　　一開始的「人人盡説」，看似稱揚，但其實是想表明「江南好」
是旁人所說，並非自己，與白居易的「江南好，風景舊曾諳」，不僅
滿心而發肆口而成，更強調是親身經歷親眼所見，並非道聽塗說人云
亦云形成鮮明對比。在旁人的勸說中，江南之好足以取代故鄉，因此
無論來自何處，皆應安老於斯。然而落葉歸根、狐死首丘，「雖信美
而非吾土兮，曾何足以稍留？」[6]「吳會非我鄉，安得久留滯？」[7]旁
人的勸說實顯得無理，有違人情，但越是不近人情，也越是透露不尋
常的訊息。正常情況下，任何地方再好都無法取代故鄉，因此人們之
所以如此勸說，背後的現實極可能是戰亂加劇，故鄉難歸，也只有在
歸路阻絕無法還鄉的情況下，江南的人們才會如此勸留。

　　承接首句「江南好」的泛說，詞接續以四句的篇幅，一一細數江
南之好，春水碧綠，畫船聽雨，悠然入眠，且不僅風景秀麗，生活閒
適，美人亦是隨處可見，酒肆中當鑪賣酒的佳麗，盡是膚如霜雪，
麗質天生。顯然詞中的江南描寫，傳承著白居易〈憶江南〉（江南
好）及皇甫松〈夢江南〉（蘭燼落）的經典畫面，但不同的是四句中
特別以二句強調江南美人之美，應是別有用意，亦即旁人的勸說中隱
含著針對性──第一闋詞中的「美人和淚辭」，「綠窗人似花」。

　　故鄉之所以有其不可抗力的牽絆，除了天性中根源血脈的連結，

6　王粲〈登樓賦〉。
7　曹丕〈雜詩〉。

也常與人有關。對詞人而言，故鄉美人自是最放不下的情感牽掛，因此即使處身美麗江南也定要還鄉。然在歸路阻絕的情況下，人們只能勸說美人愛情在江南隨處可遇，故鄉美人不難取代，在亂世中執著於愛情，毋寧亦是幾近罪惡的奢侈。然而「未老莫還鄉，還鄉須斷腸」，詞人的回應看似順承，呼應次句，將老於江南，但實則是辭謝，江南再美好也無法取代故鄉，故鄉美人更是誰也無法取代，「未」與「莫」皆是否定語詞，正是到老時終必還鄉之意，只因如今難以歸返，執意還鄉徒惹斷腸。

　　「早歸」之願已無法實現，「晚歸」之想既是對現實的無奈妥協，也是對歸鄉約定的徹底堅持，「還鄉」、「還鄉」，詞人口口聲聲，切切思歸，其中更懷著戰亂終會平息的祝願。

〈菩薩蠻〉其三

如今卻憶江南樂。當時年少春衫薄。騎馬倚斜橋。滿樓紅袖招。　　翠屏金屈曲。醉入花叢宿。此度見花枝。白頭誓不歸。

　　從「如今」與「當時」可知，在此詞中詞人已離開江南，或許戰亂加劇，再度被迫流離。「客舍并州已十霜，歸心日夜憶咸陽。無端更渡桑乾水，卻望并州是故鄉。」[8]對於此時不知流落何處的詞人而言，曾經無意珍惜的江南如今卻成了故鄉般的樂園，但也已是回不去的樂園。

　　自「江南樂」引出「當時」三句，追憶江南時光，一襲春衫，輕馳駿馬，斜倚畫橋，閒看滿樓佳人，紅袖輕搖。除了江南的旖旎風情

8　賈島〈渡桑乾〉。

令人不勝眷戀，回想當時的自己也仍是個「少年騎馬郎」，[9]風流俊邁，清純瀟灑。雖然詞人避難江南時已不再年少，但如此的形象刻畫，除了是回首過去總覺當時猶是年輕的普遍心理，亦暗示處身江南時仍如飛揚純真的少年，擁有青春的心境、浪漫的情懷、享樂的餘裕乃至歸鄉的希望，因此此際回想，才驚覺當時如同處身樂園，還有擁有太多，然而也就在意識其美好的當下，一切也都隨著遠離江南而失去。

「前溪舞罷君回顧，併覺今朝粉態新。」[10]當時無意珍惜或感到缺憾的，如今都成了追不回的美好。過片承接「如今」，除了追憶江南時光，流離異地的詞人內心也陷入糾結與衝突。「花叢」、「花枝」與上片的「紅袖」既相對也呼應，事實上也與第二首的「鑪邊人似月」、第一首的「綠窗人似花」遙遙相扣，無論虛實，在詞人心裡其實都是故鄉美人的代替。

「翠屏金屈曲，醉入花叢宿」，沉醉聲色的形跡背後是渴望補償的心理，補償在江南時能享有而輕忽錯過的特權；此外，也是對在江南時不知珍惜以致錯過的自己的嘲諷與抗議，然而，當時之所以漠視江南的美好，對旁人的勸說無動於衷，無非也是牽繫故鄉美人之故，因此罪惡般的享樂、「白頭誓不歸」的決絕語，歸根結柢也是最令人心碎的遷怒，亦即對內心最執著愛戀的故鄉美人的憤怒。但在另一方面，享樂也是對現實的逃避，因為墮落與瘋狂形跡的背後所潛藏的，可能是唐朝已亡、歸鄉無望、美人再見無期的殘酷事實。

「白頭誓不歸」，乍看是對第二首「未老莫還鄉」的自我否定，似乎詞人心意已變。但不願歸鄉，不必沉痛發誓，之所以需要對自己如此激切的發誓，應是對絕望現實的抗議，故鄉已是永遠回不去，即使到了白頭。「早歸」、「遲歸」到「不歸」，暗示戰亂加劇、歸路

9　敦煌詞〈菩薩蠻〉。

10　李商隱〈回中牡丹為雨所敗二首〉其二。

斷絕，詞人在亂世中轉徙流離，與故鄉漸行漸遠，然而看似斷絕的歸鄉意念其實未曾斷絕，甚至更加熱切。

〈菩薩蠻〉其四

勸君今夜須沉醉。樽前莫話明朝事。珍重主人心。酒深情亦深。　　須愁春漏短。莫訴金杯滿。遇酒且呵呵。人生能幾何。

　　相對於前一首的激切，此詞卻顯得豁達，然而也更見韋莊詞「似直而紆，似達而鬱」[11]的風格，及時行樂、把握眼前，但放曠灑脫的字面下，仍掩不住沉重緊繃極度壓抑的心情，如同許多鼓吹享樂的作品。以詞人一生的行跡推測，此時可能已輾轉入蜀。

　　詞中寫的是一場春夜對酌，舉杯勸君也是勸自己，而勸醉的熱情背後其實是「醉裡且貪歡笑」[12]的無奈，「須」字使得渴望沉醉逃避清醒的意念更顯迫切。珍重今夜，莫話明朝，亂世中朝不保夕、亂離無常，「未來」總是禁忌的話題，說得再多都可能在一瞬間成了空話，毫無意義；而除了不談未來，詞中未明白說出的還有「過去」，因為一旦談及，往昔記憶、思歸之想定又不覺翻湧纏繞，徒增失落與痛楚。因此所能把握的唯有眼前，「珍重主人心」，是對第二首在江南時對異鄉人情輕忽漠視的錯誤進行修正，也是尋求救贖與補償缺憾的努力，但這一切只說明了當人懂得珍惜時，也往往意味著他意識到失去的已經太多。

　　漏聲沉重，聲聲提醒，這容許沉醉的春夜亦是短暫迫促，片刻不停，因此更加劇了痛飲拚醉的渴求，強顏歡笑的笑聲也隨之瀰漫在酒

11　陳廷焯《白雨齋詞話》。

12　辛棄疾〈西江月〉。

筵之中，但越是用力，也越顯空洞，越顯荒涼，「人生能幾何」？亂
世中這樣的詢問更覺嘲諷，更添無奈。

　　綜觀全詞，代表醉的語詞如「沉醉」、「樽前」、「酒」、「金
杯」與代表清醒攸關時間的語詞「今夜」、「明朝」、「春漏」、
「人生」，在脈絡中交織頡頏、傾軋對抗，而其排序亦透露詞人欲
醉不能、始終清醒的內心。此外，相對於前三闋的「早歸」、「遲
歸」與「不歸」，此詞絕口不提「歸」字，然而刻意「忘歸」，壓抑
對故鄉思念以及歸鄉渴望，其實更突顯其心意的濃烈，也因此下一首
詞一開始，便是對故鄉的聲聲呼喊。

〈菩薩蠻〉其五

洛陽城裡春光好。洛陽才子他鄉老。柳暗魏王堤。此時心轉
迷。　　桃花春水淥。水上鴛鴦浴。凝恨對殘暉。憶君君不
知。

　　韋莊暮年入蜀，因此這闋詞的時空背景應是成都，也就是詞人晚
年仕宦與託身之處。詞以「洛陽」作為故鄉長安的代稱，應是敏感的
政治因素考量，或者藉以營造詞若即若離的虛構色彩。無論如何，一
開始「洛陽」、「洛陽」的聲聲呼喊，宣洩了詞人一度極力壓抑的故
鄉思念。

　　隨著春來，故鄉的美麗春景也重現於悠悠念想之中，而次句的
「洛陽才子他鄉老」對於曾經執意「未老莫還鄉」的詞人而言，所透
露的毋寧是無盡的失落與憾恨，故鄉再美，鄉思再濃，如今已老於他
鄉的詞人業已無法歸返，無法再處身其中。

　　「柳暗魏王堤」呼應首句，是浮現腦海中的洛陽美景，洛水溢而
為池，池畔築堤，貞觀年間，太宗將此地賜予四子魏王李泰，故名

魏王池、魏王堤。「何處未春先有思，柳條無力魏王堤。」[13]又據徐松《唐兩京城坊考》徐穆校補：「水鳥翔泳，芰荷翻覆，爲都城之勝。」可見其景致之優美。然而洛陽美景無數，此處特別指出魏王堤，所表露的除是對難忘美景的眷戀，或許也暗含著對大唐貞觀盛世的追想，因此「此時心轉迷」，呼應次句，老於他鄉的詞人此時心緒悠悠轉轉，墜入迷戀、迷失、迷惘的狀態中，無限追惜也無限失落，美麗的故鄉是否眞的已經遠隔煙塵無法重返？輝煌燦爛的盛世難道眞的已經破碎傾覆，永遠消逝？

　　過片，敘寫眼前他鄉的春景，桃花繽紛，春水碧綠，鴛鴦對浴，嬌娜可愛也生氣盎然，其中花與鳥的意象也分外醒目，似曾相識。從創作的立場，眼前這一片熟悉的春景，其實正是記憶的起點，漂流在時空中的「斷片」，[14]一旦猝然入眼，便如同按下通往往昔時空之門的按鍵，對此時的詞人，既召喚著「水鳥翔泳，芰荷翻覆」的洛陽春景，也同時召回且串聯起這一段漂泊歷程中的無數春日記憶，於是「春漏」、「花枝」、「花叢」、「紅袖」、「春衫」、「春水」等相關的情景紛至沓來，更與首闋「綠窗人似花」、「絃上黃鶯語」遙相呼應，牽掛已久的故鄉美人，當時離別的情景、「早歸」的叮嚀與承諾，紛紛重現眼前，迴盪心中，也因此引出最後的「凝恨對殘暉，憶君君不知」。

　　殘暉呼應著暮年，也藉著無限燦爛卻終將墜落的夕陽意象，傳釋其始終熱切卻遭亂世阻隔無法成眞的歸鄉願望，而所憶之「君」除了故鄉美人，或者也暗含對故國的懷想與悼念，亦即在思鄉情切、美人情深的字面下，這組追憶之詞除了敘述漂泊亂世的經歷，也寄託其對已然傾覆的故唐的無限追想。

---

[13]　白居易〈魏王堤〉。

[14]　宇文所安（Stephen Owen）著，鄭學勤譯：《追憶》（北京：生活・讀書・新知三聯書店，2004）。

　　俞平伯以爲韋莊此組〈菩薩蠻〉乃是「一意的反覆轉折」，[15]從第一首的「早歸」到此首的「思歸」，確實反反覆覆訴說對故鄉、美人乃至故國的切切思念與回歸之想。雖然，從韋莊實際的進退出處——詞人在唐室傾覆之前已主動選擇離開朝廷，投效西川節度使王建，唐亡之時，勸諭王建據蜀自立，前蜀開國典章制度皆出其手——詞中披露的被迫流離，去國漸遠，歸返無望更顯虛構色彩，也令人不禁質疑詞人撰述此組回憶錄般詞作的動機。

　　傳記、回憶錄從來不可能是一生的如實重現，而是整理、修補乃至爲自己辯護。[16]人生實難，太平時日裡，人都很難將自己活成理想中的樣子，何況處於亂世之中，動輒進退失據，求得清白無罪、無愧無憾的一生談何容易。詞中反覆出現的回歸意念，也許也隱含著詞人對於初衷以及理想生命的回溯與探尋，亦即詞中的故鄉美人具有更多的隱喻意涵，比如曾經擁有的眞心與執著，以及藉以完成的理想自我與生命流程，在走過亂世洪流的暮年歲月，詞人渴望透過詞的創作將它尋回，在詞中實現，以作爲慰藉，或彌補遺憾。在五首時空背景不斷變遷的詞作中，始終不變反覆重現的春日意象也應具此象徵，在不可逆的流逝時光中，喚起滌淨錯誤、回歸初始的希望。[17]

---

[15] 俞平伯：〈韋端己〈菩薩蠻〉五首〉，《讀詞偶得》（北京：人民文學出版社，2000）。

[16] 川合康三：《中國的自傳文學》（北京：中國編譯出版社，1999）。

[17] 李文鈺：〈流逝與尋回——試論韋莊〈菩薩蠻〉五首中的春意象〉，《漢學研究》第29卷第1期，2011年3月。

二、《花間》詞選：鏤玉雕瓊，裁花剪葉

「鏤玉雕瓊，擬化工而迴巧；裁花剪葉，奪春豔以爭鮮。」歐陽炯〈花間集序〉開宗明義表明了《花間集》的選詞標準，同時也規範了文人詞精雕細琢、巧奪天工，卻不失自然生氣的獨具風格，對於嗣後文人詞的發展帶來深遠影響。

《花間集》爲中國詞史上第一部文人詞選集，五代後蜀趙崇祚所編，成書於後蜀廣政三年（940），共收錄晚唐五代十八位文人詞五百首，包含溫庭筠、皇甫松、韋莊等。所收詞形式多爲小令，題材以書寫女性閨情爲多，風格趨於精致典雅，陰柔婉媚。

最初，詞集的編纂乃爲文人雅士娛樂之用，爲宴樂歌詞的選本，「庶使西園英哲，用資羽蓋之歡；南國嬋娟，休唱蓮舟之引。」[18]目的在提升文人享樂歌舞的美感品味，但也因此帶動文人填詞的風尚，正式宣告與民間詞分流，以及文人詞時代的來臨。

薛昭蘊〈浣溪沙〉

紅蓼渡頭秋正雨，印沙鷗跡自成行。整鬟飄袖野風香。　　不語含顰深浦裡，幾回愁煞棹船郎。燕歸帆盡水茫茫。

這是一首等待的詞。脈絡上片由景及人，下片由人及景，而景的描寫皆在烘托或暗示人物的處境與心境。

首句以紅蓼點出詞作的時空背景，水蓼生長水岸，秋季開白花，花萼微帶紅色，因此引出以下的渡頭與秋季。一個飄雨的秋日水

---

18 歐陽炯〈花間集序〉。

岸，岸邊一片紅色的水蓼花叢，場景中透著些許淒清哀豔的氣息。渡頭是離別或等待之地，藉此點出詞作的主題。

因為飄雨，所以沙岸上鷗鳥不飛，自在的在岸邊行走，自然的走出了一行行的足跡。此景的描繪似乎暗示岸邊無人，所以敏感的鷗鳥能夠自在來去，但是第三句中又顯示岸邊有人，她正在整鬟，風吹著衣袖，風裡含著香氣，因此鷗鳥的悠然自在其實暗示岸邊的人存在已久，早已為鷗鳥所慣見，而且她一直有所專注，全然無視於鷗鳥或其他事物的存在。

女子整鬟飄袖，因野地的風吹亂了髮絲，也暗示水面上正有船隻靠近，與下片棹船郎呼應。希望再度被喚起，無論所等待的人何時歸來，她都要以最美好的模樣迎接，野風中的香氣，除了郊野的花草，也含著她精心裝扮的脂粉與衣香。

過片之後，場景依舊，「深浦」仍是蓼花開遍的水岸，也仍佇立著她的身影，只是從「整鬟飄袖」變成「不語含矉」。從行動與神情的變化，可想見過片的空白處情節仍在進行，而且幾近殘酷，船隻終於靠近、停泊，有人上船，下船，但一直到岸邊的人都消失了，她所等待的仍然沒有出現。「過盡千帆皆不是」，[19]一遍遍的希望重現與再度落空，不語含矉依舊佇立的身影，連看遍類似場景早已司空見慣的棹船郎都為之不忍，為她哀愁。

末句以景結情，秋燕南歸，船行已遠，空留她佇立水岸。景象的刻畫中，猶見她凝望天際的眼神，一切都從眼前消失，只有茫茫流水陪伴她繼續無盡等待。猶如山鬼的化身，被封印在漫長的等待裡，不同的是山鬼在荒山，而她在野地無人的水邊。

---

[19] 溫庭筠〈夢江南〉。

張泌〈浣溪沙〉

馬上凝情憶舊遊。照花淹竹小溪流。鈿箏羅幕玉搔頭。　　早是出門長帶月，可堪分袂又經秋。晚風斜日不勝愁。

　　羈旅行役是北宋詞人柳永擅長的題材，而在《花間集》裡詞人已有所開拓，溫庭筠〈更漏子〉（背江樓）純寫行役旅人，張泌這闋〈浣溪沙〉則是帶入了相思離情，可謂柳永〈八聲甘州〉（對瀟瀟暮雨）一類行役之詞的起源。

　　詞上下片首句相互呼應，當天色微明，殘月朦朧之時，征人已跨上馬背，準備開始一天風塵僕僕、披星戴月的旅程，然而正當動身之際，他的思緒卻逆向的回溯往昔，腦海中浮現始終難忘，彷彿永恆鐫刻在記憶中的畫面──羅幕圍繞的閨房，她手中撫著鈿箏，頭上戴著玉簪，而窗外則是清溪流淌，花叢竹林映照在清澈的水面上。但一回神，眼前又是茫茫征途，在殘月、晚風、斜日與秋季的輪替間，時間快速流轉，一日日、一年年，流逝的時間將他帶離往昔的純淨歲月。與她離別已久，處身塵世，不堪疲憊，不勝哀愁，唯有浪漫甜美知音相得的記憶，在征途中帶來些許慰藉。

　　宗教現象學家伊利亞德（Mircea Eliade）將時間、空間皆區分為聖與俗，[20]詞中並呈的今昔時空，即分別深具世俗與神聖的意義。記憶中的往昔場景，時間彷彿停滯，凝結在純淨浪漫知音相得的瞬間，清澈溪流與花叢竹林成為天然屏障，將它與塵俗隔絕，不受時間與現實的汙染破壞。然而當下所處的征途，殘月、晚風、斜日與秋季所構成的景象昏暗而衰颯，一如流逝的時間與缺憾的現實，對生命、心靈所造成的無可避免的毀壞，塵滿面鬢如霜終究是世途奔波的人所將領受的滄桑。

---

[20] 伊利亞德（Mircea Eliade）著，楊素娥譯：《聖與俗──宗教的本質》（臺北：桂冠圖書股份有限公司，2001）。

　　處身流逝的時間與不堪的塵俗，神聖時空的記憶無疑是一股抵禦老化、俗化的力量，記得那一段天眞浪漫的時光，那曾經深愛的人、沉醉的事物，以及純淨的眞心，對於老去與蒙塵的靈魂，都是最珍貴的救贖。

張泌〈浣溪沙〉

小市東門欲雪天。眾中依約見神仙。蕊黃香畫帖金蟬。　　飲散黃昏人草草，醉容無語立門前。馬嘶塵烘一街煙。

　　此詞以「小市」爲背景，流露特有的城市風情，也顯現《花間》詞的多樣風貌。詞中刻畫的女性有如神仙，偶然的出現，又消失難尋，在全詞鋪展的情境中甚具象徵意義，也傳達了普遍常見的內在經驗。

　　小市東門，是人潮聚集的地方，呈現著繁華熱鬧的景象；然而當視線往上抬，卻見天色陰霾，即將下雪，想來天氣十分寒冷。天上人間，冷熱反差，而陰冷沉悶的天氣似乎也暗示著人物的心情。

　　就在熙來攘往的人群中，在陰沉的天空下，詞中的主角依稀看見一張神仙般的臉龐，臉上畫著花靨，嫩黃的花蕊猶帶粉香，頭上安戴著蟬形金釵，顯得極爲亮眼，吸引了他的目光。

　　然而他似乎未作停留，按照約定或者習慣去喝了酒，直到黃昏，宴席結束，酒伴們匆匆散去，他才帶著醉意，再度回到東門，然而她已消失不見，眼前只見隨著馬嘶聲奔馳而過的馬車，在大街上揚起茫茫的煙塵。

　　昏暗天色與茫茫煙塵首尾呼應，將全詞意境籠罩於凝重沉悶的氣息之中，詞中的主角可能眞的錯過了什麼。如果從象徵的層次解讀，或者將自己置入詞境當中，便依稀可感受詞中呈現一種經驗——一個人陷入了茫然不見光亮的困境，神仙般的佳人象徵偶然出現的希

望，帶來救贖的可能，然而即便如此，人也常是屈服於習慣，或者因種種理由而未能及時掌握，當幡然醒覺有意重尋時，一切已如夢幻泡影，消逝難追，徒增滿懷失落與遺憾，而依然處身困境之中。

歐陽炯〈南鄉子〉

岸遠沙平。日斜歸路晚霞明。孔雀自憐金翠尾。臨水。認得行人驚不起。

《花間集》中除了美女愛情、相思怨別，也不乏寫景而饒有意境的詞作。這闋〈南鄉子〉緣題起詞，描寫南方的鄉野風光，一落筆便開展出一幅清遠明淨的畫面，水隨岸遠，與天相連，而平坦的沙岸也是一段歸路，在斜陽晚霞的映照下，結束了一天活動的人們，正走在返家的路上。

然而全詞的重心並不在影像模糊的行人，而是即將登場的孔雀。與天際絢爛的霞光相輝映，翠羽鮮麗佇立岸邊正臨水自照，當行人走近，人聲或騷動帶來驚擾，打斷了顧影自憐的興致，但是孔雀並沒有因此受到驚嚇，遠遠飛離，只因為「認得」行人，彼此熟悉，也不曾相害。

短短小詞，境界超遠。若著眼於詞中的人類，則可謂人有所歸，日入而息，而孔雀的「認得」更顯示這裡的人們是活在按照正常規律運轉的生活中，如果以米蘭昆德拉（Milan Kundera）《生命中不能承受之輕》對「幸福」的定義：「幸福是對重複的渴求。」則詞中的人們正過著幸福的生活，看似單調平淡，但對於處身亂世或曾經遭遇失去與無常的人，卻是歲月靜好，彌足珍貴。

此外，「物情無巨細，自適固其常。」[21]在詞所開展的遼闊天地

---

[21] 杜甫〈夏夜嘆〉。

間，人讓位給了物，不再是舞臺上的唯一主角，得天獨厚擁有一身華羽的孔雀成了鮮明的亮點，也受盡驕寵般的隨性自在自賞自憐，人類在其眼中不過是偶然帶來驚擾不解風情的生物，不是可怕的危險或威脅，可以無視，無須懼怕，不必逃離。

　　人有所歸，物適其性，人與物和諧共處，詞所呈現的毋寧是樂園境界。如以孫光憲〈八拍蠻〉：「孔雀尾拖金線長。怕人飛起入丁香。越女沙頭爭拾翠，相呼歸去背斜陽。」作為對照，夕陽沙岸，孔雀歸人，同樣的時空情境、同樣出場的人與物，但境界卻是差遠。

李珣〈浣溪沙〉

紅藕花香到檻頻。可堪閒憶似花人。舊歡如夢絕音塵。　　翠疊畫屏山隱隱，冷鋪紋簟水潾潾。斷魂何處一蟬新。

　　根據研究，嗅覺是與記憶最直接相關的感官，聞到某種味道的當下，會自然的想起某個人，某個地方，某一段時間，或者某一件事。這一闋詞所披露的正是這樣的經驗。

　　一開始，詞中主角正在池邊，倚欄而望。時值初夏，紅色的藕花綻放，幽香浮動，頻頻傳送，不經意的便喚起了記憶，想起如花般的佳人。或許與她在藕花盛開的季節相識，或許她的清新氣質如同藕花，或者正是她最愛的花朵，無論如何，已在心裡鏤刻意義的香氣，隨著季節回歸、重現，自然的與她產生了聯結，也將他帶回了那一段時光。只是「可堪」二字，透露這段記憶所帶來的是難以承受的感傷，也由此引出下句「舊歡如夢絕音塵」，解釋「可堪」的原因。原來與她的情事已成過往，消息阻絕，共處的歡樂情景在流光中逐漸模糊，惘然如夢。

　　過片承接「舊歡如夢絕音塵」，透過物象與空間的刻畫，暗示人物已從室外回到房中，也進一步細訴如何「舊歡如夢」，如何「絕

音塵」。畫屏與紋簟所圍繞的是曾經歡愛的私密空間，如今屏扇疊起，屏上所繪的蒼翠山形因此顯得隱約重疊，朦朧模糊；而紋簟雖依然鋪展，只是紋樣望之如水，撫觸中更覺涼冷，失去了往日餘溫。此外，「山隱隱」、「水潾潾」除了狀物，或許也透露當睹物思人感傷物在人遠之時，淚水已不覺模糊了眼框，同時亦暗示彼此山水阻隔、消息難通，回應上片末句的「絕音塵」。

　　置身如此堆滿記憶與悵惘的空間，正當沉思往事，黯然銷魂，初夏的蟬聲卻斷然的將人喚回現實，「何處」傳釋甫遭驚醒時的疑惑迷茫，「新」字則宣告是初夏的第一聲蟬，原來這藕花盛開、香氣漸濃的夏日正要開始，亦即這備受相思纏擾的季節，此時才揭開序幕。

三、馮延巳：思深辭麗，一往情深

　　馮延巳（903-960），字正中，廣陵人。其父馮令頵爲吳國廣陵軍令，李昇專吳政，特予拔擢，且使馮延巳與李璟遊處。937年，李昇篡吳，建立南唐，李璟爲吳王、齊王，馮延巳爲其元帥府掌書記。943年，李璟嗣位，是爲南唐中主。在位十九年間，馮延巳四度爲相及罷相，雖甚得中主重用，但於南唐朝廷也備受訾議。960年，在南唐國勢風雨飄搖中，馮延巳結束了盡享榮寵也備感孤危的一生。次年，李煜嗣位於金陵。

　　王國維《人間詞話》：「馮延巳詞雖不失五代風格，而堂廡特大，開北宋一代風氣。」即使依然是酒筵歌席中的歌詞，但詞作個性比起《花間》更爲鮮明，刻畫情感之外也刻畫心境，且流露直面痛苦、全力承擔的精神。帶有文士氣且極爲敏銳善感的風格，對於北宋初期兩位詞人晏殊、歐陽修也有所影響。

〈鵲踏枝〉

誰道閒情拋棄久。每到春來，惆悵還依舊。日日花前常病酒。不辭鏡裡朱顏瘦。　　河畔青蕪堤上柳。爲問新愁，何事年年有。獨立小橋風滿袖。平林新月人歸後。

　　〈鵲踏枝〉即〈鳳棲梧〉，又名〈蝶戀花〉。此詞堪稱馮延巳的代表詞作，詞中披露的時間經驗既特別又常見，它說明了有時「往事並不如煙」。

　　詞一開始便是帶著無奈的質問。閒情是看似莫名的一種情緒，不知根由爲何，但偶因外力觸動便油然滋生，籠罩心頭。實則如曹丕〈善哉行〉所言：「高山有崖，林木有枝。憂來無方，人莫之

知。」憂思本非來自外界，而是根植心中，如高山之崖、林木之枝，早已成為內心的一部份。因此閒情的根由也常是來自心中，或許是一段記憶，原以為早已隨著時光流逝而淡忘，卻沒料到當春景觸動，又自然湧現，也使自己掉入了悵恨的情緒中，或許是事與願違，往事無法擺脫，也或許是舊時的悵恨又重回心頭。

　　詞中的「久」與「每到春來」，呈現了兩種不同的時間向度。人總是寄望於時間，相信時間能讓人遺忘，撫平傷痛，或帶走不堪的過去。但是卻忘了人同時活在兩種時間向度裡：直線的、一去不返的，以及圓形的、重複循環的。「對酒當歌，人生幾何。譬如朝露，去日苦多。」[22]從生到死、從青春到年老，是不可逆的流逝的時間；但是季節循環以及人類製訂的曆法，卻是周而復始、一再重複。因此無論過了多久，當季節重臨或者日期逼近，記憶便隨之悄然甦醒，一如「春花秋月，觸緒還傷」，[23]「四月十七，正是去年今日，別君時」，[24]相似的季節風景或者刻在心中的日期，總冷不防將人帶回當時，重返現場，再一次承受傷痛，或者目睹當時的一切。

　　於是「日日花前常病酒，不辭鏡裡朱顏瘦」，「花前」呼應「春來」，群芳爭豔的大好春日卻讓自己病態般的喝酒，只因為如幽靈般湧現的記憶教人難以承受，所以本能的逃避，縱使辜負了春景戕害了自身也在所不惜。又或許不賞春景，自我折磨，以致朱顏消瘦，也暗含著內心卑微的贖罪渴求，如果意圖擺脫的記憶裡有著難以彌補的遺憾。

　　過片前三句呼應「每到春來」，春草萋萋，綿綿滋長，堤上柳枝，千絲萬縷，正是春來的風景，然而相對於上片「惆悵還依舊」時間由當下回溯過往，此處的「為問新愁，何事年年有」卻是從過

[22] 曹操〈短歌行〉。
[23] 納蘭性德〈沁園春〉。
[24] 韋莊〈女冠子〉。

去、現在指向未來，亦即意識到隨著春來陷入惆悵，幾乎已是一生難以擺脫。同時，除了事與願違的惆悵，春景所喚起的愁並非舊愁而是新愁，原因在於同樣記憶隨著時空變遷所帶來的可能是不同感受，甚且可能累積。更何況事情發生的當下，常是當局者迷，陷入一片混亂，並不清楚到底發生了什麼，而過了一段時間往回看，卻看得更清楚，明白當時自己被如何對待，或者有多麼的令人痛心，因此年年所喚起的總是不同的新愁。

詞到最後，留下的是一個孤單的身影。「橋」呼應首句的「河」與「堤」。佇立小橋，眼前盡是令人惆悵與哀愁的春景，風灌進了衣袖，在春寒料峭的時節，四面襲來的應是刺骨寒風，何況橋上一無依傍，更挾帶著冰冷的水氣。相對於花前病酒，此時卻是無比清醒。獨自佇立，無人相伴，耿耿於懷的隱痛往往難以向人訴說，只能獨自承受。直到月上林梢，人群散去，依然獨立小橋，自虐般的身影彷彿正擔負著難言的折磨。

如李商隱〈暮秋獨遊曲江〉：「荷葉生時春恨生。荷葉枯時秋恨成。深知身在情長在，悵望江頭江水聲。」春時恨生，秋時恨成。詩人明白有些痛苦不會被時間帶走，反而與時滋長，鑴刻心頭，化為內心的一部份，悠悠長恨，伴隨一生。可知時間所帶來的不盡然是淡忘，有時是提醒，往事並不如煙。

〈鵲踏枝〉

蕭索清秋珠淚墜。枕簟微涼，輾轉渾無寐。殘酒欲醒中夜起。月明如練天如水。　　階下寒聲啼絡緯。庭樹金風，悄悄重門閉。可惜舊歡攜手地。思量一夕成憔悴。

詞作脈絡由上片的室內空間，轉向下片的室外，以上片末句「月明如練天如水」作為過渡。

　　「蕭索清秋」，使全詞籠罩秋日的蕭瑟氣息，而「中夜」、「月明」、「一夕」，亦顯示時間是夜晚，「珠淚墜」可能是露水，增添秋夜的涼冷氣息，但也暗示了人物的存在，在如此蕭瑟清冷的秋夜裡，有人正在哭泣、流淚。他感到枕簟微涼，只是涼意除了氣候或許也與心境有關，他正輾轉反側，難以成眠。也許睡前喝了些酒，藉酒消愁或是以酒助眠，希望能逃過夜裡的輾轉反側，只可惜事與願違，酒意退了，人也逐漸清醒，夜半起身時，只見窗外夜空澄淨如水，傾瀉的月光如絲綢般純白明亮。「情人怨遙夜，竟夕起相思。」[25]如此的月光喚起相思，或者使相思更濃。

　　詞的下片，有兩種解讀。其一是人仍在室內，前三句的景是臨窗所聽所見，後二句則是內心所思；另一種解讀是由於月光的牽引，從室內走向室外，來到一處思念難忘的地方，在那裡一夕徘徊。

　　前一種解讀是醒後起身，望著窗外夜空，聽見階下傳來絡緯的啼聲，聽來淒清，也襯得深夜更為寧靜。再望向庭園，秋風吹動庭樹，樹影搖曳中，只見重門掩閉。視線至此被遮擋，門外是望不見的世界，他處身如此清冷封閉的重門院落之中。但此夜思緒卻是擋不住的飄然遠揚，回想著曾與舊歡攜手同遊之地，徹夜思量，不辭憔悴。歡已成舊，這應該是他流淚、無眠、醉酒、獨醒的原因吧！

　　後一種解讀是隨著美麗夜色與月光的牽引，酒醒難眠的他不覺走出室外，走到了一處庭園前。只聽見階下傳來絡緯的啼聲，圍牆後的庭樹在秋風中搖曳，蟲聲、風聲更顯得深夜如此幽靜，而重門也是靜靜的關閉著。曾是與舊歡攜手同遊之地，如今重門深掩，進不去也回不去了。然而縱使如此，在月光下，秋風裡，他依舊徹夜徘徊、思量，不惜憔悴。

　　「似此星辰非昨夜，為誰風露立中宵。」[26]暗夜裡無眠的傷心人，淒寒中獨自追憶往昔，類此形象常見於文學吟詠，馮延巳此詞透

---

[25]　張九齡〈望月懷遠〉。

[26]　黃景仁〈綺懷〉。

過視、聽、觸覺所營造的情境，分外引人身歷其中。此外，亦顯現了馮延巳詞特有的精神，面對痛苦，執意承擔，不問代價。

〈拋球樂〉

酒罷歌餘興未闌。小橋流水共盤桓。波搖梅蕊當心白，風入羅衣貼體寒。且莫思歸去，須盡笙歌此夕歡。

　　此詞字面看來是寫一場歡宴，曲終人散前，人們興味猶在，不忍散去。詞中描寫的景物及其間的轉折脈絡，也十分引發聯想。

　　首句即呈現外在情境與內心的衝突。酒罷歌餘，歡宴將散，然而人們卻是意猶未盡，不捨歡宴就此結束，因此引出下句「小橋流水共盤桓」，暫且離開宴席，漫步庭園，欣賞小橋流水的風光，而藉此又引出以下「波搖梅蕊當心白，風入羅衣貼體寒」，正是小橋上、流水邊所見所感。

　　「波搖梅蕊當心白」，此句所寫景象如葉嘉瑩先生解讀，是水邊的梅樹倒影波心，水波中搖蕩的梅蕊，看來是一片粉白。[27]如此景象使人有鏡花水月、繁華如夢之感；而「風入羅衣貼體寒」，又是馮延巳詞常見的情景，風透羅衣，春寒襲人。兩句意境猶如李商隱詩：「素娥唯與月，青女不饒霜。」[28]世上的美好盡如夢幻，但所經歷的痛楚卻深切真實。

　　上述解讀之外，二句對仗工整且全詞脈絡緊湊，「當心白」對「貼體寒」，體在羅衣之中，因此「當心白」的心應指梅蕊之心，而非波心。又「波」承前一句「小橋流水」，而「搖」除與流水有關，也與下一句「風入羅衣」的風相關，亦即「波搖梅蕊當心白」所

---

[27]　葉嘉瑩：《唐五代名家詞選講》（北京：北京大學出版社，2007）。

[28]　李商隱〈十一月中旬至扶風界見梅花〉。

寫的景應是風吹梅樹，花落水中，然即使在水波中漂蕩，花心依舊純白，不改其色。如此情景猶如以落梅隱喻一種傲岸精神，不隨際遇的升沉變化而變易本色，而越是懷此節操，也越容易感受世態人情的淡薄與寒涼，亦如「風入羅衣貼體寒」所暗示。

以上可見詞中所寫的景極易興感，而除了上述的聯想，更直觀的看來，二句景象亦是直接觸動生命脆弱，繁華易逝，人生多難的感慨。因此，最後的決定是「且莫思歸去，須盡笙歌此夕歡」。正因好景不常、人世多難，所以更須珍惜此際當下，莫讓歡宴輕易散去，畢竟人生難得好時光！在「莫」與「須」的對抗之間，在及時行樂的勸說背後，這闋詞與許多同類主題作品一樣，都藏著一顆憂患的心，儘管讀來紓徐從容，情味酣暢。

〈浣溪沙〉

轉燭飄蓬一夢歸。欲尋陳跡悵人非。天教心願與身違。　　待月池臺空逝水，蔭花樓閣謾斜暉。登臨不惜更沾衣。

舊地重尋，物是人非，是人們常有的經驗，也是文學常見的主題。

詞一開始即接連呈現兩個無常的意象。「轉燭」典出杜甫〈佳人〉：「世情惡衰歇，萬事隨轉燭。」風中飄轉的燭火，光燄變化明滅不定，一如世事無常或人情反覆；此外，燭火無力抵擋風勢，風往那個方向吹，它就往那個方向傾斜，好比人受制於環境，身不由己。「飄蓬」也是詩歌中常見的意象，蓬草在秋天枯萎，風一吹便與根斷裂，從此隨風處處飄蕩。曹植〈吁嗟篇〉：「吁嗟此轉蓬，居世何獨然。長去本根逝，宿夜無休閒。」便是以轉蓬比喻自己不停調遷，不得安身。杜甫〈贈李白〉：「秋來相顧尚飄蓬。」亦是以飄蓬比喻彼此都仍處在身心漂泊、無處安頓的境況中。

　　「轉燭飄蓬」道出詞中人物的處境，「一夢歸」則有兩種解讀，一是仍處於「轉燭飄蓬」的狀態中，而於夢裡歸返舊地，以下所寫皆是夢境。另一種解讀則是「轉燭飄蓬」般的生涯宛如一夢，如今夢醒，終於歸來。相較之下，前一種解讀雖仍處在漂泊之中，但還懷有一絲希望，夢境未必成眞；而後一種解讀雖已結束漂泊，但即將面臨的卻是更教人失落的衝擊。

　　無論夢境或眞實，回歸舊地，皆是人事已非。而舊地與人情的牽繫，更深化了漂泊中身不由己的無奈，回歸之後的失落也就更加深重。「天教心願與身違」是悵然中不禁發出的感慨，天意如此無情，世事總難如願，不願漂泊，卻註定漂泊，但願重聚，卻已舊遊零落。

　　過片二句承接「欲尋陳跡悵人非」，解釋如何景物依舊人事已非。池臺猶在，但曾經一同待月的人今已不在。待月而非賞月，共賞月色的良夜即將展開，更見得往昔的美好，只是如今不見明月，空餘逝水，或者月色依舊，池臺依舊，但獨自重臨的人不忍對月，只望著逝水，感悵一切美好已隨時光流逝。此外，曾經繁花蔭繞的樓閣也仍在，只是花已凋零，徒然籠罩於斜暉之中，或者花也仍在，只是重尋的人無心賞花，空對天際斜暉，蒼茫暮景，感嘆那些美好時光已隨之黯淡。「良辰好景虛設」，[29]縱使風景依舊，但所愛的人一旦不在，眼前風景必定隨之失色，不復當時。

　　詞的最後則展現馮延巳詞常有的執拗精神，縱知昔人已逝的舊地使人感傷，但重尋的人依舊執意登臨，不惜泣淚沾衣。或許因為曾經漂泊，明白天地空闊，因此人雖不在，但終究舊地還留著昔人的痕跡，鐫刻共有的記憶，怎能不登臨，不珍惜？況且比起尋回、留存與昔人有關的種種，內心承受的傷痛又算得了什麼？此外，就全詞結構看來，對比「轉燭飄蓬」的身不由己，「不惜登臨」則毋寧是為自己作主，以執著無悔的意念與行動，還擊任人擺布的命運。

29　柳永〈雨霖鈴〉。

四、李煜：身世之感，赤子之心

　　李煜（937-978），原名從嘉，字重光，南唐中主李璟第六子，961年嗣位於金陵，史稱後主。據載，後主美風儀，廣顙豐頰，隆準駢齒，一目重瞳子。工文章，爲文有漢魏之風，尤精於書畫音律。

　　後主一生可分三期。二十四歲前是浪漫貴族，不問政治，與大周后優游文藝，逍遙愜意。二十五至三十八歲，因中主前五子皆卒，乃繼承國主之位，時南唐已是北宋附庸，在威脅與屈辱中，後主稱臣納貢，逃避於享樂。三十九歲至四十二歲，國亡北虜，封違命侯，度過一生最後的悲慘歲月，於978年卒，葬洛陽北邙山。

　　後主詞見稱「天籟」、[30]「無一字不眞」，[31]大體上前期風格較爲濃豔華麗，後期則更趨清淺自然，如實反映了現實中的際遇處境。唯因眞實自然，因此無論沉迷享樂或感傷亡國，所寫雖非常人遭遇，但皆具召喚同情的力量。

〈浣溪沙〉

紅日已高三丈透。金爐次第添香獸。紅錦地衣隨步皺。　　佳人舞點金釵溜。酒惡時拈花蕊嗅。別殿遙聞簫鼓奏。

　　自古以來宴樂之作總是「曲終奏雅」，也就是在聲色狂歡之餘，隨著罪惡感的湧現，警醒的爲享樂找理由，如生命有限、人生無常等，從詩到詞，從〈古詩十九首〉（生年不滿百）、李賀〈將進

酒〉（琉璃鍾）到皇甫松〈摘得新〉（酌一巵）、韋莊〈菩薩蠻〉（勸君今夜）等莫不如此。因此享樂之作常籠罩死亡陰影，美麗與恐怖並具，歡樂與痛苦交響。

在此傳統中，後主的享樂歌詞卻顯得特殊，全然的投身享樂，不具罪惡感，也無須理由，享樂本身就是目的，感官刺激、美感品味都值得用全部熱情去經營、去沉醉。儘管享樂行為背後依然潛藏著逃避的動機，逃避憂危處境與責任壓力，但後主逃得更為徹底，不允許一絲現實的陰影滲入詞中，雖然也因此使得陰影的籠罩更為全面，也更顯危險而恐怖。

紅日高掛，「已」字透露時間，時候不早，原應結束的仍未結束，仍在繼續，從次句以下依序開展的金爐添香、地衣踏皺、佳人樂舞、金釵滑脫、中酒拈花、別殿簫鼓看來，此時正在進行的是一場宴會，聲色喧嘩，通宵達旦。

紅日當空，應是早朝時候，如果是一般君主，此時正與朝臣商議國事，然而在後主宮裡只見人來人往，聲色瀰漫。主香宮女依序在爐中添上獸形香料，隨之而來的除了滿殿香氛繚繞，鋪設在地上的紅絲地毯也因往來踩踏而起了皺痕。「紅錦地衣隨步皺」於詞中承上啟下，除了顯示主香宮女為數眾多，也引出下片「佳人舞點金釵溜」，絲毯皺痕同時來自歌舞，徹夜樂聲不絕，隨著節拍，佳人曼舞，不覺中鬆脫了髮髻，滑落了金釵，因此紅絲毯上除了皺痕凌亂，亦見釵鈿狼藉，使整個宮宴場景更添奢華而靡爛的氣息，也隱然透著一絲罪惡。

如此氛圍中，宴會中的人也漸生饜膩之感，除了過量的飲酒造成不適，還有瀕臨極限令人漸感疲乏的聲色刺激，因此拈花嗅聞的舉動其實正是潛意識裡尋求救贖，希望藉由自然的清新香氣得到療癒，讓自己從幾近失控的聲色薰染中抽離，恢復清醒。只可惜一絲脫困的念想又輕易被別殿傳來的簫鼓之聲給淹沒，樂聲之美的引誘，或者更強烈的逃避現實的軟弱慣性，想必使後主從已經饜膩且狼藉不堪的眼前情境，移駕到簫鼓傳響的別殿，繼續另一場難以自拔的歡宴。

　　全詞始於時間的延續，結束於空間的轉移，但後主的沉醉與逃避
卻沒有結束的時候，一直到亡國的喪鐘敲響。

〈玉樓春〉

晚妝初了明肌雪。春殿嬪娥魚貫列。笙簫吹斷水雲間，重按霓
裳歌遍徹。　　　臨風誰更飄香屑。醉拍欄杆情味切。歸時休放
燭花紅，待踏馬蹄清夜月。

　　相較於前一首〈浣溪沙〉的奢華糜爛，迷醉難醒，此詞雖同樣紀
錄一場盛宴，也同樣的極盡耳目聲色之歡，但卻顯得卓有品味、情味
盎然，其中的情感與節制應是重要的原因。

　　全詞從一個特寫鏡頭展開，聚焦在晚妝鮮豔的美人佳麗臉龐，肌
膚若雪，已是天生麗質，再加上妍麗的妝容點亮，更顯光豔動人，而
如此的美人佳麗不只一位，次句將鏡頭拉遠，眾多同樣晚妝鮮妍的嬪
娥正在殿外列隊等候，隨之魚貫而入，儷影翩然，風姿搖曳，預備參
加這場春夜的盛宴。

　　美人嬌娜，視覺的美感饗宴之後，笙簫之音正式揭開了盛宴的序
幕，曲聲悠揚清暢，如水如雲，迴盪於天地之間。「笙簫」一本作
「鳳簫」，引人聯想《列仙傳》中蕭史弄玉神仙美眷故事，與下一句
「霓裳」呼應。〈霓裳羽衣曲〉本為唐代大曲，據郭茂倩《樂府詩
集》引《樂苑》載，乃開元間西涼節度使楊敬述所呈獻，經玄宗校訂
潤飾，遂為當時風行的樂曲。可惜安史亂後曲譜遺失，至南唐，後
主意外獲得殘譜，與知音解律的大周后共同考訂增補，始得重現於
世。因此〈霓裳羽衣曲〉堪稱是後主與大周后知音相得伉儷情深的見
證。在宴會中一遍遍演奏，更配上歌詞美聲演唱，可想見當時後主的
沉醉得意，也使歡宴不徒聲色，更縈繞深切的情意。

　　除了美人樂曲等視聽饗宴，訓練有素的主香宮女也在最適當的時

機施展香氛魔法，隨著風起、順著風向，將香屑飄灑於空中，營造神祕怡人的嗅覺感受，「誰更」正是傳釋如此奇幻而美妙的體驗，幽香縈迴，若有似無，不知其來自何處。宴會至此，美感的品味、感官的愉悅已達極致，於是「醉拍欄杆情味切」，後主不覺隨著韻律節奏手之舞之、足之蹈之，徹底沉醉於所有精心營造的美好情味之中，而歡宴也就在此時圓滿結束。

最後二句可謂是另一種形式的「歸真返璞」，在盡享宴會中以人工精心造就的美人嬌容、絲竹人籟與神祕香氣之後，在曲終人散準備回到寢宮的路上，對享樂有著高度品味的後主拒絕了紅燭與鑾車的安排，而是希望騎著駿馬，漫步在月光下，一路接受月光的洗禮，聽著單調卻規律的馬蹄聲，清滌歡宴薰染的人間氣息，同時在喧囂之後，找回內心平穩自然的節奏。

〈相見歡〉

林花謝了春紅。太匆匆。無奈朝來寒雨晚來風。　　胭脂淚。留人醉。幾時重。自是人生長恨水長東。

詞寫落花，透過常見的落花意象，後主訴說了「失去」的滋味，尤其在不可逆的生死永訣的過程中，情感的無用被殘酷的確認與揭露，對於深情之人，如此事實更是令人情何以堪。

花開在林中，開在春季，開出了美麗的嫣紅，一切都是對的、合理的，沒有任何錯失，然而這樣的花卻匆匆謝了，並非因為時間流逝季節轉換而自然凋零，卻是淒風寒雨日日夜夜不曾停歇的摧殘。

「不辭鶗鴂妒年芳，但惜流塵暗燭房。」[32]花開落有時，生命終有盡頭原是自然，無人可以違逆，但如果正當盛放的生命，卻因無

32　李商隱〈昨夜〉。

理無常的外力摧殘而被迫消逝，則絕對令人萬分痛惜，無法接受。「無奈」二字道盡了落花的心情，無處可逃無力反擊只能默默忍受痛苦直到逝去，同時也透露了眼看著這無可理喻的悲劇發生，卻又愛莫能助只能束手的人內心的煎熬。

「林花著雨胭脂濕」，[33]過片的「胭脂」承接首句「林花」，即使零落委地，殘瓣著雨，依舊如紅顏含淚，美得令人沉醉。然而若問落花幾時能夠重返枝頭？答案則顯然令人心碎，甚至如此深情的追問與企盼，也在殘酷現實面前顯得癡傻可悲，而此時更是教人眞眞切切體認到情感的無用與徒勞，縱使萬分憐惜不捨，也完全無濟於事，無力改變，無法挽回，徒增恨恨。

風雨無常也無情，花卻因此無端逝去，然而詞中詠嘆的事件並非特例，而是尋常。同時，類此目睹美麗事物橫遭摧殘卻愛莫能助，以及因此而體認情感的無用與徒勞，也原是深情之人一生中常經歷的悵恨與折磨，一如向東流逝的春水，難以逆挽，無法斷絕。

〈浪淘沙〉

簾外雨潺潺。春意闌珊。羅衾不耐五更寒。夢裡不知身是客，一晌貪歡。　　獨自莫憑欄。無限江山。別時容易見時難。流水落花春去也，天上人間。

此詞爲亡國之後的血淚之作。

詞以雨聲揭開了序幕。簾外傳來的潺潺雨聲，催促著年光，也洗去了春意。後主是在何時聽見雨聲呢？從「羅衾不耐五更寒」可知是夜雨驚夢，或者竟是夜裡的寒意使後主甦醒，因薄薄的羅衾實在擋不住透窗而入的寒意，而於醒後獨自聽著這潺潺的雨聲。如此淒寒的處

---

33 杜甫〈曲江對雨〉。

境，也毋寧是後主國亡北虜之後的際遇寫照，失去了所有的保護與依傍，獨自以孱弱而敏感的心靈，承受隨時來襲的侵擾與攻擊。

　　更難堪的是，後主是從一場美夢中被驚醒。對此時的後主而言，唯有在夢裡才能從現實逃脫，重溫往昔詩酒風流、霓裳夜宴的歡愉。然而夢也匆匆，被無情的寒雨驚斷，此時於雨聲中悵然夢迴的後主，除了以「貪」字暗示夢境之美好，也應透露心中的愧悔，更感傷那坐擁無限江山的歲月，終究是生命中一場繁華而消逝的夢。

　　除了入夢，後主也寄望於登樓。「遠望可以當歸」，[34]古人常登樓望鄉，遙寄鄉思，然而登樓之後，目睹故鄉遠隔，難以望見，常是更添惆悵，後主此時亦然，「莫」字說得絕對，卻也吞下了失望。當時輕易離去的無限江山，如今渴望重見重返卻是無比艱難。事實上，當時離開也並不容易，只是與如今渴望一見的希望渺茫相比，離開時確實顯得太過容易。此外，在離別的當下，人常是陷入一陣混亂，彷彿不在現場，無法清楚意識這一次離別將是永遠，從此再也回不去、見不到，直到時間慢慢過去，驚覺離別已是定局，再無重見重返的希望，才不禁感傷、後悔，當時離開得太過容易。

　　無論如何，懊悔都已太遲，一如流水、落花、春去皆不可逆——雖然春去春回、花落花開自然依舊運轉，但對此時命在旦夕的後主，見得來年春來花開已不再是理所當然。往昔如在天上的華麗歲月終究長逝不返，如今落入人間，困於絕望的囹圄。

　　從「春意闌珊」到「春去也」，詞首尾呼應，也構成了後主的困境，是正在發生的亡國之後難以脫逃的命定，曾經擁有的美好都在逝去當中，現實裡只剩一片淒寒絕望，即使逃往夢裡，但夢會醒，嘗試登樓望鄉，又渺不可見。全詞透過首尾呼應也形成禁錮的形式結構，讓人們目睹後主在困境中，徒勞掙扎的痛苦靈魂。

34　漢佚名〈悲歌〉。

〈虞美人〉

春花秋月何時了。往事知多少。小樓昨夜又東風。故國不堪回首月明中。　　雕欄玉砌應猶在。只是朱顏改。問君能有幾多愁。恰似一江春水向東流。

　　此應是後主最爲人所熟悉的一闋詞，詞中運用了多重對比。首先，第一、二句是自然與人事的對比。「春花秋月」，季節循環，是無盡重複的圓形時間，因此「何時了」便是一個投向茫漠時空而永遠得不到回答的叩問。相對的，「往事」則是與人有關，只有人有所謂的往事，而人的時間是直線的，一去不返有時而盡的，人的一生有多長，又能擁有、記得多少往事？在無盡循環的自然時間對照下，人的生命何其有限，人又顯得何其渺小？「知多少」的暗自追問既是寄託對往昔的眷戀，也透露如今漸行漸遠難以重返的感傷。

　　第三、四句爲前兩句的延續，「又東風」、「月明中」呼應「春花秋月」，具體顯示季節的回歸、自然的循環與景象的重現；而從「小樓」到「故國」則呼應「往事」，同時以所處空間的轉換暗示今昔處境的劇變，曾經是一國之君如今已淪爲階下囚。此二句呈現自然的不變與人事的變化，尤其更突顯自然的無情，「眼枯即見骨，天地終無情」，[35] 自然從不因人世的劇變滄桑、人經歷了多少苦難而改變，正如春天不曾爲誰遲疑它的腳步，明月也不會因任何人亡了國而不再重圓。因此曾經令人陶醉的春風，如今在囹圄般的小樓中所觸動的唯有黯然，感傷年年時光在孤苦絕望中消逝，生命中的美好不再如春日重臨；至於故國雖是日夜夢想的樂土，但人已不在而明月依舊臨照的景象，終究令人備感難堪。

　　過片「雕欄玉砌」承接「故國」，流暢如話的詞作中，後主依然掌握意脈，不見斧鑿痕跡。縱使「不堪回首」卻依然「回首」，因在

---

[35] 杜甫〈新安吏〉。

絕望中流逝的生命裡，未來已無可期待，當下更是不忍目睹，因此即使回首故國令人難堪，後主也只有過去，只能回首。詞中以無生命無情的「雕欄玉砌」，與有生命有情的「朱顏」對比，國亡之後，華麗宮闕依舊，但人卻已是「沈腰潘鬢消磨」，[36]不復往昔的風神灑落，這是以毫無保護的血肉之軀、敏感心靈承受殘酷現實折磨的必然變化。「只是」二字說得無奈，卻又隱然流露一股頑強的韌性。

　　以上藉由重重對比，詞中已蓄積了難以壓抑的痛苦，因此最後不復含蓄，一改之前的對比手法，轉而運用比喻，而且是坦然直說的明喻。「能有幾多愁」總承「往事」、「小樓」、「故國」、「朱顏改」等，以有限今生、孑然一身所承受的沉重苦難，「能有」二字實在問得倔強。唯痛苦不能白白忍受，既然所承受的已經逾越了常人極限，那麼這些愁不會也不應隨著生命結束而消逝，它們應該永遠被記存，「一江春水」與開篇的「春花秋月」首尾呼應，滔滔滾滾，永恆流淌於天地間。

　　此詞既是後主的血淚控訴，也是自我的超越與救贖。生命有時而盡，但心靈所承擔的痛苦已在詞篇中昇華為普世同感的經驗，與自然同為永恆。生而為人，後主不再有限，也並不渺小。

36　李煜〈破陣子〉。

肆

北宋詞選

　　繼唐五代詞人的創始與確立之後，經過宋初的一段沉潛，詞至北宋仁宗朝後，終於迎來了發展的高峰。一時名家輩出，無論是落拓不遇的文士，或是束帶立於朝的官員，也無論是專業詞人，或者偶然遊戲，宜於淺斟低唱抒發心曲的詞，在標舉道德理性、責任意識的時代，即使不是文人正式經營的文學事業，也成為閒來遣興或暫時擺脫現實的自由創作。

　　在相對自由與輕鬆的創作心理影響下，宋代文人詞的題材與形式皆有顯著發展，且在《花間》、南唐的風格繼承之餘，也因作者個性顯露，而造就各自的獨特詞風。隨著填詞風尚流行，詞集的編纂、詞序的撰述，乃至詞學專論紛紛出現，逐漸的飲宴助興的小歌詞，在爭議與辯護中成為備受關注的創作，游離在詩歌領域的邊緣，保有「假多而真少」[1]的虛構特權，但寄託的常是文人內心最裡層的真實。

---

[1]　田同之《西圃詞說》。

一、晏殊：以理節情，情中有思

晏殊（991-1055），字同叔，撫州臨川（今江西）人，父親晏固爲撫州衙門小吏。晏殊自幼聰慧，有神童之稱，據說七歲能屬文。十四、五歲時，爲張知白舉薦，參加並通過眞宗親自主持的殿試，賜同進士出身，擢祕書省正字。亦即晏殊十五歲即入朝爲官，爲天子門生，深受眞宗信任，仁宗爲升王、太子時，任升王府記室參軍、太子左庶子等職，建立了日後於仁宗朝「仕宦顯達」的根柢。

晏殊一生確實予人「仕宦顯達」的印象，仁宗慶曆二年（1042）且晉升相位。但其實居相位的時間不長，慶曆四年（1044）即爲孫甫、蔡襄所論而罷相，隨即離開朝廷，轉徙州郡，皇祐二年（1050）調永興軍（今陝西西安），五年（1053），始徙知河南，遷兵部尚書，封臨淄公，至和二年（1055）卒。可見大半生官宦歲月，亦免不了升沉起伏。

詞史上，晏殊見稱「北宋倚聲家初祖」，[2]詞集名《珠玉詞》，一如詞風之「溫潤秀潔」，[3]詞作常予人理性圓融之感，葉嘉瑩先生稱其爲「理性的詩人」，其詞能「以理節情」，「情中有思」。[4]晏殊的理性或許與年少即躋身官場，並無顯赫背景足堪依傍，一切有賴自我操持的經歷有關。但晏殊其實亦「賦性剛峻」，[5]部分詞作且流露理性所縛不住的激切之情。

---

[2] 馮煦〈六十一家詞選例言〉。

[3] 王灼《碧雞漫志》。

[4] 葉嘉瑩：〈大晏詞的欣賞〉，《迦陵論詞叢稿》（臺北：明文書局，1981）。

[5] 《四庫全書提要·珠玉詞提要》。

〈浣溪沙〉

一曲新詞酒一杯。去年天氣舊亭臺。夕陽西下幾時回。　　無可奈何花落去，似曾相識燕歸來。小園香徑獨徘徊。

　　此詞乃晏殊名作，時間流逝以及所帶來的變化，爲全詞要旨所在。

　　首句是塡製新詞、聆聽歌曲、品嘗美酒的享樂情境，或許獨自一人，或許是一場歡宴，正當沉醉時，一種熟悉的感覺卻突然湧現，想起去年此時，同樣的天氣，同樣的亭臺，也同樣的「一曲新詞酒一杯」。一切都是相同的，但是在幾乎完全相同的情境中，也應感到些許不同，畢竟一年時間過去了，也許身旁的人不一樣了，也許自己的心境也改變了。所以「夕陽西下幾時回」，除了是眼前景所觸動的茫然，也是內心的叩問，所問的並非字面的意思，而是感慨時光流逝，以及在今昔對照下悵然若失，因此不禁想問，那些隨著時光流逝而失去的，是否能夠重回？如果能，又是何時？

　　過片兩句寫景，呼應上片的「去年天氣」，亦即花落燕歸的暮春時節，同時也是回答。自問自答，使詞意脈不斷，卻也透露文人總是寂寞，只能自己尋索答案，與自己對話，尤其在創作的世界裡。「無可奈何花落去」呼應「夕陽西下」，「似曾相識燕歸來」則回應「幾時回」。「花落去」是失去，「無可奈何」則說出了失去的滋味。再美麗的花也會凋零，再渴望留住的也註定留不住，正如李商隱詩所說的：「歌唇一世銜雨看，可惜馨香手中故。」[6]動人的歌聲、美麗的歌唇，以及能夠爲美好而含淚感動的心，多麼希望能夠一生永遠留住，只是在如此期盼的同時，詩人也知道一切都留不住，如同握在手中的香氣，註定將逐漸淡去、散去。自己的心都可能改變，人還能夠留住什麼，即使雙手緊握？人的一生不正是經歷失去的過程，不

6　李商隱〈燕臺四首―秋〉。

斷的承受無可奈何的滋味？

　　然而不可否認，失去的還是有可能再度擁有，離去的也仍可能重回，「似曾相識燕歸來」，去年南飛的燕子不就隨著春回而再度歸來？況且又有什麼比失而復得、久別重逢更令人喜悅？只是在喜悅過後，或許亦不免失落，畢竟是「似曾相識」。在離別的時日裡，彼此都已改變，因此熟悉中有幾分陌生，親切中也仍帶著疏離，於是喜悅裡也不免摻著些許遺憾，然而若是以如此複雜的心情面對眼前重回的人，則又將感到愧疚。復得、重逢的滋味如此複雜，正如「初生欲缺虛惆悵，未必圓時即有情。」[7]月的圓缺一如人的聚散，離別時人們常感到惆悵，但其實惆悵也是枉然，因為重聚時未必能如願圓滿。

　　詞最後是小園香徑間獨自徘徊的身影，也許徘徊的更有在聚散哀樂間往復纏繞的思緒。對照首句，若原是處身歡宴之中，則最後的孤獨身影也呼應著「夕陽西下」，到了曲終人散的時候。一如人生，無論經歷多少聚散，體嘗多少哀樂，終有結束之時，而且到最後總是一個人，一個人孤獨的走向盡頭。

〈浣溪沙〉

一向年光有限身。等閒離別易銷魂。酒筵歌席莫辭頻。　　滿目山河空念遠，落花風雨更傷春。不如憐取眼前人。

　　常說晏殊是一位理性詞人，然而在詞中所展現的卻並非不近人情的僵化理性，而是經歷情感與現實激烈衝突之後，所融鑄而成的看似冷酷卻通透的理性，即使其中飽含無奈與辛酸。

　　詞一落筆便是入世極深的體認。人生短暫，匆匆消逝，且人是有限的存在，無論生命或心力皆然，因此所能承受的也極為有限。儘管

---

[7]　李商隱〈月〉。

如此，在短暫的一生中又須經歷一次次的離別，而即使離別頻仍，幾成尋常，對於深情之人依然是一遍一遍的黯然銷魂，於是「酒筵歌席莫辭頻」，看似頹唐放縱，藉酒逃避，但其實是萬千珍重，人生離別多、歡會難得，怎容輕易辜負，率意推辭？

　　過片二句承接「等閒離別」，離別有生離與死別，「滿目山河空念遠」是生離，空間遠隔，山水迢迢，再如何望眼欲穿切切思念也終歸枉然，心意成空；「落花風雨更傷春」則藉由落花此一死亡意象暗指死別，至親至愛生死相隔令人傷痛，然而耽溺於悼念之中，也只是徒惹傷心，再難相見。「春」，指春心，對美好事物的護惜之心；或與首句呼應，如春日般的生命年光，美好短暫，如何能消磨在死別的感傷中，一如任由風雨摧殘有限的春日？

　　「既不在目前，便與之相忘，如本無有也。」[8]若非至情之人，承受超越限度不堪負荷的情感折磨，也說不出如此決絕語。正因嘗盡望眼欲穿傷心追念的失望折磨，才逼出了詞中「空念遠」、「更傷春」的徒然感慨，也因此「不如憐取眼前人」，看似無情，卻是無奈之餘的領悟，同時也是通透而溫柔的理性，因為經歷「等閒離別」，所以明白眼前人也終有生離或死別的一天，如不及時憐取，難道要等到生離死別之後，再「空念遠」、「更傷春」？匆匆逝去的有限今生，又怎能活在一再重複的錯誤與悔恨之中？

　　「憐取眼前人」典出元稹《鶯鶯傳》：「棄置今何道，當時且自親。還將舊時意，憐取眼前人。」原是各自婚嫁之後，鶯鶯對再度重尋的張生的溫柔叮囑。人總是在失去後才懂珍惜，對於眼前人的存在卻總是視為理所當然。此詞的最後一句提醒了活在過去與追悔中的人，就全詞的完整性而言，也補足了上片最後一句的含意，[9]酒筵歌席，除了醉以忘憂，其間也有情感的珍重，是「等閒離別」中的慰藉

8　蘇軾〈與王庠五首〉之一。

9　俞陛雲：《唐五代兩宋詞選釋》（上海：上海古籍出版社，2011）。

與救贖。

〈清平樂〉

金風細細。葉葉梧桐墜。綠酒初嘗人易醉。一枕小窗濃睡。
紫薇朱槿花殘。斜陽卻照闌干。雙燕欲歸時節。銀屏昨夜微
寒。

　　夏去秋來，季節轉換，最容易觸動時光流逝的感傷，更何況秋景
衰颯，秋意興悲，然而晏殊此詞卻顯得淡定自得。風吹葉落、日斜花
殘，是某個初秋午後，持酒臨窗，在醉醒間欣賞玩味的風景，詞中許
多散發著冷光以及對比鮮明的璀璨色澤，將原本蕭瑟的秋景妝點得閃
亮繽紛。

　　詞上下片脈絡皆是由景及人，空間由室外轉向室內，而全詞的
時間脈絡則是逆向的由眼前當下回溯昨夜，亦即由今入昔。上片以
尋常秋景展開，秋風輕吹，梧桐葉落，景象可感可觀，而其細膩的
描繪亦暗示景中有人，正以敏銳的心靈、細膩的感官，感受著秋風
的輕柔，以及風裡透著的絲絲涼意。詞人以「金」取代「西」或
「秋」，除了取其色澤光亮，也應與金屬的涼冷觸覺有關，同時也透
著些許銳利之感，因此隨之而來的，便是梧桐樹葉在風裡一片一片的
飛墜。其後順勢寫人，在閒適的午後，綠酒初嘗，枕窗臨望，醉賞秋
景，不覺間一陣醺然，隨之沉沉入睡。

　　在濃睡中，人暫時離開了現實，也擺脫了時間，然而現實中時間
並未停留，當清醒時，窗外已是黃昏，過片所寫，即是醒後所見的窗
外景象。紫薇、朱槿，都是盛夏綻放的花朵，如今殘損凋零，在滿院
的斜陽光照中。盛夏已過、長日將盡，景物予人巔峰過去盛年不再的
遲暮之感，何況秋涼漸起，秋燕南飛，更帶來幾分淒清寥落。然而詞
人並無明顯流露悲秋之意、傷時之嘆，只是在目睹眼前這漸染秋色的

景象時，忽然想起昨夜裡，在銀屏掩繞的牀幃中，已先感受到微微的一陣寒意。

　　詞至此結束，但時間脈絡的回溯卻留下了不盡餘韻，也引人省思。全詞呈現的是一片秋景，然而在親眼目睹之前，其實秋意早已來襲，已經爲人所感受。正如世界上許多事實在化爲可見的現象之前，其實早已爲敏銳的心靈所感知，已經意識它的存在，而且即將成真。除此之外，從內容的深層結構看來，和婉明麗的詞作中也隱隱然透露人與自然的溫柔對抗，自然景物如西風、落葉、殘花、斜日皆殘損衰颯，具體展演著時光的流逝、生命的枯朽，然而人處身其中，卻是從容的靜賞、品味、沉醉、感思，乃至任思緒倒轉、回溯、逆流，彷彿無論如何都能展現一種態度，或者操持一份涵養，在必然的毀損過程中與之頡頏，而非一味匍匐在恐懼焦慮的陰影下，任其侵擾枉自感傷。當然，在溫柔無爭的抗衡中，人也因爲面對、感受，而從大自然中領略了美感，體悟了智慧。

〈木蘭花〉

燕鴻過後鶯歸去。細算浮生千萬緒。長於春夢幾多時，散似秋雲無覓處。　　聞琴解佩神仙侶。挽斷羅衣留不住。勸君莫作獨醒人，爛醉花間應有數。

　　晏殊詞以雍容和雅著稱，鄭騫先生稱其詞「清剛淡雅，深情內斂」，[10]但亦偶有頹唐任情之作，如此闋〈木蘭花〉即不復含蓄內斂。詞作感慨光陰易逝、浮生擾擾，以及情愛多變，真心難留。詞中透露的愛情體認，雖違背人們對愛情的祈求，卻也趨近真實。

　　春去秋來，黃鶯聲歇，南來北往的燕子、鴻雁等候鳥也已紛飛遠

10　鄭騫〈成府談詞〉。

去。首句藉著眾鳥的遷移，暗示季節變化時間流逝，而同時鶯鶯燕燕來去也是情感的隱喻，亦即在時光流逝中，曾經相伴的人如今都已離散，此時獨自一人，細細思量，不禁感到人生虛浮若夢，其中情思牽繞，千頭萬緒，纏擾不休。

承接首兩句，三、四句「長於春夢幾多時，散似秋雲無覓處」，變化自白居易〈花非花〉：「來如春夢不多時，去似朝雲無覓處。」春夢、秋雲既比擬生命時光，也比擬愛情，兩者皆如春夢般美好，但也朦朧短暫，一旦逝去、斷離，便如秋雲散去，無處尋覓。夢的來去從不由人，雲也如此，以夢、雲比喻愛情，體現了愛情的特性，並非如人所想的由人掌控，相反的人只是愛情任性來去的載體，來的時候毫無理由，也抵擋不住，而離去的時候更是不由分說，強留不住，更無從追回。

過片延續脈絡，以司馬相如與卓文君、鄭交甫與江妃二女的典故，[11]印證了愛情的生滅無常。縱使知音相得、目成心許，一見傾心、解佩定情，如神仙般的眷侶，令人稱羨的奇緣，一旦心已變、愛已逝，則任是挽斷羅衣，也強留不住。挽斷羅衣，暗用《搜神記》韓憑夫婦故事，離開無法相愛的人，捨棄難以再忍耐的關係，那份決絕的勇氣就如青陵臺上一躍而下的女子，如此的視死如歸，義無反顧。[12]

正因經歷愛情的無常與任性，因此全詞的結論便是痛定思痛，收

11　司馬相如與卓文君故事，見《史記・司馬相如列傳》。鄭交甫與江妃二女故事見劉向《列仙傳》，記載鄭交甫於漢水邊偶遇江妃二女，請求解佩定情，二女贈珮，然隨即消失無蹤。

12　《搜神記》載，韓憑、何貞夫原為恩愛夫妻，不幸貞夫為宋康王所奪，韓憑貶為城旦。貞夫暗中寄與書信，以「其雨霪霪，河水大深，日出當心」表明貞心，韓憑亦自殺以明志。一日，康王偕貞夫登青陵臺，貞夫乘隙自臺上一躍而下，為韓憑殉情。身旁侍女挽其羅衣，然貞夫早已毀其衣上針線，衣袖隨即斷裂，終隨韓憑而去。李商隱〈青陵臺〉：「青陵臺畔日光斜，萬古貞魂倚暮霞。莫訝韓憑為蛺蝶，等閒飛上別枝花。」拆碎原故事生死相許的結局，彰顯愛情有自己的生命，即使暴君、死亡都無法破壞的愛情，也可能無端的消失。

起眞心。在愛情的世界裡切莫清醒，清醒即令人執著眞愛、渴望永恆，徒增煩惱、備感孤獨。最好是爛醉花間、逢場作戲，以符應不能擁有永恆愛情的宿命，終此一生。白居易〈村中留李三固言宿〉：「如我與君心，相知應有數。」有數，意指命中註定；或者與全詞首二句呼應，謂有限今生。

　　詞的結論雖然頹唐任性，但對愛情的體認卻是極爲眞切。人在愛情面前，永遠只是被動的受其任性折磨的俘虜，不是人們自以爲的掌控者。

〈山亭柳〉 贈歌者

家住西秦。賭博藝隨身。花柳上、鬥尖新。偶學念奴聲調，有時高過行雲。蜀錦纏頭無數，不負辛勤。　　數年來往咸京道，殘杯冷炙謾銷魂。衷腸事、託何人。若有知音見採，不辭遍唱陽春。一曲當筵落淚，重掩羅巾。

　　晏殊雖以仕宦顯達見稱，但仁宗慶曆四年（1044）罷相後，即調離京城，轉徙州郡，至皇祐二年（1050）知永興軍（陝西西安），年已六十，三年之後，始調河南，爲西京留守。此詞以序「贈歌者」註明寫作動機，以歌者第一人稱的口吻自述，「西秦」、「咸京」透露其地緣背景，可知是晏殊晚年知永興軍時所作。「同是天涯淪落人」，[13]晏殊對這位歌者的際遇深感同情，而詞中多少也透露自己宦海浮沉的諸般感慨，讀來宛如一首詞版的〈琵琶行〉。[14]

13　白居易〈琵琶行〉。

14　鄭騫先生以爲「此詞慷慨激越，所謂借他人酒杯澆胸中塊壘者也。」《詞選》（臺北：中國文化大學華岡出版部，2005）。但觀全詞，仍應以述歌者遭遇，表達同情爲主。

　　歌者首先自道身世，本是西秦當地人，對土生土長的地方自然
有一份歸屬情感，絕非來自外地偶然炫技的藝人可比。她所憑仗的
既不是背景人脈，也不是花容月貌，而是一身真本事，「賭博藝隨
身」，說得十分自豪。「博藝」，多才多藝，引出下文「花柳上，鬥
尖新」，各種裝扮與技藝總是力求最頂尖與新奇，亦即不斷推陳出
新，充實自己的表演內容。「鬥」字突顯演藝場的競爭激烈，深知毫
無新意的表演，絕對無法饜足觀眾追求刺激喜新厭舊的心理。

　　裝扮與技藝之外，對於一位歌者，演唱功力自然是最主要也是立
足歌壇的根柢，因此「偶學念奴聲調，有時高遏行雲」，以具傳奇色
彩的典故，傳釋其歌藝的出神入化。念奴是玄宗天寶時著名歌妓，
唱腔獨特，而秦青乃戰國時歌者，「撫節悲歌，聲振林木，響遏行
雲」，[15]歌聲渾厚高亢，能直上天際，擋住天上的行雲。「偶學」、
「有時」，暗示其歌藝傳承，且駕輕就熟，能靈活變化，操控自
如。也正因唱功了得，因此一場演唱下來總是贏得滿堂喝采，「蜀錦
纏頭無數」，典出〈琵琶行〉：「五陵年少爭纏頭，一曲紅綃不知
數。」乃是最直接的讚美與肯定，令人有「不負辛勤」的感慨，無限
欣慰，也無比感激。「辛勤」二字，總結上片所展現的一切努力。

　　詞的上片，一句句將歌者推上巔峰，然而下片則是一步步墜落谷
底。過片的空白處，正如時間的無聲流逝，「數年」點出了對演藝
者最殘酷的事實。數年辛勤終究不敵時間的無情摧殘，如今不復青
春，即使歌藝隨著時間淬鍊而精進，但換來的也許只是曲高和寡，何
況醉翁之意不在酒，觀眾並非單純為了聽歌而來，既然視覺上不再
賞心悅目、鬥豔爭奇，表演自然也顯得索然無味。「殘杯冷炙謾銷
魂」與上片「蜀錦纏頭無數」形成強烈對比，典出杜甫〈奉贈韋左丞
丈二十二韻〉：「殘杯與冷炙，到處潛悲辛。」一場演唱下來，贏得
的是屈辱與辛酸，不再有蜀錦纏頭的喝采，只有人走茶涼後滿桌的杯

15　《列子・湯問》。

盤狼藉，如此的景況對於曾經紅極一時的歌者更是情何以堪？只是再如何黯然神傷也是徒然，現狀終究難以逆轉。

光芒銷黯，如今的她仍用生命歌唱，寄託眞情於歌聲，不求掌聲，但求知音，若是眞能遇見，當以〈陽春〉、〈白雪〉般的絕唱回報。但凡有過表演經驗的人都知道，越是精湛的表演越是耗損心力，每一次高難度的演出都是冒險，都是表演成敗的賭注，因此「遍唱陽春」也幾乎是傾其所能，以一生功力淬鍊的極致成就回報。只是「不惜歌者苦，但傷知音稀。」[16]期盼到底落空，當筵歌唱，眼前依舊是殘杯冷炙，寥落冷清，不見知音，因此悲從中來，黯然淚下，而此時一旦覺察，便立即以羅巾掩面，抹去淚痕。縱使不再走紅，不遇知音，仍須堅守職業道德，她深知觀眾欣賞表演是爲了取樂，歌者只能演出，不能流露個人情緒，更不容許因爲個人的感傷而落淚。因此，當拭去淚痕的同時，也等同爲自己守住作爲表演者最後的尊嚴。

表演的場域、仕宦的險途，人生無處不是浮沉起落，榮寵有時，失意有時。詞中的歌者遭遇並非特例，而是常態。但晏殊的同情共感，塡詞以贈，對她而言應該也是終得知音，足以救贖。蒙田（Michel de Montaigne）曾說：「在受命運寵愛的時候，就要作好失寵的準備。」對於光芒褪去而救贖無望的人，或許這更是可採的叮嚀，只是，又該作何準備呢？

---

[16] 〈古詩十九首〉其五。

二、歐陽修：疏雋深婉，莫非性情

　　在宋代文學史上，歐陽修（1007-1072）對於詩歌、散文的發展都帶來開創性的影響，而在塡詞方面，儘管是「餘力遊戲」，[17]但是其多樣的詞作風格，在北宋史上亦具承先啓後的地位，如馮煦《蒿菴論詞》：「歐陽文忠詞與晏元獻同出南唐，而深致則過之。疏雋開子瞻，深婉開少游。」

　　歐陽修留下約二百四十闋詞，數量不少，可見其玩味詞體的興致。在承續五代《花間》風月相思的軟媚題材之外，亦善於寫景抒懷。前者風格深婉，不讓少游；而後者於豪宕之中，亦饒有深長的韻致，可謂下啓東坡。

〈蝶戀花〉

庭院深深深幾許。楊柳堆煙，簾幕無重數。玉勒雕鞍遊冶處。樓高不見章臺路。　　雨橫風狂三月暮，門掩黃昏，無計留春住。淚眼問花花不語。亂紅飛過秋千去。

　　此詞以題材論乃繼承《花間》傳統，近乎「男子而作閨音」，[18]以豔麗之筆寫女性閨情，其寫景抒情之深婉哀豔，亦足以開少游詞風。

　　上片刻畫女子所處環境，景物的描寫、情境的營造，也在在透露其心境。前三句視角由外而內，具漸進層次，蓋因深深庭院必有高牆

17　李之儀〈跋吳思道小詞〉。

18　田同之《西圃詞說》。

圍繞，而庭院之中必有濃密樹蔭，亭臺樓閣等建築則座落其間，若隱若現。因此前三句脈絡從外圍高牆到庭院樹叢，再推進至高樓建築。於庭園樹叢中特別聚焦於楊柳，除了柔弱姿態易與女性產生聯想，楊柳種植水畔，容易積聚水氣，構成氤氳朦朧、陰暗濕冷的庭園氛圍，也映襯女子心緒。詞中用「堆」煙而不用「輕」、「飄」、「飛」等一般常用字眼，即是將不定形的、輕飄飄的煙氣化成了固體形狀，如石頭般的沉重堆疊，則凝望此景的人物心情更可感而知。其後鏡頭繼續穿透，穿透樹叢濃煙，更穿透樓閣中的重重簾幕，最後停留在女子身上，尤其聚焦於眼神。

　　上片後兩句，就字面上看仍是由外而內的遞進，但其實相反的是由內而外穿透，與前三句形成強烈的對抗與張力。「樓高」呼應「簾幕無重數」，「不見」則透露樓中有人，且正在凝望，其眼神穿透重重簾幕、深深庭院與高高的圍牆，她望眼欲穿，只是再如何無視眼前有形無形的重重障阻，也總是望不見想望見的，在煙花巷陌間冶遊忘歸的人。「玉勒雕鞍」，華麗貴重的馬具，呼應詞中的深宅大院，暗示所凝望對象的身份，也透露女子受困深閨豪門怨婦的處境。「遊冶處」即章臺路，位在長安，章臺乃戰國時秦國所建，自漢以來，章臺路即為歌臺舞榭聚集之處，也成為詩詞中煙花巷陌的代稱。

　　深宅大院中的女子，自然望不見牆外的世界，她所望見的是暮春三月的庭園景象。雨橫風狂既是實景，也披露被無情冷落的人所見與所感受的，常是充滿了狂暴與冷酷的世界。眼前備受風雨摧殘的春日，正如她得不到愛的青春，正在無助的消逝，所以門掩黃昏，既是又一日的等待落空，黯然的在黃昏時將門掩上，亦是不忍目睹這揭示其心境的風景，嘲謔般的呈現在眼前。

　　然而，掩得住的是門，掩不住的是春天正在消逝，她的青春、愛情也正在消逝的事實。還有誰能相憐相慰呢？想來也只有風雨中的花與她的處境相似，可堪彼此安慰。但是連花也無語，不僅冷漠相對，更隨風凋零，飛過鞦韆。鞦韆呼應庭院，也應是昔日恩愛流連之

處，此一意象補足了女子凝望等候的原因，縱使是浪蕩子，但也曾經擁有幸福的過去，只是落花飛過鞦韆的景象，也無情的暗示往昔的恩愛都已隨著春去花落，隨風而逝。

　　詞中所刻畫的是禁錮在絕望的情感困境中的女子，首句連用三個「深」字，暗示其哀怨之深，深不可測。自《花間》以來，這一類的女性一再出現於文人筆下，不同於《詩經》的寫實，也不類於《楚辭》的諷諭，詞作背景架空，虛構色彩濃郁。或許文人們饒有興致的書寫，除了因應歌者性別，也在寫作與聆聽過程中，多少滿足了男性潛在的夢想，無論自己如何荒唐放縱，不知珍惜，始終有人一往情深，永遠擁有一份堅定情感作為內心依靠，以及流浪過後的歸處。

〈蝶戀花〉

越女采蓮秋水畔。窄袖輕羅，暗露雙金釧。照影摘花花似面。芳心只共絲爭亂。　　鸂鶒灘頭風浪晚。霧重煙輕，不見來時伴。隱隱歌聲歸棹遠。離愁引著江南岸。

　　時序入秋，又是採蓮季節，少女們穿著窄袖羅衣，結伴採蓮。特別的是其中一位採蓮少女，手腕上戴著一對金鐲，藏在衣袖裡，光澤暗自閃亮。即使採蓮也不願離身，這對金鐲對她而言應是別具意義。

　　當低頭採蓮時，少女的臉龐映照在水面上，如秋日的蓮花般美麗而憔悴，「折得蓮莖絲未放，蓮斷絲牽，特地成惆悵。」[19]蓮莖上折不斷理還亂的細絲，總是一再牽引相思，令她更加心亂，想來應與贈與金鐲的那個人有關。

　　少女就如此一邊採蓮，一邊心有所思，心思紛亂。一回神，發現

---

[19] 歐陽修〈蝶戀花〉。

已是天色向晚，水面上風浪漸起，如鴛鴦般總是相依相隨的鸂鶒也早已上了岸，雙雙棲宿在灘頭。環顧四週，驚覺自己竟獨自飄盪在煙霧迷濛的水面上，採蓮的同伴們不見蹤影。就在此時，遠方傳來歌聲，原來同伴們已結束了一天的工作，正準備回到岸上，而她，卻因為心中離愁的牽引，不知不覺將船划向了另一處水岸，或許這江南岸正是與那人離別的地方。

　　採蓮女子是中國文學傳統中常見的形象，作者賦予不同的面貌與故事，而因「蓮」、「憐」，「絲」、「思」的諧音聯想，採蓮女子故事通常與離別相思有關。如南朝民歌〈西洲曲〉即刻畫年年癡心等候，縱使認清事實，情緣已斷，卻仍思念無已的採蓮女子故事，歐陽修這一闋詞在形象與故事的描寫上，也大致承續此一傳統。但是在字面意義之外，詞作亦饒有思致，極易引人聯想，如從象徵的層次解讀，則全詞脈絡儼然呈現自我探尋的經驗過程。一開始人們總是結伴同行，但漸漸的有人因為內心聲音的召喚，而逐漸離群，獨自走向不同的道路。那裡可能是個「無路之境」，[20]一個充滿孤獨、迷惘、危險、黑暗的所在，然而其中有自己心之所向，真心所愛。

〈生查子〉

去年元夜時，花市燈如晝。月上柳梢頭，人約黃昏後。　　　今年元夜時，月與燈依舊。不見去年人，淚濕春衫袖。

　　對比是創作常用的手法，詞體分片的形式結構，更有利於詞人運用對比以突顯詞作要旨。從結構解析，此詞上片寫昔，下片寫今，今昔對照，是第一重對比。上下片的景皆是元宵夜景，但人的聚散則產生了變化，景的不變與人事變改，是第二重對比。元宵之夜，花燈燦

20　Joseph Campbell著，朱侃如譯：《千面英雄》（臺北：立緒文化事業有限公司，1997）。

爛，滿城狂歡，但如今斯人憔悴，樂景寫哀，是第三重對比。

在宋代元宵是重要節日，柳永〈傾杯樂〉曾以「龍鳳燭，交光星漢。對咫尺鰲山開羽扇。會樂府兩籍神仙，梨園四部絃管。向曉色、都人未散。」形容都城的元宵夜景，畫燭高燒，照亮星空，綵燈堆疊，鰲山高聳，歌舞喧騰，金吾不禁。如此聲光絢爛滿城狂歡的景象，直至南宋如辛棄疾〈青玉案〉（東風夜放花千樹）仍有生動的描寫。在此詞中，「花市燈如畫」亦將元宵的熱鬧景象呈現，且就在此花燈燦爛的佳節，明月初上的黃昏，有情人也相約相見，預備共度這美麗的夜晚。良辰美景，賞心樂事，一場美好的約會就要開始，是人生幸福的時刻。

「月上柳梢頭」寫景如畫，饒富意境，然而「柳」也帶來了離別的陰影。今年佳節重到，夜景一如往年，只是「月與燈依舊」的闌珊語氣，對比上片「花市燈如畫」的興高采烈，已透露人物心境的變化。因為「不見去年人」，再美好的風景失去了心愛的人共賞，便顯得黯然失色。失去所愛令人傷痛，在去年美好記憶的對比之下，更是令人備感惆悵，黯然銷魂。而在滿城狂歡，情人相約的元宵夜景襯托中，愈是顯得孤單寥落，因此「淚濕春衫袖」，縱使應景的換上了春衫，無奈情人不在，賞心樂事不再，一襲春衫亦如眼前的燦爛夜景，美麗卻無人共賞，最終只能以袖拭淚。

王夫之《薑齋詩話》：「以樂景寫哀，以哀景寫樂，一倍增其哀樂。」從過去到現在，不變的滿城聲光絢爛遊人踏街徹夜歡愉的元宵景象，更顯得如今失伴失群的人獨自憔悴，落寞傷神。「歡場只自增蕭瑟，人海何由慰寂寥。」[21]在那樣的情境中，淚水應也模糊了雙眼，眼前燈影如幻人群擁擠的歡樂不夜城，頓時化成荒冷疏離的陌生世界，令人亟欲逃離的重重困境。詞中並沒有說明「不見去年人」的原因，是生離或死別，是情感生變或者處境阻隔而無法聚首，留下了

21　王國維〈拚飛〉。

更多揣想空間，也突顯了世事難料，聚散無常，因爲他而擁有的美好世界，也因他的離去而崩解。

〈玉樓春〉

樽前擬把歸期說。未語春容先慘咽。人生自是有情痴，此恨不關風與月。　　離歌且莫翻新闋。一曲能教腸寸結。直須看盡洛城花，始共春風容易別。

離別是文學常見的主題，此闋詞對於離別當下的情境、離別傷痛的體悟，以及超脫離別之苦的因應之道，都有令人耳目一新的刻畫。

首句即點明了離別，有離別才有歸期，即將離去的人舉起酒杯，正打算告訴對方何時歸來。「擬」字透露內心千迴百轉的猶豫與爲難，一是不忍說出口，怕一旦說了，離別就不再是自己的心事，而是必須共同承擔的事實；二是難於言說，揣想著該如何說才不至於讓對方傷心，而此也透露對眼前人的在意。只是儘管尚未說出口，對方卻已經有所感知，「未語」與「擬」字呼應，眞正的知音無須言語，只消看著對方的神情便能了然於心，因此此時如春日般的美麗臉龐已籠罩愁慘神色，說話也開始哽咽，或許關乎離別的話語也不忍說，深怕離去的人傷心，所以都咽下了。

前兩句透過彼此神情與內心的細微變化，暗示即將離別的是一對相知甚深、彼此珍惜的有情人，有歸期的離別尚且如此，若是不知或沒有歸期，則離別之苦更是無法想像。由此二句更引出以下對離別的感悟，離愁別恨的根源原是在於彼此有情，與外界的春風秋月等景物無關，即使如柳永〈雨霖鈴〉所言：「多情自古傷離別，更那堪冷落清秋節」，「此去經年，應是良辰好景虛設，便縱有、千種風情，更與何人說。」景物能渲染情緒，或者風景的美好更引發離別之後無

人共賞的恨恨，然而就根源來說，情感才是痛苦的主因，「情之所鍾，正在我輩」，[22]若是彼此無情，則無論在春風裡秋月下，離別時都能瀟灑轉身，但若是彼此情意深重，則無論處身何時何處，皆是難於一別，恨恨無窮。

正因已是離愁別恨深重，因此在離別的宴席上，無需再以離歌渲染離情，只聽一曲，就足以使人柔腸寸斷。詞的脈絡推演至此，離愁已是重重堆積，離別也逼近眼前，此時離人又該如何面對、化解或者超脫？「直須看盡洛城花，始共春風容易別」，詞人認為與其淚眼相對，不如把握最後時光，攜手共度，享盡一切的美好，只要盡心珍惜，不留遺憾，想來離別也就不至於太痛苦、太艱難。正如與其感傷春去，不如把握最後的春日時光，盡賞洛陽的美麗風景，看盡每一朵花，那麼春去時也就不再難捨。「春風」與「春容」首尾映照，在詞中都是即將失去終須一別的美好。而既然終須一別，便只能盡心珍惜共處時光，讓它多一點快樂，少一點悲傷。

只是，以洛城之大，繁花之眾，要「看盡」也並不容易，正如要如何才算是「盡心」珍惜，對有情之人或許付出再多都感到不夠，是一個永遠也碰觸不到答案的難題。無憾的離別，終究不易。因此看盡花、容易別，詞語雖然瀟灑豪宕，其中卻仍帶著幾分辛酸。

〈采桑子〉之二、四、十

春深雨過西湖好，百卉爭妍。蝶亂蜂喧。晴日催花暖欲然。
蘭橈畫舸悠悠去，疑是神仙。返照波間。水闊風高颺管絃。

群芳過後西湖好，狼藉殘紅。飛絮濛濛。垂柳闌干盡日風。

22　《晉書‧王戎傳》。

笙歌散盡遊人去，始覺春空。垂下簾櫳。雙燕歸來細雨中。

平生爲愛西湖好，來擁朱輪。富貴浮雲。俯仰流年二十春。
歸來恰似遼東鶴，城郭人民。觸目皆新。誰識當年舊主人。

　　總有一些地方讓人懷念，在離開了之後渴望重返，在感情上它是
故鄉，是樂園。只是當有一天，真的如願重返了，它仍在嗎？還是已
流失在時間與變化之中了？

　　歐陽修〈采桑子〉十首是一組聯章詞，每一首第一句倒數三個字
都是「西湖好」，西湖，指潁州西湖，在今安徽阜陽。歐陽修對潁州
有著特別的感情，仁宗皇祐元年（1049）調任潁州知州，雖然只短
短待了一年，卻留下美好印象。離開潁州十多年後，於英宗治平四年
（1067）所作的〈思潁詩後序〉曾說：「愛其民淳訟簡而物產美，
土厚水甘而風氣和，於時慨然已有終焉之意也。……其思潁之念未嘗
一日稍忘於心。」可見對潁州的自然環境與人文風情都極爲喜愛，希
望將來能在此地終老。神宗熙寧四年（1071），歐陽修向朝廷請求
退休獲准，終於如願回到思思念念的潁州，隔年即卒於潁州。在這組
詞中，歐陽修刻畫潁州西湖之美，也寫下回到潁州之後的心情。

　　第二、四首分別寫春意正濃遊人如織，以及春去花落遊人散去的
西湖，無論喧鬧或是冷清，在歐陽修眼中皆是美好。第二首的結構設
計以上片寫湖畔美景，下片寫湖上美景。在湖畔，春意正濃，當春雨
過後，西湖呈現著美好的風景。首句「西湖好」引出以下內容，也是
整組聯章詞的要旨所在。一如白居易〈憶江南〉的「江南好」，滿心
而發，脫口而出，是最真誠自然的讚美。西湖如何的好呢？經春雨滋
潤，湖畔群花紛紛綻放，彷彿爭奇鬥艷，引來蜂蝶流連其間，喧鬧之
音，處處傳響，而花叢在晴日照耀下，更顯璀璨豔麗，望之猶如烈火
燃燒，一片蓬勃生氣。

　　在湖畔美景的環繞中，有遊人遊湖，湖面上畫船悠然來去，情

景望之猶如仙境，使人遺世忘憂；或者彷彿神仙也被西湖的美景召喚，降臨西湖，沉醉遊賞。不覺間，夕陽西斜，餘暉灑落湖面，染得湖面一片金光，波影蕩漾。「返照」與「晴日」相對，暗示時間的流逝；而最後一句的「水闊」則呼應首句「雨過」，也呼應過片的「悠悠」，正因雨過所以湖面遼闊，所以畫船能夠悠悠來去，令遊湖的人猶如神仙逍遙；「風高」則呼應「波間」，縱使時至黃昏，風生浪起，遊人依然興致不減，畫船上的管絃之聲隨風飄颺，於春意正濃的西湖悠悠傳響，迴盪不絕。

　　相對於第二首的喧囂熱鬧，第四首的西湖則呈現不同的風景，然在歐陽修眼中也是「西湖好」。自「群芳過後」引出以下景象，「狼藉殘紅」是俯視的景，滿地落花，別有一番凌亂淒豔之美；「飛絮濛濛」是仰望的景，一片「絮亂絲繁天亦迷」[23]的迷濛之美；而「垂柳闌干盡日風」則是平視的景，傍著欄杆，柳枝搖曳，無限輕柔裊娜之美。「盡日風」尤其是關鍵所在，上片所寫的景都與風有關，因風而花落，因風而柳絮紛飛，也因風而柳枝輕擺，如此清麗絕倫的西湖美景，引得詞人盡日遊賞，渾然忘倦。

　　只是，相較於第二首的蝶亂蜂喧、管絃飄颺，此時的景卻是靜謐無聲的，花落、絮飛、柳絲搖曳皆是悄無聲息，在沉醉吟賞終日之後，詞人才恍然驚覺眼前的西湖竟是一片冷清，原來春已逝去，逐花尋春的遊人也早已散去，湖畔供人觀景的亭臺樓閣更是已垂下簾櫳；或者，「垂下簾櫳」的是詞人自己，他黯然的將簾櫳放下，曾經親眼見證它的繁華，如今又如何忍心目睹它的荒涼？人之常情，詞人只是實說。然而雖不忍目睹，內心卻依舊抵擋不了西湖的召喚，或許少了眼睛的惑亂，對於美好的感受也將更加純粹敏銳，「雙燕歸來細雨中」，隨著自然的律動而回歸的燕子，為春去花落遊人散盡而回復清新純淨的西湖，帶來生命流轉、生生不息的訊息，而這一切在詞人

23　李商隱〈燕臺四首─春〉。

心眼中又是西湖的另一種風貌，另一重境界的美好。

「待浮花浪蕊都盡，伴君幽獨。」[24]任誰都明白所謂眞情就是無論對方處在巔峰或低谷，都靜靜的陪伴守候，他就是他，一直擁有我最欣賞與珍愛的美好。歐陽修深愛潁州，深愛西湖，所以無論春去春回，繁華冷清，西湖在心中都是最美好的風景。也因此，即使時光流轉，闊別已久，終於回歸重臨，依然能自然的說「平生爲愛西湖好」。

第十首是組詞的總結。上片寫昔，下片寫今。「來擁朱輪」，朱輪是官車，回憶當時曾是潁州知州，一州之長，常在朱輪簇擁下來到西湖遊賞，美景怡人，昔時的感動一直刻在心中，而與此美好的心靈體驗相較，官場上的權勢富貴自然輕如浮雲，飄幻無常也轉瞬成空。悠悠二十餘年歲月俯仰即過，如今終於如願重回，踏上這片未曾一日稍忘於心的心靈故土。

「俯仰流年二十春」過渡今昔，如今卻是「歸來恰似遼東鶴」。經驗殘酷的告訴人們，樂園是一次性的，一旦離開，便難以重返，因爲時間帶來變化，思思念念的樂園可能在漂流的時間裡流失，那個地方回得去，但回不去的是當時給予樂園感受的地方。歐陽修以「丁公化鶴」這悲涼又殘酷的故事，訴說重返潁州的遭遇。據《搜神後記》記載，遼東人丁令威嚮往成仙，於是啓程離鄉，至安徽靈虛山學習神仙變化之術，經過千年苦修，終於得遂所願。但由於思鄉之情牽絆，他並未選擇斷然離開俗世飛往仙界，而是千里迢迢化鶴歸遼。只是正當停在城外華表柱上，望著遼東風景解慰鄉愁的當下，冷不防看見故鄉少年正舉著弓箭瞄準他。這意外的衝擊斷絕了最後的牽掛，於是在空中徘徊低吟：「有鳥有鳥丁令威，去家千年今始歸。城郭如故人民非，何不學仙冢纍纍。」以詩吐露心聲之後，便高飛沖天，遠離故鄉，飛向虛渺的仙界。

---

24 蘇軾〈賀新郎〉。

　　二十年後的潁州，已不再是當年「民淳訟簡而物產美」的心靈聖地，「城郭人民，觸目皆新，誰識當年舊主人」，最熟悉親切的地方如今變得陌生而疏離，有誰還記得當年的潁州主人呢？或許，在變遷的人世風景中，只有西湖不變的自然美景讓詞人在失落之中還能握住一絲慰藉，重尋昔日的美好感動。

　　「西湖好」，最真誠的讚美，最自然的情感。在失落的樂園中，閱歷滄桑的老人並沒有離開，而是在西湖重尋美好，也為自己尋回了重建樂園的希望與力量。

三、晏幾道：清壯頓挫，動搖人心

　　晏幾道（1038-1110），[25]字叔原，號小山，「臨淄公暮子」，[26]見稱小晏，詞史上與大晏晏殊並稱「二晏」。

　　與晏殊的仕宦顯達不同，晏幾道一生陸沉下僚，曾任太常寺太祝、監潁昌府許田鎮，大抵是以恩蔭得官。據黃庭堅〈小山詞序〉：「叔原固人英也，其癡亦自絕人。」「仕宦連蹇，而不能一傍貴人之門，是一癡也；論文自有體，而不肯一作新進士語，此又一癡也；費資千百萬，家人寒飢，而面有孺子之色，此又一癡也；人百負之而不恨，已信人，終不疑其欺己，此又一癡也。」可見未曾參加科舉，而性情之偏執任性，也與父親晏殊所展現之理性形象大相逕庭。

　　以生卒年對照，晏幾道生於宋仁宗寶元元年（1038），晏殊已四十八歲，而晏殊卒於仁宗至和二年（1055），時晏幾道十八歲，亦即父子生平重疊時間僅十八年，此十八年間正是晏殊自躍居相位至漂泊州郡，官場上升沉起伏最劇烈時期。父親際遇或許是晏幾道對仕宦不甚熱中的原因，「年未至乞身，退居京城賜第，不踐諸貴之門」。[27]無論如何，顯貴的出身終究使其純情任性的性格不受羈控的展現，不似自年少即闖蕩官場的晏殊須時時以理性自持。

　　陳振孫《直齋書錄解題》認為晏幾道詞「在諸名勝中獨可追步《花間》，高處或過之」。其詞形式以小令為主，題材多為相思情懷，風格精致典雅，而所寓含之情感深摯，具感人力量，如黃庭堅所

---

[25] 據《東南晏氏重修宗譜》，參涂木水：〈關於晏幾道的生卒和排行〉，《文學遺產》1997年第1期。

[26] 黃庭堅〈小山詞序〉。

[27] 王灼《碧雞漫志》。

說：「清壯頓挫，能動搖人心。」[28]

〈御街行〉

街南綠樹春饒絮。雪滿遊春路。樹頭花豔雜嬌雲，樹底人家朱戶。北樓閒上，疏簾高捲，直見街南樹。　　闌干倚盡猶慵去。幾度黃昏雨。晚春盤馬踏青苔，曾傍綠陰深駐。落花猶在，香屏空掩，人面知何處。

「去年今日此門中，人面桃花相映紅。人面不知何處去，桃花依舊笑春風。」崔護的〈題都城南莊〉向來膾炙人口，詩以今昔對照，以不變的景與人的變化對照，最後以景作結，桃花愈是燦爛，愈是反襯人的惆悵失落。「人面桃花」也從此成為文學裡常見的主題，在詞中更是如此。歐陽修〈生查子〉情境近似，但詞中去年相約的人物關係背景，實與原故事中的不期而遇有別，也因此今年的失落心境亦應有所不同。相較之下，晏幾道這闋〈御街行〉更精準、細膩且傳神的演繹了「人面桃花」故事，甚至超越了原創。

　　詞以景寫起，街南綠樹，春來時開滿了白色的花，花繁如絮、花飛如雪，最後樹梢上殘留的花朵，看來依然嬌豔如雲。隨後視線往下移動，停留在樹下的一戶人家，紅色的門。

　　上片以過半的篇幅，仔細描繪一棵開花的樹以及樹下的一扇門，既構成鮮明的視覺印象，也引起了懸念。是誰在看，又在何處觀看？於是以下人物終於登場，他正登上北樓，倚樓凝望。透過前三句樹景的描述，可見整個花開花落的春季，登上北樓對他而言是再尋常不過的習慣，登樓之後，捲上疏簾，使視線不被遮擋，而除了那棵

---

[28]　黃庭堅〈小山詞序〉。

樹、那扇門，其餘的不入心眼。

　　過片意脈不斷，人依舊佇立北樓，專注凝望，不捨離去，直到黃昏。「幾度」呼應首三句時間流動中變化的樹景，也暗合「北樓閒上」的「閒」字，日日登樓，幾如等閒，因此樹景的變化觀看得如此仔細，又如此含著感情，無論花開、花飛、花殘在眼中皆是如絮如雪如雲，如此飄逸動人。

　　詞至此又累積了一層層的懸念，為何如此長時間的觀看著這棵樹，且看得如此癡迷？在蒼茫暮色與迷濛的雨幕中，他的思緒墜入往昔，也讓讀者明白原因。是在某一年晚春，策馬行經樹下，門後出現的人讓他駐馬盤旋，為她停留，於是在綠蔭中、落花裡，曾經有過一段浪漫時光。

　　如雪飄飛的落花疊映今昔，如蒙太奇的運鏡手法，往日淡去，當下重現，時間脈絡再度迴轉眼前，樓中望去的仍是落花景象，此時朱門輕啓，香屏掩映，呼應開篇四句所描寫的景致，也相似於偶遇的當年。只是景物雖然依舊，但曾經從門後出現的身影，如今卻在何處，為何如此渺茫難尋？

　　相對於崔護〈題都城南莊〉的時空背景明確，一次性的重尋以及結束在當下的意外與失落，詞卻顯得時空飄忽，不是去年今年之間，詞中只說「晚春」，未說明是去年、前年或幾年前，地點也不是在長安城南的某處莊園，「街南」、「北樓」皆是架空的場景，不知位在何處，也處處皆是。然儘管時空背景模糊，人的重尋卻因此更顯得往復徘徊，戀戀難捨，彷彿一年年春來春去、花開花落之時，他總是如此來來去去，流連探尋，也因此營造了情絲纏綿、千迴百轉、蕩氣迴腸的韻致，正所謂「意徘徊而不盡，韻縹緲而長留」，[29]將詞的文體美感特質體現得淋漓盡致。至於詞末的問語作結，留下了無盡困惑，也與開篇如絮如雪如雲的迷濛花象首尾呼應，構成全詞迷離惝恍

29　吳錫麒〈與董琴南論詞書〉。

的意境，餘韻深遠無窮。

〈臨江仙〉

鬥草階前初見，穿針樓上曾逢。羅裙香露玉釵風。靚妝眉沁綠，羞臉粉生紅。　　流水便隨春遠，行雲終與誰同。酒醒長恨錦屏空。相尋夢裡路，飛雨落花中。

　　小山性情如賈寶玉，浪漫多情，憐香惜玉，在詞中也刻畫下無數美麗動人的身影，以及纏綿悱惻的情感故事。

　　此詞上片寫昔，下片寫今，今昔對照，呈現擁有與失去的變化，令人倍感悵惘。上片饒有層次的刻畫一位女子，起首二句，五月五，七月七，她正與一群少女玩著鬥草、穿針的遊戲，天真爛漫的神態令人一見難忘，再見傾心。因在遊戲時，人總是自然的流露認真專注又愉悅自得的神情，十分引人，也往往觸動最真實的情意。接著，「羅裙香露玉釵風」勾勒其形象，香露與風，呼應鬥草與穿針，草上的香露沁染羅裙，而穿針、鬥草時亦不免玉釵搖曳；此外，以香露與風穿插於羅裙、玉釵等人造物質之間，更突顯其精心裝扮之餘，仍不失自然清新的氣息。最後，聚焦於臉龐，豔麗的妝容掩不住內心的嬌羞。特別刻畫眉妝，是傳承「蛾眉」作為美人象徵的書寫傳統，而以「綠」字取代「黑」，乃琢磨於詞作的美感，也是詞人偏愛以紅、綠對舉，營造亮麗鮮明色澤的創作習慣。女子臉上泛起紅暈，除了更增嬌媚，也暗示終於意識有人正在觀看，為她動心與留情。

　　從群體到個人，從整體到局部，從無情到有情，上片一句句拉近、聚焦，將女子逐漸推向讀者眼前，活色生香，情意萌動，使讀者預期一段美麗的情緣將就此展開。然而詞作脈絡卻陡然跳接，上下片之間如同斷裂，過片之後，只見美人與情緣皆已隨著水流雲散而遠

去。過片的空白處，貼切的傳釋情感經驗，一段感情到最後常只記得開始與結束，過程卻是回首惘然，想來模糊。或許人在擁有時容易習慣，以為幸福是理所當然，能天長地久，圓滿無盡，因此未曾特別記取，直到結束時，才驚覺那些消失在尋常時光裡的點點滴滴，有多麼的特別，異常珍貴。

「流水便隨春遠」，當是「春便隨流水遠」的倒裝，流水如時間，春則隱喻女子以及共度的時光。沒有特別的原因，許多情感就是在時光裡流失、結束，而她也如夢中的巫山神女般，隨著夢斷雲散飄然遠去，挽留不住也渺茫難尋，「行雲終與誰同」，不知她如今身在何方，但能確定的是終究已經屬於他人。美酒難消愁，酒醒更添悵惘，不僅曾經共處的空間，整顆心也隨著她的離去而被完全掏空。現實中已不能尋、不可尋，唯有寄望於夢裡，在夢境裡相尋。詞末以景結情，然而飛雨落花無論是夢景或實景，總預示著追尋的艱難與迷茫，且伴隨著失落的預感。

晏幾道詞雖是《花間》遺響，追步《花間》，但其女性愛情的書寫不似溫庭筠的客觀冷靜，也不似歐陽修〈蝶戀花〉（庭院深深）的冷酷絕望，詞中總有一種深情，哀感頑豔，流露強烈的憐惜之心，有時為了突顯女子的美好，甚至不惜耽溺於失去的頹廢痛苦，而又寓託著信仰般的執著熱情。以象徵的層次解讀，如果詞中的女子是美好初始的象徵，在歲月流程中註定逝去，則碧落黃泉上下求索渴望尋回的意念，以及無懼艱難對抗絕望的追尋行動，也毋寧是一種自贖的努力，無論最後成敗，如此過程已經再造了追尋者自身的美好。詞中呈現的意境，對失落美好的無悔追尋，與李賀〈巫山高〉極為近似。[30]

30　李賀〈巫山高〉：「碧叢叢，高插天。大江翻瀾神曳煙。楚魂尋夢風颸然，曉風飛雨生苔錢。瑤姬一去一千年，丁香筇竹啼老猿。古祠近月蟾桂寒，椒花墜紅濕雲間。」

〈臨江仙〉

夢後樓臺高鎖，酒醒簾幕低垂。去年春恨卻來時，落花人獨立，微雨燕雙飛。　　記得小蘋初見，兩重心字羅衣。琵琶絃上說相思。當時明月在，曾照彩雲歸。

　　小山詞常流露感傷的懷舊情緒，歡樂美好都在往昔，他彷彿是個被過去遺棄的孩子，活在如今失樂園的苦悶中。

　　此詞上片寫今，下片寫昔，往昔的歡悅與今日的寥落形成對比。「從來往事都如夢，傷心最是醉歸時。」[31]「夢後」、「酒醒」，意味著美好的往昔已如一場幻夢，不僅遠去，也漸漸覺得模糊不真，如今處身冷清寥落之中，借酒澆愁也只是徒增酒醒時的空虛。「樓臺高鎖」、「簾幕低垂」是如今處境與心境的寫照，將自己封閉，與外界重重隔絕，他的心只向往昔敞開，只盼著往事重現，昔日的美好能夠隨著春日到來回到身旁。

　　只是「春心莫共花爭發，一寸相思一寸灰」，[32]隨著春回而重新燃起的希望，終究在落花微雨的暮春時節破滅，空惹悵恨。同樣是春恨——因為春天而引生的悵恨，小山與馮延巳〈鵲踏枝〉「誰道閒情拋棄久，每到春來，惆悵還依舊」相反，馮詞是渴望擺脫往日而不可得，被重回的熟悉春景喚起；小山則是期盼往日重現卻落空，因此感到悵恨，一如去年。於此可見，去年此時也是同樣的心情，且或許不只去年，對癡心念舊的小山來說，應是離散之後年年期盼，因此春恨亦是年年累積，層層堆疊。是以暮春時的每一朵落花，都猶如一個個落空的希望，而雨中獨立的身影，也是憑弔破滅希望的身影，在雙燕比翼的映襯下更顯孤獨，只是燕影雙雙也觸動記憶，那曾經與所愛之人儷影成雙的時光。

---

[31] 晏幾道〈踏莎行〉。

[32] 李商隱〈無題〉。

　　過片如蒙太奇的運鏡手法，今昔疊影，漸回往昔。據〈小山詞自序〉：「始時，沈十二廉叔、陳十君龍家有蓮、鴻、蘋、雲，品清謳娛客。每得一解，即以草授諸兒。吾三人持酒聽之，爲一笑樂。已而君龍廢疾臥家，廉叔下世，昔之狂篇醉句，遂與兩家歌兒酒使俱流轉於人間。」可知小蘋是眞實存在的一位女子，小山摯友沈廉叔或陳君龍家所蓄養的聲妓，後因沈、陳過世或臥病，不知流轉何方。小山似乎刻意以眞實存在過的女子，抗衡逐漸模糊的記憶，使它清晰重現，證明一切眞眞切切的存在過。

　　人的記憶具特殊能力，但凡生命中的重要人物，無論時間相隔多久，也無論是否還在身旁，初見時的情景，他的模樣、穿著、神態，總是深深印在腦海，不易忘懷。小山詞中一再出現「初見」情景的描寫，也印證了這一點。與小蘋初見的情景，此時自然的湧現，她的身影栩栩如生，身上穿著兩重心字羅衣──衣領線條彎曲如小篆心字、羅衣上兩重心字圖案或以心字形香熏過的羅衣，無論何種解釋，兩重心字暗示彼此心心相映，知音情在，因此聽得她琵琶曲聲中所傾訴的相思情意。而這樣的回憶場景，除了與小蘋之間的情緣，也包含了〈小山詞自序〉中所敘述的那一段摯友相聚、詩酒風流的爛漫時光。

　　人在生命流程中總不停的遺失美好，有時不免感慨，那些美好時光到底都去了那裡？被時間、現實給無情收回了嗎？詞末以景結情，是記憶中當時的景象，夜色降臨，明月升空，彩雲在月光映照中緩緩散去。日與夜的交替，明月、彩雲交會的奇景看來絢麗而短暫，象徵那一段情緣以及爛漫時光。或者，當時的明月而今仍在，一如小山守護美好往昔的初心永遠常新，只是小蘋以及她所象徵的那一切美好，終如彩雲飄然遠離，幻化難追。若作此解，則與全詞首二句所訴說的懷舊情緒正是首尾映照。

〈鷓鴣天〉

小令尊前見玉簫。銀燈一曲太妖嬈。歌中醉倒誰能恨，唱罷歸來酒未消。　　春悄悄，夜迢迢。碧雲天共楚宮遙。夢魂慣得無拘檢，又踏楊花過謝橋。

　　人生總有一些神奇的時刻，偶然遇見的美好，將人帶離了現實，如飄浮雲端，享受飄飄然無拘無礙的超越之感。這一闋極浪漫也富有神話意境的詞，訴說的正是如此的經驗。

　　「小令」、「一曲」、「歌中」、「唱罷」，歌聲在上片四句中反覆出現，從吸引到驚豔，從沉醉其中到久久不能忘懷，便是詞中所欲傳釋的帶來超越性體驗的美好。首句即顯示常有的感官經驗，無意間被某種聲音吸引，於是去尋找它的來處。酒筵中有人正唱著令曲，美妙的歌聲吸引了他，因此以目光探尋，發現了正在唱歌的玉簫。玉簫是歌妓的名字，小山常將令其動心的女子名字直接寫入詞中。「尊前」、「銀燈」營造華麗的夜宴場景，在搖曳朦朧的焰影微光中，歌聲與歌妓更展現妖嬈魅惑之美，散發神秘的吸引力，令詞人不禁忘情讚嘆，能在如此曼妙的歌聲中沉醉，此生已是了無遺憾，而即使曲終人散，回到自己的世界，遠離當時現場，歌聲所帶來的醉意仍是久久未能散去。

　　一如希臘神話中的海上女妖賽倫（Sirenes），如德國萊茵河畔的妖精之岩蘿蕾萊（Lorelei），又如東歐斯拉夫神話中的水精靈露莎卡（Lusalka），她們擅長以甚具魔力的歌聲，編織天羅地網，將水手、船夫、行人捕獲，牢牢困住，讓他們不知不覺掉進水中，投入她們的世界，為美的引誘與耽溺獻出了生命，或者說以身殉美。此詞上片饒有層次的一句句強化歌聲的魅惑力，也顯示詞人正一步步的掉進網羅中，神魂顛倒，無法自拔，實宛如跨越時空，複刻了既浪漫又嚴肅的神話情境。

　　下片則是一場追尋，失落之後的重尋，幾乎是常見於小山詞的主

題。沒有了她的歌聲，春日顯得如此沉寂，而相思纏擾的夜晚也變
得更加漫長。如今與她的距離如神話中的遠隔情境，行雲在天，楚
宮在地，人神殊途，永難跨越。現實中既已遙不可尋，便往夢裡尋
去吧！夢是理性、禁忌、規範所無法管束的，是超越現實的自由領
地，所以就在楊花飄飛的夢境裡，夢魂也一遍遍的縱身飛翔，往歌聲
的來處尋去。與「春」呼應的「楊花」，揭露春去的消息，然而詞人
的追尋之心卻與之逆向頡頏，無視春去花落，一往情深。「謝橋」
與首句「玉簫」首尾映照，被捕獲的殉身無悔的愛美之心，無論今
昔、現實或夢境，皆沉醉在絕美歌聲的網羅中。

　　「碧雲天共楚宮遙」典出義山〈過楚宮〉：「巫峽迢迢舊楚宮，
至今雲雨暗丹楓。微生盡戀人間樂，只有襄王憶夢中。」詩人續寫巫
山神女神話，即使襄王夢醒，女神遠去，彼此相隔，但巫山巫峽仍是
雲雨籠罩，彷彿女神依舊深情徘徊，夢中的美好不曾遠離。世人總
有自己的追尋，而相對於眾人追逐的俗世歡樂，襄王則仍執迷於夢中
的女神，不能忘情。自古至今，總是有那麼一些人，背離了主流價
值，獨自往那人跡罕至的「無路之境」走去，人們總說那樣的人不切
實際，活在自己編織的夢幻裡，但是對他而言，沒有什麼比自己所執
著的更加真實。義山、小山或許都活在那樣的境界裡。

〈鷓鴣天〉

翠袖殷勤捧玉鍾。當年拚卻醉顏紅。舞低楊柳樓心月，歌盡桃
花扇底風。　　從別後，憶相逢。幾回魂夢與君同。今宵賸把
銀釭照，猶恐相逢是夢中。

　　有所愛即有所畏，愛令人患得患失，愛她的美好，也害怕失去她
所贈予的美好。

　　詞上片寫昔，下片寫今，時間的今昔對比是小山詞常見的手法，

也透露他對於曾經出現在生命中的美好，總是無限的眷戀與珍惜。次句的「當年」清楚顯示上片所寫的酣暢歡悅，都已經成為過往。在記憶中，穿著翠綠色衣衫的她，纖纖玉手捧著精致的玉鍾，正在殷勤勸酒。美人盛情難卻，何況小山憐香惜玉，於是盡情暢飲，不惜為她沉醉。而其實亦是酒逢知己，千杯恨少，美人歌舞之美令人動容，更為小山所賞愛。

「舞低楊柳樓心月，歌盡桃花扇底風」為小山名句，將聲妓歌舞之美刻畫得極具意境。「楊柳」一詞兼融虛實，既形容其舞腰纖柔裊娜，又實指樓外楊柳，在樓中賞其歌舞的同時，原本映照樓心的明月不覺已沉降至樓外的楊柳叢中，亦即時光流逝，漸至夜深；「桃花」一詞亦虛實雙寫，既形容其歌唇之美，又實指扇上圖案：朱唇輕啟，纖指輕搖，其曼妙歌聲即隨風傳送、飄颺，既迴盪於今昔，也迴盪於現實與夢境。

過片三句過渡今昔，也流轉於現實與夢境。「從別後，憶相逢，幾回魂夢與君同」，可知上片所寫的情景既是過去，也是一遍一遍的回想，更是一遍一遍的夢中重現。正是因為一再回想，因此即使已成過往，在腦海中卻仍是色彩鮮明，栩栩如生，如在目前；又因為幾回夢見，以致於夢境與現實逐漸虛實難分。也因此當今夜真的意外重逢，又不禁懷疑是夢，深怕一旦夢醒，眼前的一切又將成空，再度失去。於是在重逢當下，手持銀釭，盡情照看，用力把對方看得仔細真切，以對抗夢一般的不真實感受。然而，無論如何努力證實與把握，卻依舊害怕，怕一切終究還是夢。

「今宵賸把銀釭照，猶恐相逢是夢中」，詞最後兩句自杜甫詩「夜闌更秉燭，相對如夢寐」[33]變化而來，唯情調與意境差異甚大。杜詩寫在安史亂中，戰亂的現實，流離的遭遇，使得與妻子兒女的重逢有如夢寐，令人難以放心相信它是真實。詩人說出了當時的感

---

[33] 杜甫〈羌村三首〉其一。

受，而積壓在心中的是對於世變的喟嘆。小山詞沒有沉重的戰亂陰影，有的只是聚散不定的情緣捉弄，使心情隨之迭宕起伏，轉折再三。他所能憑藉的只有真心與深情，以及對美好的堅定信仰，與聚散的無常對抗，並且承受其間的驚喜、憂患與恐懼。

〈蝶戀花〉

醉別西樓醒不記。春夢秋雲，聚散真容易。斜月半窗還少睡。畫屏閒展吳山翠。　　衣上酒痕詩裏字，點點行行，總是淒涼意。紅燭自憐無好計。夜寒空替人垂淚。

　　西樓是離別之地，在醉時離別，或許能減輕離別之苦，且別時的情境將變得模糊，不復記憶。然而真能如願嗎？醒後的心情想來是更加失落，而離別的當時也並非不復記憶，只是不忍想起。因此獨自面對人散酒醒的荒涼，仍是不免感慨，「春夢秋雲，聚散真容易」。此二句變化自晏殊〈木蘭花〉：「長於春夢幾多時，散似秋雲無覓處。」人世間的聚散如春夢、如秋雲，飄忽如幻，去來不定，不能自主。而本應是相聚難得，臨別依依，但是在命運之手的反覆捉弄下，「兩葉浮萍大海中」，[34] 人間的聚散卻顯得如此輕易。

　　酒醒之後，夜已深，月已低垂，月光透窗而入，照影無眠。牀前畫屏自然開展，卻反襯人輾轉反側，相思纏擾不得閒。屏上所畫的吳山點點，暗示離人已經遠隔，或許遠去江南，又或許替人喚起了點點滴滴的江南記憶。

　　透過典故，詞人不露痕跡的縮聯上下片，「衣上酒痕詩裏字」來自白居易〈故衫〉：「袖中吳郡新詩本，襟上杭州舊酒痕。」詩人的江南記憶，寄存在一襲舊衫之中。物質總是承載記憶，原本應是無情

---

[34] 白居易〈答微之〉。

之物，因為人而留下了情感痕跡，成為情感的見證與寄託。在醒後無眠的深夜裡，睹物思人，追憶往昔，原應是渴望從能夠具體撫觸的點點行行裡，找回昔日熟悉的情味，無奈卻是徒增淒涼，物是人非，它清楚的證實，曾經真實的過往，當時的音容笑貌，如今都已消逝。「當時草草西窗，都成別後思量」，[35]也許點點行行的酒痕詩句所觸動的，也是「當時只道是尋常」[36]的悵恨與惘然。

最後二句化用杜牧〈贈別〉：「蠟燭有心還惜別，替人垂淚到天明。」與詩不同的是紅燭不僅是背景，作為移情的對象，小山更將其化作自身的寫照，在相思無眠的暗夜，撫弄舊衫的小山不正如獨自燃燒的紅燭，多情念舊的心常是暗自煎熬，也為無力抗拒、容易聚散的人們感傷垂淚。只是「空」字又暗示多情的徒勞，有什麼比意識自己正在承受的痛苦，毫無意義只是枉然更為無奈呢？

---

35 王國維〈清平樂〉。

36 納蘭容若〈浣溪沙〉。

四、張先：含蓄發越，轉移古今

　　張先（990-1078），字子野，浙江湖州人。仁宗天聖八年（1030），與歐陽修為同榜進士，是年晏殊知貢舉。歷官吳江縣令、嘉禾判官、永興軍通判、渝州知州。嘉祐四年（1059）以都官郎中致仕，隨即歸返湖州。常往來湖、杭之間，與當地名流雅士結交，以詩詞往來唱和。神宗熙寧四年（1071），東坡通判杭州，詞作從此漸多，與結識張先以及當地文人以歌詞酬唱的風尚有關。

　　陳廷焯《白雨齋詞話》稱：「張子野詞，古今一大轉移也。」在文人詞發展史上，張先詞具有開啟宋詞新風貌的影響。與其同時或稍後的晏殊、歐陽修、晏幾道等，基本上傳承南唐、《花間》，為五代詞風的餘響，而張先詞在音律、形式以及創作意識等，都有創新表現。

　　首先，張先通音律，能創製新調，其意義是將宋代新樂引入詞體，不同於晏、歐等多沿用唐五代舊調。其次，所存約一百六十六闋詞中，約有二十八闋已達長調篇幅，數量雖不及柳永，且技巧尚未純熟，但對於詞體形式的開展亦具貢獻。最後也是最重要的，不同於晏、歐的偶一為之，張先約六十闋詞附有詞序，說明填詞背景或動機，此舉對詞在宋代的發展帶來重大影響，亦即不再只是黃庭堅所謂的「空中語」，[37] 單純虛構架空的酒筵歌詞，而亦可以如詩文般與文人現實生活直接關聯，此對文人填詞意識、詞作表現以及詞體本質，都具有潛移默化的轉變作用。東坡以詩為詞，詞作多有詞序，張先的影響應是關鍵因素。

---

[37] 釋惠洪《冷齋夜話》。

〈千秋歲〉

數聲鶗鴂。又報芳菲歇。惜春更把殘紅折。雨輕風色暴,梅子
青時節。永豐柳,無人盡日花飛雪。　　莫把么絃撥。怨極絃
能說。天不老,情難絕。心似雙絲網,中有千千結。夜過也,
東窗未白孤燈滅。

　　就結構分析,此詞上片寫景,下片抒情,情景映照,是極為常見
的布局設計。而上片景中諸多意象皆隱喻一段感情,為詞中發話者所
捍衛信守,無懼艱難。全詞句句聲聲,激切強烈,展現絕不妥協的氣
魄。

　　上片以鶗鴂啼聲、芳菲凋歇、梅子青青、柳絮如雪,呈現春夏之
交的季節風景,並且寓託事與願違、與物多忤的感慨。詞人首先化用
〈離騷〉典故:「恐鶗鴂之先鳴兮,使夫百草為之不芳。」古人深
信,當鶗鴂發出啼聲,即是宣告春天過去、花季結束的時刻來臨。因
此在陣陣鶗鴂聲的催促中,眾芳隨之凋零,化為殘紅。然即使已成殘
紅,仍舊為詞中發話者所珍惜,縱使天意、外力如此無情,橫加摧
折。

　　轉眼之間,梅子青青,正當結果,最需雨水滋潤,最怕狂風來
襲,無奈卻是雨輕而風暴。永豐柳則是化用白居易〈楊柳枝〉:
「一樹春風萬萬枝,嫩於金色軟於絲。永豐西角荒園裡,盡日無人屬
阿誰?」永豐坊位於洛陽。迎著春風搖曳,嬌嫩婀娜的柳樹卻植根於
廢棄的荒園裡,無人知曉,無人垂憐,美麗終究成了徒勞。然詞人略
加變化,即使無人見、無人惜,即使柳絮紛飛如雪,依舊無傷其無與
倫比的美。

　　藉由「芳菲」、「殘紅」、「梅子」、「柳」等意象,詞人暗示
一段看似孱弱,備受摧殘,且得不到祝福與認可的感情。而在上片
累積了相當的怨憤之情之後,下片則預備對無情無理的外力展開反
擊。琵琶的第四根絃稱為么絃,最為纖細,因此以之作為備受攻擊脆

弱不堪，卻爲詞中發話者堅持守護的情感代稱。「莫把么絃撥」，即是堅定表態嚴正警告，若是一再惡意撥弄，我們也將發出不平之鳴。詞人借用李賀「天若有情天亦老」[38]的語意，悍然宣示，天本無情，不會老去，但是這段感情也永遠不會老去，更永難斷絕。因爲彼此的心意有如雙絲網，千絲萬縷，密密纏結，絕非任何外力所能輕易破壞。

確實，情感存乎彼此之間，與外人何干，又豈是外力所能影響？看看黑夜即將過去，最黑暗的時刻就要結束，縱使東窗未白，但光明定會到來；孤燈熄滅，意味著這段感情將不再如暗夜裡的孤燈暗自煎熬，而是將如白日一般，光明坦蕩的存在。「孤燈滅」另有版本作「凝殘月」，雖然天色漸亮，將殘的月影仍與之堅定對抗，即使無力阻擋，隨著天色亮起漸將消失不見，但看不見並不表示不存在，正如這份感情無論是否爲人所認可，仍將如同明月，永遠存在。「凝」字顯示面對即將吞噬自身的強大外力，仍堅定無畏與之抗擊的意志，來自逐漸殘缺孱弱的個體，如悲劇精神令人動容。

學者孫維城認爲張先小令風格如韋莊，清疏、明快、自然，此詞即可作爲代表。[39]

〈天仙子〉 時爲嘉禾小倅，以病眠不赴府會

水調數聲持酒聽。午醉醒來愁未醒。送春春去幾時回，臨晚鏡。傷流景。往事後期空記省。　　沙上並禽池上暝。雲破月來花弄影。重重簾幕密遮燈，風不定。人初靜。明日落紅應滿徑。

---

38 李賀〈金銅仙人辭漢歌〉。

39 孫維城：〈論張先詞在宋初詞壇的位置及其通變〉，《詞學》（上海：華東師範大學，2008）第19輯。

　　這闋詞爲張先名作，除了「雲破月來花弄影」爲經典名句，以詞序交代寫作背景亦是特色，對於詞在文人創作意識中，從「空中語」一般的虛擬情境的歌詞，逐漸演變爲近於詩文的抒詠情志的載體，和作者的現實處境心境產生直接連結，帶來關鍵性的影響。

　　從詞序可見，詞作於任職嘉禾判官期間，時年約五十四。「小倅」指「小官」，判官位階不高，因此謙稱小倅。當日因病欲眠，因此向官府告假，「府會」指宴會或者會議，詞人因病未能與會。至於是身體或心理的病，閱讀詞作應可進一步理解。

　　首句「水調數聲持酒聽」，看來是告假在家飲酒作樂。「水調」爲唐代大曲，據傳隋煬帝巡幸江都時所作，「聲韻怨切」，[40]詞調中的「水調歌頭」即爲此曲首段，可想見其曲風與聲情。詞人品嘗著醇酒，聆聽著樂曲，彷彿自得其樂，然而從第二句「午醉醒來愁未醒」卻可見是藉酒澆愁，苦中作樂。「醉」與「酒」呼應，午後酒醒，但愁仍在，隨著意識恢復，那些渴望擺脫的愁又重回心頭，此時當是備感悵惘，也可見詞人所患的乃是心病。

　　詞作脈絡縝密，由第二句的「愁」再引出下句，解釋愁的原因，「送春春去幾時回」？問得癡傻，任誰都知道春去春又回，因此詞人所問的不在字面，而是其中隱喻的時間，以及在時間流逝中失去的美好，詞人的愁原是感傷流年與離散。「臨晚鏡，傷流景」，變化自杜牧詩「自悲臨曉鏡，誰與惜流年」，[41]改「曉」字爲「晚」，一方面切合其暮年心境，一方面配合全詞的時間脈絡，與次句的「午」以及下片「暝」、「明日」呼應，串連起時間流動的主軸，也呼應全詞要旨。鏡中漸老的容貌，分外觸動年光流逝的感傷，而「往事後期空記省」則尤其是詞人痛心之處，呼應「春去」，美好的逝去：在時光流逝中總有人會離去，因此曾經共同經歷的往事，如今無人一起細數一

40　郭茂倩《樂府詩集》。
41　杜牧〈代吳興妓春初寄薛軍事〉。

同回顧；至於曾經許下的來日約定，也因離散而無法一同實現，因此就算自己記得眞眞切切也是枉然，徒增感傷，備覺失落。

　　下片空間的描寫由室內轉向室外，詞人似乎希望藉由欣賞清幽小巧的庭園夜景，疏解心頭的牢愁。然夜景雖美，卻也引生哀感。「沙上並禽池上暝」，入夜了，池上的水鳥來到沙岸邊依偎而眠，看來如此溫馨可愛，但也觸動了孤獨感慨；「雲破月來花弄影」，是雲層漸散，月光透雲而出，映照花叢，花影搖曳，如此的朦朧嬌柔，望之卻又宛如夢幻。兩句景的描寫，與上片「往事後期空記省」的孤獨與空幻之感隱約呼應。此時夜風漸起，但想來水禽上岸依偎而眠，雲散月出花影搖曳，都與「風不定」有關。詞人於是放下了重重簾幕，不讓室內的燈火被風吹熄，而這樣的舉動也彷彿在保護他那暗火似的心，不願任它隨著歲月流逝而冷去。只是風聲依舊，人靜夜深，在暗夜中更是迴盪傳響，因此此時正在婆娑弄影的花，經歷了一夜的風吹，想來也將成爲明日滿徑的狼藉殘紅了。

　　能夠留住什麼呢？在流光的摧殘中，也許只有創作能夠留住一些美好，以及願意珍惜美好的心靈。

〈謝池春慢〉玉仙觀道中逢謝媚卿

繚牆重院，時聞有、啼鶯到。繡被掩餘寒，畫幕明新曉。朱檻連空闊，飛絮無多少。徑莎平，池水渺。日長風靜，花影閒相照。　　塵香拂馬，逢謝女、城南道。秀豔過施粉，多媚生輕笑。鬥色鮮衣薄，碾玉雙蟬小。歡難偶，春過了。琵琶流怨，都入相思調。

　　張先在北宋詞壇中，是除了柳永之外較早大量創製長調的詞人，雖然所存約一六六闋詞僅二十八首長調，較之柳永二一二闋詞中長調約一四五闋，比例不算太高，但與同期或稍後的晏殊、歐陽修相較卻

高出許多。在文人詞形式的開展上，張先試煉長調，也有所貢獻。

　　此詞據詞序可知是作於汴京，玉仙觀在汴京城南，謝媚卿據說是當時頗享盛名的美人，因此詞中敘寫的可謂是一場豔遇，是極為吸引人的主題。從結構分析，詞上片寫景，下片敘事、寫人、抒情。

　　「繚牆重院」，一開始是個全景，有如空拍鏡頭，呈現一個圍牆環繞的深深庭院，一幅寂靜無聲的畫面。接著，時而傳來鶯啼聲，「聞」字暗示景中有人，而「啼鶯」與「飛絮」以及下片的「春過了」相互呼應，顯示詞的季節背景，也營造暮春的氣息。從聽覺、觸覺到視覺，隨著「繡被掩餘寒，畫幕明新曉」，一幕幕的景象描寫也暗示人物的行動，在鶯啼聲中逐漸甦醒，即使臥在繡被中也感受到暮春的餘寒，尤其清曉時分。隨後他睜開雙眼，看見晨光正穿透飾有彩繪的簾幕，明滅閃爍。於是新的一天開始了，景物的描繪繼續暗示人物的行動，起身，走出室外，倚著高樓欄杆，望向空闊無垠的晴空，望著柳絮漸少，望著遠方綠徑、水池，最後視線回到近處，春日遲遲，風也靜悄，陽光映照著花叢，灑下花影朦朧。

　　過片敘寫出遊。扣合詞序，在策馬前往玉仙觀的途中，與美人邂逅相遇，迷濛香塵也許更映襯其脫俗之美。透過詞人目光，美人被精心刻畫，其天生麗質清秀豔逸，勝過脂粉妝點；輕輕一笑，即生百媚，說不盡誘人風韻；身穿輕盈而鮮豔的春衣，頭上安戴著一對蟬形玉釵，也許笑意與雙蟬皆暗示著彼此的情意。然而，突然之間，一切卻匆匆結束，隨著春去，情也成空，多少相思哀怨只能寄託於琵琶曲聲中。

　　夏敬觀《評張子野詞》：「長調中純用小令作法。」此詞確實偏於小令作法，多用暗示，少有鋪敘。從全詞脈絡觀察，上下片之間略有斷裂。誠然，上片的景物描寫暗示人物行動，或許也暗示其百無聊賴的沉悶心情，為下片的策馬出遊醞釀情緒；又或者詞人採用的是倒敘手法，在花影朦朧中憶起與佳人相遇的情事，與香塵迷濛形成巧妙的銜接過渡。然整體而言，上片之景既無法有效傳釋人物心境情感，也並未為下片的情事發展預作鋪墊。用了許多文字，只寫一個人

清曉甦醒，看著遠近風景，以長調而言，實有浪費篇幅之嫌。而下片敘事、寫人、抒情在銜接與轉折之處也略顯生硬。「謝女」雖引出以下人物刻畫，但略無章法，稍落俗套，也並無深刻的情意互動，以致最後的情事落空更是不見因由，草草結束，令人不禁錯愕。詞作因脈絡斷裂而予人破碎之感，殊為可惜。

　　然而儘管寫作手法未臻純熟，張先在長調的發展上依然以其數量漸多的創作表現，開展了文人詞的形式，也留下試探摸索的痕跡。至於長調的真正發展成熟，則有待柳永的精心錘鍊以及大量創製，為繼起者帶來可資仿效的創作蹊徑。

五、柳永：鋪敘展衍，長調作手

　　柳永（約987-1053），字耆卿，福建崇安人。初名三變，字景莊，與兄三復、三接，時稱「柳氏三絕」，命名皆取自《論語》、《周易》等儒家經典。先祖柳冕爲唐代古文家，父柳宜，南唐監察御史，入宋後，及進士第，官工部侍郎。

　　雖出身儒學官宦之家，柳永卻不似典型儒家人物，其流連風月，爲歌妓作詞不僅屢載於宋代筆記雜說，亦見於所作的歌詞中。其詞「細密而妥溜，明白而家常」，[42]能「狀難狀之景，達難達之情，而出之以自然」，[43]加上精通音律，親譜新曲，聽來更是冶蕩動人，「凡有井水處，即能歌柳詞」，[44]流播之廣，可以想見。然而其歌詞成就似乎亦成了科舉仕宦之路的阻礙，不甚爲朝廷及文臣士大夫所接受，以致累試不第，至仁宗景祐元年（1034）始成進士，歷任睦州推官、餘杭縣令、曉峰鹽場監、屯田員外郎等。

　　除了詞語風格親切動人，柳永於宋詞發展史上最顯著貢獻是大量創製長調，且善於運用篇幅，饒有層次的鋪敘展衍，不僅擴大了詞世界，亦開展了詞境，兒女豔情之外，羈旅行役、帝京繁華、都會風光、詠史懷古等已見《花間》的題材，柳永以長調書寫，大開大闔，展現了不同於小令的新氣象。

〈長相思〉京妓

畫鼓喧街，蘭燈滿市，皎月初照嚴城。清都絳闕夜景，風傳銀

---

[42] 劉熙載《藝概》。

[43] 馮煦《六十一家詞選例言》。

[44] 葉夢得《避暑錄話》。

箭，露霙金莖。巷陌縱橫。過平康款轡，緩聽歌聲。鳳燭熒
熒。那人家、未掩香屏。　　　向羅綺叢中，認得依稀舊日，雅
態輕盈。嬌波豔冶，巧笑依然，有意相迎。牆頭馬上，漫遲
留、難寫深誠。又豈知、名宦拘檢，年來減盡風情。

　　柳永此詞以汴京為背景，上片寫景，下片依序敘事、寫人、抒
情，而上片景中其實有人，景物的變換暗示著人物的心情轉折，也為
下片的情節開展作了鋪墊。至於下片的情節鋪敘、人物刻畫與心境情
懷更是環環相扣，彼此交融，前後映照。全詞可謂一氣貫注，意脈不
斷，所敘寫的是一段舊地重尋的經歷，迂迴曲折，迭宕起伏。詞人以
其經驗透露，除了人面桃花的滄桑變化，舊地重尋或許還有更教人難
堪、惘然的結局。

　　在上片中，詞人彷彿城市的漫遊者，「款轡」二字可見他策馬而
行，而汴京城的夜景也就隨著行經的路線如畫卷般的次第展開。喧鬧
的鼓聲與燦爛的燈火揭開了序幕，「畫鼓」與「蘭燈」，物質的精致
奇巧，除了是修辭，也展現當時汴京的富麗繁華。詞人走過瀰漫著節
慶氣息的街市，然而眼前的歡欣景象似乎與他無關，皎月初升的夜空
對照人間的景象分外顯得孤冷清寂，或許也暗示詞人此時處身喧囂的
心境，再是如何的歡情洋溢、絢麗輝煌，眼中這座城市始終是戒備森
嚴的京城，籠罩著權力的冰冷氣息。

　　「嚴城」二字引出下段。「清都」典出《列子・周穆王》，原指
天帝在天上的都城，此處對應人間帝王所居的皇宮，詞人遠離熱鬧街
市，策馬行經此處。厚重的深紅色門闕矗立，風裡傳響著更漏上銀箭
移動的聲音，以及銅柱上凝結的濃重露水，營造了靜肅而凝重的皇宮
夜景，空間裡籠罩著無形壓力，也透露詞人緊繃的心情。

　　於是繼續策馬前行，「巷陌縱橫」四字可謂以簡馭繁，在偌大
的汴京城裡彷彿漫無目的的遊走，又彷彿冥冥中在尋尋覓覓。忽然
間，熟悉的歌聲招回了遊魂，終於來到了堪比長安平康里的煙花巷

陌，不覺間，鬆放了手中的馬韁繩，也漸漸舒緩了緊繃而迷惘的心情。這裡的微弱燭光在感受中勝過滿市蘭燈的輝煌，門後香屏依稀，那一扇依舊開啓的門扉，也不似皇宮大門的厚重冰冷拒人千里，而是如家園般，等待著遊人的歸返。

過片，隨著詞人的目光，引領讀者一同步入門內，進入那一處即使聲色喧嘩卻依舊能讓人內心安穩平靜的世界。在舞衫歌扇、羅綺佳人之中，他探尋著曾經熟識的身影，而那位仍如往昔般輕盈曼妙風姿優雅的歌妓，也幾乎同時在簇擁的人群中看見了他。「嬌波豔冶，巧笑依然，有意相迎」，在刻畫其「巧笑倩兮，美目盼兮」[45]的動人神韻的同時，也傳達了彼此的情意，眼神與笑意瞬間彌補了離別的空白，往常熟悉的感覺又重回心間，在慣於逢場作戲的歌樓歡場中，這一份「相視而笑，莫逆於心」[46]的默契，也更顯純淨珍貴。

也許沒有比這般情境更加圓滿的了。舊地重尋，情景如昔，感受如昔，所欲尋訪的人也仍在，未曾離去，而往日情意也未曾改變。只是突然間，無形的阻隔也瞬間成形，阻擋在彼此之間。詞人發現面對如此知心的舊識，縱使滿懷深情仍在，無奈卻難以表達，遲疑與留戀在心中牽扯不休，也終屬枉然。令人意外又難堪的是，原因竟是在於自身的轉變，「又豈知、名宦拘檢，年來減盡風情」，多年來渴求的功名與官職一旦到手，卻反成了令人拘束不得自在的枷鎖，甚至在拘束中也已不覺斲傷了天性、流失了情懷，面對眼前給予溫柔慰藉的人，那說盡深情心事的浪漫本能，隨心所欲地展現真情的自由，都成了被迫交換、難以贖回的曾經。

全詞運用由表及裡、由果而因的鋪敘手法，詞末的「名宦拘檢」正是一切原因所在。上片策馬而行的形象，已透露其爲官的身份，而孤獨、壓力、迷惘，也在在暗示其官職在身之後的心情。在汴京城中

---

[45] 《詩·衛風·碩人》。

[46] 《莊子·大宗師》。

策馬而行，尋尋覓覓，渴望逃離孤獨、壓力、迷惘，渴求一個如家一般能夠如釋重負、回歸真我的所在，一切莫非「名宦拘檢」之故。只是，曾經能給予歸屬感的地方，能給予慰藉的人，即使重返，即使重逢，也由於「名宦拘檢」之故，而無法安然的處身其中，自然地訴說情意。此時才終於發現，它到底如影隨形，不知何時更成為難以掙脫的枷鎖，也使詞人註定處身追逐俗世價值與率性擁抱真我的雙重背離之中，依違徘徊，無家可歸。

　　夏敬觀《手批樂章集》：「層層鋪敘，情景兼融，一筆到底，始終不懈。」對柳永的長調書寫功力作了精當的剖析；而高友工〈小令在詩傳統中的地位〉：「長調在它最完美的體現時，是以象徵性的語言，來表現一個複雜迂迴的內在的心理狀態。」此詞也當之無愧。然而閱讀這闋詞所感受的衝擊，應該還是它所傳遞的追尋經驗。人總在追求，但過程中也勢必付出代價，不覺流失或割捨了什麼以作為交換。因此，不是樂園悄然流失於時空，而是自己喪失了純真，已被驅逐，失去了處身樂園的特權。

〈鶴沖天〉

黃金榜上，偶失龍頭望。明代暫遺賢，如何向。未遂風雲便，爭不恣狂蕩。何須論得喪。才子詞人，自是白衣卿相。　　煙花巷陌，依約丹青屏障。幸有意中人，堪尋訪。且恁偎紅翠，風流事，平生暢。青春都一晌。忍把浮名，換了淺斟低唱。

　　「鶴沖天」調名來自韋莊〈喜遷鶯〉：「家家樓上簇神仙，爭看鶴沖天。」而「喜遷鶯」典故則來自《詩經‧小雅‧伐木》：「伐木丁丁，鳥鳴嚶嚶。出自幽谷，遷於喬木。」調名本身極具喜氣，韋莊二闋〈喜遷鶯〉即寫中舉之樂，以鶴一飛沖天比喻登榜之後將平步青雲。不過柳永這闋〈鶴沖天〉並非寫中舉，相反的是名落孫山。

　　上片以直白的詞語，生動的傳釋得知落榜之後的一連串心理反應。古時榜單以黃紙為底，以金字書寫中舉考生的姓名，因此稱金榜題名。「黃金榜上，偶失龍頭望」，終於放榜了，但很意外的，榜單的狀元欄上卻不見自己的名字。「龍頭」乃狀元，事實上柳永不僅沒考上狀元，更是名在孫山外。「偶」字突顯驚訝與意外，但也流露自負與自信，這樣的態度貫穿全詞，也許是柳永天性，但也是受挫當下所反激的自我防衛意識，一種伴狂的武裝。

　　隨著得知落榜而來的，是陷入短暫的迷惘，「明代暫遺賢，如何向」？流露著嘲諷與辛酸，然「暫遺賢」三字卻又顯得自信而狂妄。如此清明的時代竟然暫時遺漏了我這樣的賢才，又當如何？其後，很快的想通了，「未遂風雲便」寫得幾分落寞，未能藉著這場風雲際會之便，一舉登第，平步青雲，終不免被擯棄、遺落的感傷，然而「爭不恣狂蕩」卻是本能的反擊，樂觀的設想，暫無功名的束縛正是多了恣意狂遊狎邪、尋歡作樂的時光。「何須論得喪，才子詞人，自是白衣卿相」，又是一貫的自負與自信，甚至睥睨權位，即使科舉失利，也是朝廷的損失，自己所具備的文學與卿相之才絲毫無損，一身布衣，也算瀟灑。

　　下片承「恣狂蕩」，將其狂遊狎邪的形跡與心境毫無忌憚的刻畫表露，帶著幾分賭氣與抗議。「煙花巷陌」是其經常流連之處；「丹青屏障」是門後的彩繪屏風，門輕掩，依稀可見，是熟悉的景象。門裡是一個溫柔鄉，有知心的佳人可堪尋訪，再是如何失意落寞，都可以在其中獲得慰藉。就暫且這般的偎紅倚翠，沉醉歌舞，自在風流，也是平生最歡暢快意之事。而與此同時，又不禁感嘆，青春短暫，匆匆逝去，如何忍心拿來追求虛浮的功名，不如淺斟低唱，在醇酒、歌聲的情味中，愜意逍遙，酣暢自適。

　　南宋吳曾《能改齋漫錄》：「仁宗留意儒雅，務本理道，深斥浮豔虛華之文。初，進士柳三變好為淫冶謳歌之曲，傳播四方。嘗有〈鶴沖天〉詞云：『忍把浮名，換了淺斟低唱。』及臨軒放榜，特落之，曰：『且去淺斟低唱，何要浮名。』」傳聞雖不盡可信，但此詞

確實突顯了柳永在求取功名與淺斟低唱之間的衝突，亦即順隨俗世價值與坦然追求眞我之間的矛盾。

　　柳永不是一個符合傳統規範的典型文人，他多情而浪漫，具藝術家性格，也依循快樂原則，以其天賦才具創作了許多膾炙人口、動搖人心，既無益於功名利祿反而有傷其名聲的歌詞；但出身官宦之家的他也從不抗拒科舉，順從的接受主流價值規範的引領，做好走上仕宦之路的準備。以此詞可見，當追求功名受挫之時，他可以順隨天性，依循本能，回到歌舞歡場中尋求慰藉；然而如〈長相思〉詞所透露，「又豈知、名宦拘檢，年來減盡風情」，在終於獲取功名、官職在身之後，一樣的受挫苦悶，孤獨迷惘，但是想再重回舊地重享回歸自我的安頓感受，卻已因身份的拘束、性情的斲傷，而不可再得了。兩頭落空，雙重背離，柳永成了宋代文壇與官場的孤兒，也是主流世界的邊緣人。

〈婆羅門令〉

昨宵裡、恁和衣睡。今宵裡、又恁和衣睡。小飲歸來，初更過，醺醺醉。中夜後、何事還驚起。霜天冷，風細細。觸疏窗、閃閃燈搖曳。　　空牀輾轉重追想，雲雨夢、恁敧枕難繼。寸心萬緒，咫尺千里。好景良天，彼此空有相憐意。未有相憐計。

　　柳永擅長以明白家常的言語，訴說深曲細膩的難言之情，因此其詞能深入人心，廣受喜愛，此詞即爲代表。

　　起始二句，刻畫頹廢慵懶的人物形象，著一「又」字，將夜夜返家之後即和衣而眠的狀況順時延續，又隱隱然向前延伸，暗示如此狀況已經持續多時。之後，再以「小飲歸來，初更過，醺醺醉」加以解釋，解釋其何以如此，然而夜夜醉歸的形象卻更是啓人疑竇，不知爲

何此人頹廢至此。至「中夜後」以下，始微微透露其夜夜醉歸和衣而睡，都爲了逃避夜半驚醒後的輾轉反側，「何事」二字幾乎可見其事與願違的無奈眼神。原是夜裡的霜寒、風聲讓他驚醒，醒時但見透窗而入的風，吹得燈燄搖曳。

詞中寫出的，是夜半的寒意與風聲讓其驚醒，回應「何事」二字，但未明白說出的是其心事縈懷，睡意難成。上片最後燈燄搖曳的景象既是驚醒時所見，在詞中亦是暗示意味濃烈的意象，作爲過渡，引出下片醒後所思所感。

空牀輾轉，敧枕難眠，「雲雨夢」揭露此人原是爲情所困。如上片燈意象所暗示，燈在屋裡，風卻透窗而入，吹得燈焰閃爍，搖曳將熄。因此令詞中人物備感折磨的，應是類此因外力介入而艱難受挫的感情，自「咫尺千里」更可推測，當是如同「其室則邇，其人甚遠」[47]一般，人在眼前，卻有無形距離重重相隔，以至於縱有良辰美景，也只能各自相思，無計相守。「寸心萬緒」承「重追想」，又與「未有相憐計」呼應，夜裡輾轉、思緒紛擾，呼應燈意象，是其內心的煎熬，也是夜夜買醉、和衣而睡所意圖逃避的痛苦，然終究事與願違。

全詞脈絡由表及裡、由果而因，饒有層次的引領讀者，從表象到內心，去觀看、理解詞中的人物，直至最後才終於明白，看來如此頹廢懶慵的人物，內心正飽受折磨，因而對其觀感也將由最初的嫌惡轉爲理解與同情。

〈蝶戀花〉

獨倚危樓風細細。望極春愁，黯黯生天際。草色煙光殘照裏。無言誰會憑闌意。　　擬把疏狂圖一醉。對酒當歌，強樂還無

47　《詩・鄭風・東門之墠》。

味。衣帶漸寬終不悔。爲伊消得人憔悴。

　　柳永擅寫長調，但其小令亦有佳作，此闋〈蝶戀花〉即爲膾炙人口的作品。此詞所以爲人所熟悉，原因也在於王國維《人間詞話》以最後二句作爲成就大學問、大事業所必經的三境界之一。第一境界是晏殊〈蝶戀花〉：「昨夜西風凋碧樹。獨上高樓，望盡天涯路。」第二即此詞之「衣帶漸寬終不悔，爲伊消得人憔悴。」第三爲辛棄疾〈青玉案〉：「眾裡尋他千百度。驀然回首，那人卻在燈火闌珊處。」大抵是尋定目標之後，孜孜矻矻，全力以赴，深情一往，百折不迴，最終在偶然回神時，發現原來已處身一向追求的境界中。

　　在王國維的延伸解讀與象徵詮釋之外，詞作本身純是一闋相思懷遠的作品。一開始即是一個獨倚高樓的身影，高處不勝寒，風雖輕柔，但春寒料峭，些許透著寒意，陣陣襲來，酸冷入骨。人物處境與感受的描寫，也同時暗示其心境。「望極春愁，黯黯生天際」可解讀爲「望極天際，春愁黯生」，極目遙望，望向天際，心中愁緒黯自滋生。或者「黯黯生天際」寫景，乃「望極」之景，同時也以此景具象的形容內心的愁緒，如蒼茫暮色自遠而近籠罩天際一般，逐漸的湧上、瀰漫心頭。隨著遠望視線由上而下的轉移，「草色煙光殘照裏」是高樓上俯視的景，「殘照」呼應「黯黯」，樓前綿延的春草，籠罩於夕陽餘暉中，一片煙光迷離。而如此景象，更進一步揭露其愁思。

　　「春草」意象在文學傳統中，自《楚辭》以來即有相思懷遠的意涵，如《楚辭・招隱士》：「王孫遊兮不歸，春草生兮萋萋。」漢樂府〈飲馬長城窟行〉：「青青河邊草，綿綿思遠道。」南齊謝朓〈王孫遊〉：「春草蔓如絲，雜樹紅英發。無論君不歸，君歸芳已歇。」南陳江總妻〈賦庭草〉：「雨過草芊芊，連雲鎖南陌。門前君試看，是妾羅裙色。」唐王維〈送別〉：「山中相送罷，日暮掩柴扉。春草明年綠，王孫歸不歸？」南唐李煜〈清平樂〉：「離恨恰如春草，更行更遠還生。」皆是其例。春草滋長，綿延遠方，觸動離人

思念。然而在詞中，殘照與煙光籠罩，黯淡淒迷，似暗示所懷抱之相思雖濃烈卻令人惘然，因此「無言誰會憑闌意」，呼應首句之高樓獨倚的形象，也透露其內心的孤獨與悵惘。「無言」，無人與言，心中的愁思無人可訴，「誰」隱約對應全詞末句的「伊」，亦即除了那人，心事無人可訴、無人能懂，但彼此正如此遠隔，而殘陽西斜，長日將盡，或許也暗示情感逐漸迷離隱微，如將逝去。

　　詞的上片訴說一段遙遠的相思，它是如此難以代替、難以捨棄，卻又如此難以為繼。於是在相思愁緒與絕望之感的煎熬下，本能的企圖逃避，讓自己輕狂、放縱，以為在聲色享樂、痛飲沉醉中，能夠瀟灑放下，痛快的擺脫纏擾。無奈卻是事與願違，一切只是強顏歡笑，自欺欺人，縱使對酒當歌尋歡作樂，卻總覺得索然無味，更何況，還有什麼比目睹自己正在自欺欺人、強顏歡笑更為可悲、空虛的呢？

　　既然無法徹底擺脫，那就面對承擔吧！如納蘭容若所說，「若是多情醒不得，索性多情。」[48]「衣帶漸寬」典故來自「相去日已遠，衣帶日已緩。」[49]、「衣帶無情有寬窄，春煙自碧秋霜白。」[50]相思折磨，不免令人消瘦，本是愛的代價，「漸寬」尤其是正在進行、持續發生，正忍受相思凌遲之苦，然而詞中依舊表明「終不悔」的決心，「為伊消得人憔悴」，「消得」，值得，與上片首句以及末句遙遙相承，高樓上孤獨遙望的身影，也是受盡相思折磨的身影，只因遠方的伊人是如此的無可取代。

　　詞所展現為了愛而甘願受盡折磨乃至殉身無悔的勇氣，如同歐洲中世紀傳奇〈崔斯坦與伊索德〉（Tristan and Isolde）中，崔斯坦所說的那一段壯烈的愛情宣言。當有人告訴崔斯坦：「你喝下了那瓶愛

48　納蘭容若〈浪淘沙〉。

49　漢〈古詩十九首〉其一。

50　李商隱〈燕臺四首—春〉。

情魔液，就等於喝下了死亡。」崔斯坦則坦然無畏的回答：「我不明白你的意思。如果你所謂的死亡，是因這份愛所必須承受的痛苦，那麼它就是我的生命。如果你所謂的死亡，是因這份愛使我必須接受社會的責難，那麼我將坦然承受。如果你所謂的死亡，是因這份愛而換來地獄的無盡詛咒折磨，我將受之無悔。」[51]愛是承擔，且隨之而來的痛苦、責難甚至詛咒折磨，也將成爲無所遁逃的命運。

〈八聲甘州〉

對瀟瀟暮雨灑江天，一番洗清秋。漸霜風淒緊，關河冷落，殘照當樓。是處紅衰翠減，苒苒物華休。惟有長江水，無語東流。　　不忍登高臨遠，望故鄉渺邈，歸思難收。歎年來蹤跡，何事苦淹留。想佳人妝樓顒望，誤幾回天際識歸舟。爭知我、倚闌干處，正恁凝愁。

　　〈八聲甘州〉又稱〈甘州〉，原爲唐代邊塞曲，因押八韻，故名。此詞寫羈旅行役，是柳永專擅的題材。宋代趙德麟《侯鯖錄》載：「東坡云：『世言柳耆卿曲俗，非也。如〈八聲甘州〉云：「霜風淒緊，關河冷落，殘照當樓。」此語於詩句，不減唐人高處。』」詞中所寫景物，興象超遠，頗具唐人邊塞詩氣象，明顯開展了詞境，不再侷促於花前月下、畫堂深院，此本是東坡詞所著力處，無怪甚爲稱許。而由此亦可見柳永於詞，除了形式，對於詞境的開展也作出了貢獻。

---

[51]　愛情魔液是伊索德的母親即愛爾蘭王后爲確保女兒的婚姻幸福所釀造的，預備讓伊索德與馬克王在新婚之夜一同喝下，使素未謀面的兩人對對方產生情愫。但崔斯坦代表馬克王迎娶伊索德的途中，他們意外的共飲，也因此喚起早已存在彼此心中的感情。參Joseph Campbell 著，朱侃如譯：《神話》（臺北：立緒文化事業有限公司，1995）。

　　詞上片寫景，下片言情。開篇即氣勢磅礡，一場秋日黃昏的驟雨劈空而來、滂沱而下，直灑落在江面上，雨聲瀟瀟，震人耳目。「對」字乃強而有力的領字，將讀者直接帶入詞中，與詞中人物一同感受這場大雨的震撼，不僅目睹整個天地在大雨沖刷中變得蕭瑟冷清，也感受到秋日的寒涼氣息漸漸來襲。「漸」字亦為領字，引出以下眼前景象的漸次轉變。在雨中，霜風襲人，重重打在身上。詞人用「霜」而不用「秋」或「西」，除了避免重複，也是取其淒冷的觸覺感受，且霜之為物具有肅殺之氣，與以下的「紅衰翠減」可相呼應。在秋風秋雨之中，遠方的關塞長河，看來是一片冷清寥落，而後逐漸的，雨停了，殘陽乍現，餘暉映照在高樓上。

　　「當樓」與過片「登高臨遠」以及末句「倚闌干處」相互呼應，串聯脈絡，暗示詞中人物始終佇立樓中，詞中所寫情景皆是於樓中所見與所思所感。因為雨停，視線更加清晰，舉目所及，盡是凋零景象，紅花綠葉一經秋日風雨摧殘，便漸漸萎折，風光不再。而在親眼目睹驟雨初歇、殘陽乍現、霜風淒冷、花葉零落，一幕幕變動不定的景象之後，其目光停留在長江，與首句的驟雨傾灑江面翻湧對照，此時顯得平靜，然無論風雨來去，始終不變的是向東流淌，流逝了時間，也逝去了生命。詞人用「無語」形容，彷彿長江原應有語，面對如此荒寂與凋殘的景物變化，如何能如此靜默無語？但長江或許已經見慣了天地間的生滅來去，又或者「天若有情天亦老」，[52]長江必須如天一般的無情無語，才能見證、承載這一切。

　　但相對於長江的靜默，詞中的人物卻不能無語。因登樓所見，處處觸景生情。「遠望可以當歸」，[53]古人登高望遠，常因思鄉之故，然故鄉迢遞，望而不見，更是平添鄉思，此其所以感嘆「不忍登高臨遠，望故鄉渺邈，歸思難收」。而愈是思鄉念遠，鄉愁濃烈，也愈是

52　李賀〈金銅仙人辭漢歌〉。

53　漢樂府〈悲歌〉。

容易引發對自己當下處境的質疑，多少年來羈旅漂泊，轉徙異鄉，淹留不歸，究竟所爲何來？有什麼值得讓人離鄉背井，任流年歲月在飄零轉徙中徒然消磨？

　　顯然有時人生世路驀然回首，所見未必是「燈火闌珊處」的「那人」，而是困在混沌中的自己。不過在這闋詞中，在困惑迷惘之後，也確實看見了「那人」。「想佳人妝樓顒望，誤幾回天際識歸舟。爭知我、倚闌干處，正恁凝愁。」此段自溫庭筠〈夢江南〉：「梳洗罷，獨倚望江樓。過盡千帆皆不是，斜暉脈脈水悠悠。腸斷白蘋洲。」變化而來，彷彿隔著時空對話，從被等待的人的角度，給予了回應，遙寄了相思，分擔了等待者的孤獨與沉重。此外，從對立面角度書寫，手法承自杜甫〈月夜〉，而如此表達的方式正顯示對彼此情感的深信不疑，幾如信仰。唯有深信不疑，方能自然的料想所思念的人也正在思念自己，同時更爲她的愁而感到不忍，自己也因此而愁。正如「一種相思，兩處閒愁」，[54]雖然分隔兩地，但彼此的思念之心卻是相同。因此，詞雖結束在異鄉遊子獨倚高樓的愁思之中，但是卻以溫柔與牽掛，彌補了彼此遠隔的缺憾。

　　詞作情景映照，上片所寫除了是登樓所望的景，蕭瑟清冷觸動鄉思，如進一步分析其中感官經驗的深層結構，更可見所寫的景在嘈雜中有寧靜、淒清中有溫暖、變動中有不變，對照下片所寫遊子漂泊的處境與心境，雖然處身迷惘之中，然而對故鄉、佳人的執念與深情，卻正如一股寧靜、溫暖、不變的力量，使其始終心有所繫，不致在茫然中徹底失了根，流離失所。「在空茫的天地間，只有感情是唯一的眞實。」柯慶明先生解讀此詞，曾作如上註解。只要心有所愛，一往情深，便能抵禦處身世間的茫然與虛無。

54　李清照〈一剪梅〉。

〈望海潮〉

東南形勝，三吳都會，錢塘自古繁華。煙柳畫橋，風簾翠幕，參差十萬人家。雲樹繞堤沙，怒濤捲霜雪，天塹無涯。市列珠璣，戶盈羅綺，競豪奢。　　重湖疊巘清嘉。有三秋桂子，十里荷花。羌管弄晴，菱歌泛夜，嬉嬉釣叟蓮娃。千騎擁高牙。乘醉聽簫鼓，吟賞煙霞。異日圖將好景，歸去鳳池誇。

　　〈望海潮〉詞調首見柳永《樂章集》，可能爲知音解律的柳永所創製。「海潮」，指錢塘江潮，詞作所寫即是與錢塘江關係密切的杭州。

　　以詞寫杭州，柳永並非首創，白居易〈憶江南〉之二即寫杭州：「江南憶，最憶是杭州。山寺月中尋桂子，郡亭枕上看潮頭。何日更重遊。」唐穆宗長慶二至四年（822-824），白居易調任杭州刺史，築堤捍江，爲民勤瘁。晚年爲太子少傅分司東都居洛陽時，作詞追憶。小令短章，僅能重點描寫最具特色的杭州景致，以及最深刻的杭州經驗，因此詞寫西湖靈隱寺的月桂墜子傳說，以及「天下之偉觀」的錢塘江潮。據唐陳藏器《本草拾遺》：「今江東諸處，每四、五月後，多於衢路間得月桂子。大於貍豆，破之辛香。古者相傳，是月中下也。」宋之問〈靈隱寺〉：「桂子月中落，天香雲外飄。」可想見當時靈隱寺中遊人探尋月桂子的情景。郡亭，爲杭州府治附近鳳凰山上的虛白亭，登亭而望，可俯瞰波瀾壯闊的錢塘江潮，此亦應是印刻在詩人記憶中深沉難忘的奇景。且無論是月桂墜子或錢塘江潮，景物雖有虛實之別，然皆予人超越時空或抗擊現實的聯想，別具穿透力。杭州歲月，對於詩人應是一段神聖時光。

　　相對於小令篇幅的侷限，柳永以長調書寫，得以將杭州城的自然與人文風景鋪敘得淋漓盡致。詞首三句，可視爲全詞總綱，「東南」、「三吳」、「錢塘」，範圍由大而小，彷彿空拍鏡頭，層層遞進，漸漸聚焦。杭州位處東南，形勢優異，得天獨厚。三吳，指吳

興、吳郡（蘇州）、會稽，泛指蘇南浙北一帶；都會，即人文薈萃之都。錢塘則爲杭州舊名，自秦置錢塘縣，至五代吳越王於此建都，經歷代經營，杭州已成爲兼具歷史意義與繁華氣象的名城。詞以「煙柳畫橋，風簾翠幕，參差十萬人家」，呼應「三吳都會」，續寫杭州城裡的人文景致。小橋流水，橋上有精致繪飾，水岸垂柳，輕煙縈繞，更添柔媚風情。家家戶戶，門窗前掛著翠綠色的擋風簾幕，隨風輕擺，而依著城中地勢高低起伏，建築座落其間，亦呈現秀麗風光。「十萬人家」，取其約略數字，言杭州城家戶之多、人口之眾。

　　隨著「雲樹繞堤沙」，詞順勢將鏡頭自城內轉移城外。堤，乃白居易所築，「爲杭州刺史，始築堤捍錢塘湖。」[55]堤岸沙地，雲樹參天，隨後即引出堤外的錢塘江潮，據南宋周密《武林舊事》：「浙江之潮，天下之偉觀也。自既望以至十八日最爲盛。方其遠出海門，僅如銀線，既而漸近，則玉城雪嶺，際天而來，大聲如雷霆，震撼激射，吞天沃日，勢極雄豪。」與詞所寫「怒濤捲霜雪」可相印證；「天塹無涯」，天塹原指長江，此處藉以形容錢塘江面一望無際。以上三句呼應首句的「東南形勝」。其後「市列珠璣，戶盈羅綺，競豪奢」，則又將鏡頭轉回城內，且呼應「錢塘自古繁華」。珠璣，珍珠玉石，是無關生存的奢侈品，在市街上羅列陳售，局部而精準的呈現富裕繁華的都會景象，「戶盈羅綺」則可見藏富於民，補足了前句「市列珠璣」之意，也引出其下的「競豪奢」。

　　過片以西湖爲描寫重點。重湖，指西湖，爲白堤隔爲裡湖、外湖，故名。疊巘，是湖畔青山，清嘉，言西湖山光水色之清幽美麗。三秋桂子，十里荷花，分別呈現西湖的季節風景，也透露其多變風貌與靈動生氣。而人亦是風景，人在景中，「羌管弄晴，菱歌泛夜，嬉嬉釣叟蓮娃」，在晴空下，有人吹笛，笛聲悠揚；在清夜

55　《新唐書・白居易傳》。

裡，有人採菱，菱歌傳唱；更加上垂釣的老人、採蓮的少女，一片歡聲笑語，增添西湖歡情洋溢的氣息，也是人間難得的盛世風景。

至「千騎擁高牙」，則漸漸帶出不同的氣氛。千騎，壯盛軍隊；高牙，高舉的牙旗，飾以象牙的將軍旗幟。在軍隊簇擁下，將軍也出遊西湖，與民同樂。據南宋羅大經《鶴林玉露》：「孫何帥錢塘，柳耆卿作〈望海潮〉詞贈之。」孫何為兩浙轉運使，駐守杭州。[56]則此詞原是投獻之作，然創作動機雖攸關現實，亦絲毫無損杭州描寫的精采生動，且更展現柳永「形容盛明，千載如逢當日」[57]的鋪敘功力。「乘醉聽簫鼓，吟賞煙霞」，寫其投獻的對象，不僅褪去武官粗豪之氣，甚至賦予品味藝術與自然之美的人文涵養，乃至與西湖美景融成一片，成為永恆鐫刻的極美畫面。

全詞鋪敘杭州繁華、西湖勝景、百姓豐饒，官員同樂，莫非為孫氏政績作為鋪墊，因此詞作終章即順勢獻予祝福，「異日圖將好景，歸去鳳池誇」，鳳池即鳳凰池，禁中池沼，近中書省，常以之作為宰相代稱。此即祝福孫氏，來日歸朝為官榮登相位之時，莫忘了將杭州西湖的美景繪成圖畫，帶回宮中誇耀一番，那是卓著政績，也是真實的幸福，人間的樂土。

羅大經《鶴林玉露》：「此詞流播，金主亮聞之，欣然有羨於『三秋桂子』、『十里荷花』，遂起投鞭渡江之志。近時謝處厚詩曰：『誰把杭州曲子謳，荷花十里桂三秋。那知卉木無情物，牽動長江萬里愁。』」據此，可知南宋時柳永詞依舊傳唱不歇，此詞所描繪杭州西湖美景，甚至引起金主完顏亮的欣羨嚮往之情，不惜揮軍南下，亟欲佔領詞中描繪的南方樂土。一闋小詞，引發戰爭，詞人應始料未及。

56　薛瑞生《樂章集校注》（北京：中華書局，1997）考證，投獻對象或為孫沔。

57　李之儀〈跋吳思道小詞〉。

〈雙聲子〉

晚天蕭索，斷蓬蹤跡，乘興蘭棹東遊。三吳風景，姑蘇臺謝，牢落暮靄初收。夫差舊國，香徑沒、徒有荒丘。繁華處，悄無睹，惟聞麋鹿呦呦。　　　想當年、空運籌決戰，圖王取霸無休。江山如畫，雲濤煙浪，翻輸范蠡扁舟。驗前經舊史，嗟漫載、當日風流。斜陽暮草茫茫，盡成萬古遺愁。

　　據現存文人詞，此詞乃率先以長調書寫的詠史懷古之作，其布局謀篇與意象運用，對後來的作者都具有典範作用，如東坡的〈念奴嬌〉（大江東去）即有所取法。詞的上片以記遊、寫景為主，過片則進行史事、人物的批判省思，最後則重回眼前場景，抒其感懷。

　　全詞以黃昏暮景展開。天色向晚，景象蕭瑟，「蕭索」既形容景，也透露詞人的心情。「斷蓬」言其行跡漂泊，無處安身，而既然無處安身，則不妨隨興悠遊。「蘭棹」指蘭舟，作動詞用，乘舟悠遊之意，「東遊」則引出其遊歷之地，亦即「三吳」——吳興、吳郡、會稽，春秋時吳國舊地。

　　遊歷中，首先映入眼簾的是姑蘇臺，吳國繁華昌盛的指標建築，「姑蘇臺上烏棲時，吳王宮裡醉西施。」[58]位於蘇州西南姑蘇山上，吳王闔廬或夫差所築，是夫差與西施作長夜之飲的華麗宮苑。當時美人醇酒曼妙歌舞令人沉醉，然而如今影散香消，只見荒涼遺跡，暮靄籠罩。隨後遊歷的「香徑」，即「採香徑」，位在香山。據《蘇州府志》：「採香徑在香山之傍，小溪也。吳王種香於香山，使美人泛舟於溪以採香。」可見原應作「採香涇」，乃流經香山的一條溪流。當時美人泛舟，採摘兩岸香草，情景何等豔逸動人，而今美人身影不再，溪流乾涸，遍植香草的香山已成了一片荒煙蔓草。姑蘇臺、採香

58　李白〈烏棲曲〉。

徑，往昔繁華銷聲匿跡，只聽得麋鹿呦呦聲，傳響於空蕩寥落的舊國山河。「麋鹿呦呦」，典出《史記·淮南衡山列傳》：「吾將見麋鹿遊於姑蘇之臺。」是伍子胥對夫差所說的亡國預言，恐怖卻真實，也應驗成真。

在呦呦迴盪的麋鹿聲中，詞作脈絡也隨著詞人思緒進入往昔。「想當年」，過渡古今。「運籌決戰」、「圖王取霸」指吳王夫差，也指越王句踐。當時圖謀霸業，征戰無休，也先後稱霸南方，但詞人卻以一「空」字全盤否定。成就霸業、成為霸主又如何？「吳主山河空落日，越王宮殿半平蕪。」[59]如今都成陳跡，霸業安在？在詞人眼裡，這些叱吒一時的霸主，其實都輸給了范蠡。夫差固然敗在范蠡、句踐手中，然而句踐呢？越國如今又安在？不也化成一片荒蕪？可見無論輸贏，無論霸業如何輝煌，仔細想來，夫差與句踐都不過是被自己的仇恨、野心、欲望所役使，空有權力卻不得自由的奴隸。

相比之下，范蠡卻是能進能退，能取能予，能放能收，在艱難的處境中始終周旋自得。二十年生聚教訓，隱忍恥辱，輔佐句踐復國成功，隨即功成身退，瀟瀟邀遊五湖。至齊國，改名鴟夷子皮，經商致富，齊王贈予相印，他以為不祥，於是歸還相印，散盡家產。離齊至陶，改名陶朱公，同樣經商致富，又三度散盡家財，博施濟眾，而首富地位依舊屹立不搖。如此絕頂聰明，又何等風流自在，一葉扁舟，邀遊天下，靜賞如畫江山，衝決雲濤煙浪，無欲無繫，最是自由。

然而，在稱賞讚嘆之餘，詞人最終又以「驗前經舊史，嗟漫載、當日風流」一筆抹煞。縱使成就風流自在的生命境界，一生事跡載入經籍史冊，但又如何？即使名留青史也只是成為後人談資，「古今

59　薛昭蘊〈浣溪沙〉。

多少事，都付笑談中」，[60]成爲永恆，不過如此，辛苦經營的一生，卻在身後背負多少無聊無知的議論與閒話。人生於世，究竟所爲何來？賢愚成敗，到底意義何在？

　　於是，此番遺跡的遊歷，歷史的省思，使詞人內心墜入了更空茫無託的狀態，呼應開篇的「斷蓬」意象，不只形跡漂泊，心也隨之茫然。最後的「斜陽暮草茫茫」轉回眼前景，也承接此一心境，無論當下處境或歷史定位，詞人皆陷入找不到可追求的價值，一切都失去了意義的虛無之中，只有愁，如沉重暮靄，如茫茫秋草，揮之不去，除之不盡。

60　楊慎〈臨江仙〉。

六、蘇軾：逸懷浩氣，海雨天風

　　蘇軾（1036-1101），字子瞻，號東坡居士，四川眉山人。仁宗嘉祐二年（1057）進士，是年歐陽修知貢舉。曾任鳳翔府簽判、太常博士、杭州通判、密州知州、徐州知州、湖州知州、黃州團練副使、登州知州、尚書禮部郎中、起居舍人、中書舍人、翰林學士、杭州知州、吏部尚書、翰林學士承旨、潁州知州、揚州知州、端明殿學士兼翰林侍讀學士、禮部尚書、定州知州等職，自入仕以來，即處於轉徙調遷之中，且三度遭遇貶謫，自道：「問汝平生功業，黃州惠州儋州。」[61]

　　隨仕宦經歷，東坡詞略分四期，第一期「杭州時期」，此時東坡受張先以及當地文人官員以詞酬酢唱和的風尚影響，創作許多送往迎來、社交應酬的歌詞，個人風格尚未顯露。第二期「密徐湖時期」，此時詞風漸顯，有不少膾炙人口的代表作，如〈江城子〉（十年生死）、〈水調歌頭〉（明月幾時有）、〈永遇樂〉（明月如霜）等。第三期「黃州時期」，經歷烏臺詩案，貶謫黃州，乃東坡一生的困頓期，也是詞作的高峰期，〈定風波〉（莫聽穿林）、〈臨江仙〉（夜飲東坡）及〈念奴嬌〉（大江東去）皆此時經典名篇，從中可體察東坡心境的變化，其變化並非直線的單向過程，而是轉折迭宕、暗潮起伏。第四期「離黃之後」，離開黃州，東坡的創作主力再度回到詩文，詞作漸少。[62]

　　東坡一生處在漂泊之中，典型的漂流宦海，浪跡天涯，而其內心也常處於無家可歸的漂泊狀態，透過詞作，能在為人熟悉的超然曠

61　蘇軾〈自題金山畫像〉。
62　村上哲見：《宋詞研究》（上海：上海古籍出版社，2012）。

達隨遇而安，「此心安處是吾鄉」[63]的形象背後，感受東坡內心的徘徊、衝突或和解。[64]夏敬觀《手批東坡樂府》：「如天風海濤之曲，中多幽咽怨斷之音。」於飄逸瀟灑波瀾壯闊之中，更有一縷情思，如怨如慕，如泣如訴，在其中幽幽迴盪，較完整傳釋東坡詞的特色。

〈采桑子〉

潤州甘露寺多景樓，天下之殊景也。甲寅仲冬，余同孫巨源、王正仲參會於此。有胡琴者姿色尤好。三公皆一時英秀，景之秀，妓之妙，真爲希遇。飲闌，巨源請於余曰：「殘霞晚照，非奇才不盡。」余作此詞。

多情多感仍多病，多景樓中。尊酒相逢。樂事回頭一笑空。
停杯且聽琵琶語，細撚輕攏。醉臉春融。斜照江天一抹紅。

　　詞序敘事，詳盡交代詞的寫作背景；詞作抒情，將當時複雜的情味感受刻畫留存。潤州，今江蘇鎮江，多景樓在潤州北固山甘露寺中，俯臨長江，景觀絕美。神宗熙寧七年（1074）歲次甲寅，仲冬十一月，東坡自杭赴密，途經潤州，與孫巨源（孫洙）、王正仲（王存）三人於多景樓相會。孫洙年未弱冠即中進士，韓琦稱之爲「今之賈誼」；王存爲潤州人，神宗朝史官，是以序中言「三公皆一時英秀」，更加上宴中樂妓姿色絕好，因此這場宴會可謂是集結了人秀、景麗、妓妙等諸多美好於一，殊爲難得。只是再如何美好的歡宴也終有曲終人散之時，當樓外夕陽斜照、綺霞滿天，在孫巨源的請託下，東坡作了這闋詞，寫下這一場歡宴以及其中的情味感受。

　　多情、多感、多病，三者相關，因多情則多感，多感則必然多

63　蘇軾〈定風波〉。

64　李文鈺：〈漂泊與思歸——從東坡詞中的他界意象論其內在追尋〉，《漢學研究》第27卷第1期，2009年3月。

病，東坡經常如此感慨自嘲，也藉此帶出以下詞作內容。「多景樓中，尊酒相逢」，扣合詞序，寫這一場難得歡宴，但也隨即引出下句「樂事回頭一笑空」，「樂事」承接「多景樓中，尊酒相逢」，乃良辰美景、賞心樂事，而「回頭一笑空」則是承接首句。因爲多情，所以珍惜，也因爲多感，所以敏銳感受到眼前的一切即將消逝，轉眼成空。

　　詞作脈絡的轉折令人驚悚，當歡聲笑語猶在，但「向之所欣，俯仰之間，已爲陳跡」，[65]流光匆匆而逝，眼前的音容笑貌很快的將隨之消失成空。一般人多是在逝去之後才回首惘然，不勝唏噓，但東坡卻是「此情可待成追憶，只是當時已惘然」，[66]在把酒言歡的當下，已經意識到眼前的一切正在消逝，即將消逝，什麼也留不住，因此早已陷入惘然的情緒中。如此多情多感的心性，所領受的歡樂常因悲傷陰影籠罩而打了折扣，但所體嘗的悲傷並不因此減少，反而加倍，長此折磨，自然多病。

　　或許有人認爲東坡太悲觀，也說得太絕對。如果歡宴美好，那就持續，不輕易散去。只是「應盡便須盡」，[67]如因難捨而繼續，則不僅無法延續美好，反而可能將原先的美好也一併毀壞。或者，相約來年此時此地原班人馬再聚，便能複製美好，不會完全成空。但宦海流離，身不由己，談何容易？況且樂妓亦是行蹤漂泊，如春夢秋雲，緣分難期。而就算排除萬難，來年再聚，已隔經年，人事變遷，再聚的滋味感受也不可能重現今年，更何況當熱情淡去，舊日約定也只是徒增負擔。東坡多情多感的心，早已意識美好只有一次，樂園只有一次。

　　既是如此，則東坡如何面對眼前正在消逝的一切？扣合詞序，東

65　王羲之〈蘭亭集序〉。

66　李商隱〈錦瑟〉。

67　陶潛〈形影神〉。

坡著力於妓之妙、景之秀的刻畫。「停杯」，暗示將專注聆聽。不是「一曲新詞酒一杯」、[68]「水調數聲持酒聽」，[69]單純的以歌樂作為娛樂，東坡以「語」字代替「曲」，即表示欣賞樂曲之餘，也將細心感受樂妓寄託於曲中的心聲，且不僅品味樂曲之美，更欣賞其彈奏琵琶的手勢——創造動人樂聲的手，細賞之下，也是極其美麗的藝術品，「細撚輕攏」，揉絃扣絃之間，手勢靈動飛舞，說不盡誘人神韻。「醉臉春融」，則是樂妓臉上泛起了紅暈，陶醉的神色，是酒意令人醉，或者不覺沉醉在自己彈奏的樂聲中，又或者這場歡宴的美好情味讓已習慣於酬酢場合的樂妓也不禁沉醉。儘管是隆冬，卻使人如處身於暖意醉人的春日。

　　最後，東坡將目光從樂妓臉上移向樓外，同樣的一抹紅暈，天際殘霞晚照，風景奇美，然「夕陽無限好，只是近黃昏」，[70]呼應上片末句「樂事回頭一笑空」，美人、美景，同樣也將轉眼成空，眼前所見盡是即將消逝的美好。只是「斜照江天一抹紅」，東坡於刻畫天際的殘霞晚照之餘，也留下了江中倒影，任江水悠悠，美麗的倒影卻始終留在原處，不被帶走。如此的景象描寫或許也寄託了東坡的多情心意，還是有些美好會留下，不輕易隨著時光消逝。

　　「歌唇一世銜雨看，可惜馨香手中故。」[71]確實許多美好留不住，但是用何種心境面對、經歷、感受，卻仍可能留下不一樣的結果。東坡能品味、能欣賞、能沉醉、能珍惜美好的多情天性，是否也是對其多感多病心靈的慰藉與救贖？

68　晏殊〈浣溪沙〉。

69　張先〈天仙子〉。

70　李商隱〈登樂遊原〉。

71　李商隱〈燕臺四首─秋〉。

〈江城子〉乙卯正月二十日夜記夢

十年生死兩茫茫。不思量。自難忘。千里孤墳，無處話淒涼。縱使相逢應不識，塵滿面，鬢如霜。　　夜來幽夢忽還鄉。小軒窗。正梳妝。相顧無言，惟有淚千行。料得年年腸斷處，明月夜，短松崗。

宋神宗熙寧八年（1075），歲次乙卯，東坡到任密州的第一年。正月二十日夜有所夢，醒後以此詞記夢。夢見的是第一任妻子王弗，夫妻情深，不幸於英宗治平二年（1065）病逝，歸葬故鄉眉山。距離此時，生死相隔已十年之久。

詞上片寫入夢之前，下片寫夢境之中以及夢醒之後。一開始東坡即以「茫茫」二字訴盡死別的無奈與痛楚。若是彼此有情，則死別與生離皆苦，但兩者最大差別在於生離之後仍能確信彼此都在，能互通訊息，傳遞思念，更有重聚的希望，但是死別呢？死別之後一切都是未知，都得不到回應。死亡是亙古之謎，沒人能確定死亡是否是絕對的結束？至親至愛在死後是否就永遠消失，不復存在？或是真有死後的世界，逝者生命仍舊延續，仍舊存在？如果是，那麼他是否安好？生者的牽掛與思念他是否知道？來日能不能再相逢？這一切都是茫茫未知，都是單向的，得不到回應與答覆。然而縱使如此，縱使十年下來承受生死茫茫之苦，背負無奈的單向思念，東坡依舊是「不思量，自難忘」，始終未曾忘記，又何需刻意思量？需要努力記起的，都是已經遺忘的。

正因難忘，思念更深，十年下來累積的相思、流離人間的心事，又該向誰訴說？亡妻的墳遠在千里之外的故鄉眉山，如今身在密州，宦途牽絆，無法歸鄉；縱使毅然返鄉，那裏空留孤墳，只是埋骨之處，她依然在嗎？此處又扣合「茫茫」二字，滿懷淒涼心事終究無處可訴。而更擔憂的是，縱使突破生死相隔，終得一見，她將感到陌生，難以相認。「塵滿面，鬢如霜」總結十年下來的滄桑。逝去的人

時間已經停止，停留在那一刻，也許永遠年輕，不會老去，且在生者的追憶中變得更加聖潔而完美；然而活下來的人繼續在人間顛簸流離，在時間與現實的磨損下逐漸蒼老儕俗，不復當初的清白純真，因此縱使相逢，恐怕也是自慚形穢，無顏面對。

　　上片訴說入夢前的心情，下片即引出夢境，同時顯示這場夢對東坡的意義。「夜來幽夢忽還鄉」，「忽」透露夢的偶然、非理性。雖常說「日有所思，夜有所夢」，但「悠悠生死別經年，魂魄不曾來入夢」[72]的缺憾也所在多有。能在夢裡還鄉，對思鄉情切的東坡已是慰藉，更何況於夢中故園與亡妻相見。一切如昔，故鄉、故園、與妻子共處的私密房帷，更重要的是妻子的模樣仍如往常，倚在窗畔，對鏡梳妝，那是東坡曾經熟悉也是如今渴望一見的景象。曾經失去至愛的人都明白，最後的那一段時光，病中折磨，不成人形，不復昔日模樣，即使因其他原因而亡故，失去了氣息的最後形容也令人悲痛難捨，罪責、愧疚與牽掛在死別之後將逐漸累積蔓延。而如今在夢中，妻子回復昔時平常模樣，實給予東坡莫大的安慰。

　　「當時只道是尋常」，[73]曾經最尋常的情景，在失去之後都成了難得的幸福與奢望。夢中相顧，無言有淚，相知之人無須言語，在那千行淚裡已道盡了彼此的思念與牽掛。在其他作品中，難得看見東坡如此毫無顧忌的痛哭，他總是表現灑脫與堅強，也唯有在亡妻面前能如此的不設防。此情此景，除了補足上片的「無處話淒涼」，安撫了「縱使相逢應不識」的憂慮，也引出最後的「料得年年腸斷處，明月夜，短松崗」，這場夢讓東坡明白，彼此情份不是死亡與時間所能磨滅。「年年」與「十年」相對，不僅十年，從今往後更是年復一年，思念無盡。「明月夜，短松崗」呼應「千里孤墳」，是墓園景象，也是以景結情，如月之恆，如松之滋長，對亡妻的思念以及失去

---

72 白居易〈長恨歌〉。

73 納蘭容若〈浣溪沙〉。

摯愛的痛楚皆是綿綿無盡，不會隨著時光流逝而淡去，相反的，繼續滋長。

〈水調歌頭〉丙辰中秋，歡飲達旦，大醉，作此篇，兼懷子由

明月幾時有，把酒問青天。不知天上宮闕，今夕是何年。我欲乘風歸去，唯恐瓊樓玉宇，高處不勝寒。起舞弄清影，何似在人間。　　轉朱閣，低綺戶，照無眠。不應有恨，何事長向別時圓。人有悲歡離合，月有陰晴圓缺，此事古難全。但願人長久，千里共嬋娟。

　　宋神宗熙寧九年（1076），歲次丙辰，東坡在密州。杭州通判任滿調遷時，東坡請調密州，乃因弟弟子由在濟南。兄弟自入仕以後，即在不同地方任職，難得相見，因此請調密州，希望兩地相近，便於相見，無奈調任密州兩年來仍未能如願。時逢中秋，思念更深。「歡飲達旦」之「歡」字，或許是東坡一向的苦中作樂。

　　詞上片酒意甚濃，醉言醉語，然醉中有醒，透露內心的醒覺意識；下片則是醒後無眠，而猶帶醉意，因思念甚苦而發出非理性的激切言語。可謂醉中有醒，醒中帶醉，看似放曠，實則苦悶。詞一開篇即將讀者帶向夐古的宇宙洪荒，「明月幾時有，把酒問青天？」來自李白〈把酒問月〉：「青天有月來幾時？我今停杯一問之。」詩仙態度強勢，東坡卻顯得從容。大抵是因為孤單，因而叩問宇宙，與天、與月對話。因望月而生此疑惑，更早見於初唐張若虛〈春江花月夜〉：「江畔何人初見月？江月何年初照人？」詩人望月，總是玄想無盡。

　　順著時間脈絡，東坡繼續追問「不知天上宮闕，今夕是何年？」也許與子由多年未見，因此對時間特別敏感。而「天上宮闕」的神話想像則又引出「我欲乘風歸去，唯恐瓊樓玉宇，高處不勝寒」的心

聲，看似醉言醉語，天馬行空，卻透露東坡內心一向的矛盾糾結。「天上宮闕」、「瓊樓玉宇」並非真指月宮，東坡不會真的來自月亮而如今渴望歸去；傳統的「朝廷」解讀，或許也不盡符合東坡創作此詞時的心境，且若作政治解讀，恐怕也侷限了詞作的意境。

　　月宮典出柳宗元《龍城錄》，在神話中是仙樂飄飄，仙人翩然起舞的仙境。對此時備受思念所苦又備感宦途拘牽的東坡，孤懸天際與世隔絕的月宮在其迷茫醉眼中，毋寧是斷絕世緣超脫羈絆的自由樂境，令人心生無限嚮往。東坡自認「世緣終淺道根深」，[74]原應是瀟灑忘情之人，只是偶受世緣所累，受困人情，因此如月宮般遺世忘憂的境界，原本即是其心靈原鄉、精神樂園，終須歸去。然而，就在渴望放下牽絆乘風歸去的同時，東坡卻也如有隱憂，深怕「碧海青天夜夜心」，[75]處身其中的絕緣孤獨並非自己所能承受。渴望自由的是東坡，害怕孤獨不甘寂寞的也是東坡，然而自由與孤獨本是一體兩面，兩者總是相伴相生。這是東坡的內在矛盾，同時也是使其一生常處在內心漂泊狀態，自知無「家」可歸，以致於必須一再的透過心境轉換，讓自己隨遇而安處處為家的原因。

　　「我欲」、「唯恐」，在嚮往的同時也滋生疑慮，除了透露內心糾葛，也緣自東坡的聰明通透，「我被聰明誤一生」，[76]東坡確實為聰明付出代價。多數人總是心有所嚮即熱情追尋，且一廂情願的設想所嚮之境的完美無缺，只要處身其中，便能得遂所願，一切圓滿。然而東坡卻預感不存在完美無缺的樂園——詞中所嚮的月宮即籠罩時間意識，但樂園是靜止的，不具時間性的，時間帶來改變，改變引發未知，破壞樂園的恆定感。東坡深知樂園也存在缺陷，在得遂所願享受其中美好的同時，也必然付出相對代價，如處身月宮的享有自由與

74　蘇軾〈軾以去歲春夏侍立邇英而秋冬之交子由相繼入〉。

75　李商隱〈嫦娥〉。

76　蘇軾〈洗兒詩〉。

承受孤獨。而這樣的知覺常絆住東坡追尋的行動，消解了追尋的熱情，在所處與所嚮之間依違徘徊，而最終的選擇則常是「此間有甚麼歇不得處？」[77]於是隨遇而安，「此心安處是吾鄉」。[78]正如詞中的「起舞弄清影，何似在人間？」除了扣合神話典故，也顯示東坡終究不能徹底忘情，於是在月光下沉醉起舞，享受當下如在月宮般的逍遙滋味，也就彷彿回到自由的心靈原鄉，不似在俗情擾擾的人間了。

　　下片，東坡酒醒無眠，離開了虛擬的樂園，依舊爲情所擾。望著月亮「轉朱閣，低綺戶，照無眠」，夜已深，月漸西沉，照入窗中，與人相對，不禁惹人質問「不應有恨，何事長向別時圓？」月是如此超越的存在，應是無情無恨，可爲何卻總在世人親愛離散之時，變得如此圓滿無缺？難道是刻意使人觸動相思，令人難堪，增添遺憾？

　　這是非理性的質問，但也是東坡對弟弟子由思念之深的自然反激。很快的，東坡的理性回來了。人自有悲歡離合，月自有陰晴圓缺，彼此各不相干，更何況月的圓缺有其規律，人的聚散卻總是無常，「安知非日月，弦望各有時」[79]不過是古人的多情比附，月圓人團圓，此事自古以來難以兩全。因此「但願人長久，千里共嬋娟」，在東坡看來，離別的缺憾也唯有用情彌補，身長健，思念常在，縱使遠隔千里，也能共賞月色，共享美好。

〈永遇樂〉 彭城夜宿燕子樓，夢盼盼，因作此詞

明月如霜，好風如水，清景無限。曲港跳魚，圓荷瀉露，寂寞無人見。紞如三鼓，鏗然一葉，黯黯夢雲驚斷。夜茫茫、重尋

77　蘇軾〈記遊松風亭〉。
78　蘇軾〈定風波〉。
79　李陵〈與蘇武〉。

無處，覺來小園行遍。　　　天涯倦客，山中歸路，望斷故園心眼。燕子樓空，佳人何在，空鎖樓中燕。古今如夢，何曾夢覺，但有舊歡新怨。異時對、黃樓夜景，爲余浩嘆。

　　宋神宗元豐元年（1078）東坡調任徐州的第二年，某日夜宿燕子樓，夢盼盼，作此詞。徐州古稱彭城，燕子樓爲徐州古蹟，唐代徐州刺史張愔爲愛妾關盼盼所建。白居易〈燕子樓三首〉序：「徐州故張尚書有愛妓曰盼盼，善歌舞，雅多風態。……尚書既歿，歸葬東洛，而彭城有張氏舊第，第中有小樓，名燕子。盼盼念舊愛而不嫁，居是樓十餘年，幽獨塊然。」獨居十餘年後，盼盼絕食殉情。燕子樓爲盼盼執著舊愛的象徵，與詞末東坡於徐州所建的黃樓——擊退水患、保境安民，[80]爲其徐州政績，也是執著於功業理想的象徵相爲呼應，全詞反覆辯證思索的重心，乃在執著的意義何在？

　　詞由景寫起。月光如霜，晶瑩剔透，晚風如水，沁涼宜人，清幽的夜景無限美好；漸漸的，傳來聲響，曲港跳魚，圓荷瀉露，靜夜裡水聲分外清亮，在月光下看來景致亦是輕巧可愛，可惜無人共賞，令人徒生寂寞之感。順著聲音脈絡，三更鼓聲與落葉之聲交織巨響，如真似幻，一如夢將醒之際模糊難辨的聽覺感受，也使前文所寫夜景蒙上虛實迷離的色彩，是夢境，或是東坡覺來小園行遍所見？無論如何，夜夢已斷，夢中如雲如女神的盼盼身影也消逝於茫茫夜色，縱使方才栩栩如生，轉眼卻已難尋。

　　上片如以順向的脈絡解讀，則開篇六句應是夢境，也許東坡夢見了張愔在時，盼盼與張愔曾在燕子樓中共賞月色、沉醉夜風，而當時的他們曾以爲如此良辰將如清風明月永恆常在；然當張愔歿後，獨居燕子樓的盼盼對著美麗依舊卻無人共賞的夜景，只能觸景傷情，暗

80　秦觀〈黃樓賦引〉：「太守蘇公守彭城之明年，既治河決之變，民以更生；又因修繕其城，作黃樓於東門之上。以爲水受制於土，而土之色黃，故取名焉。」

生寂寞。盼盼的執著美麗而寂寞──淒美動人的故事在聽者只是一時的感動，但當事人承受的痛苦卻是持續而累積，也非外人能懂。此外，若以逆向的脈絡解讀，則前六句所寫是實景，即東坡覺來小園行遍時所見的燕子樓夜景，景中透露著東坡的思索，關乎永恆，也關乎寂寞。

　　承接上片，下片寫東坡醒後的思索。首三句透露其宦途漂泊與歸隱故鄉的衝突，雖然以東坡一生仕宦經歷看來，此時尚未遭遇天南地北的遷謫流離，但內心已感到厭倦不堪，歸隱故鄉的渴望也愈趨強烈，心眼望斷故園，望眼欲穿，切切思歸。然即使如此，東坡卻仍未能毅然辭官歸隱，除了歸隱的代價，以「致君堯舜，此事何難」、[81]「遇事有可尊主澤民者，便忘軀為之」[82]的使命感以及詞末的黃樓看來，對功業理想、歷史定位仍應是有所執著，不能忘情。然而對著眼前空蕩冷清佳人不在的燕子樓，對於所謂的執著，東坡又不禁質疑，不勝感慨。盼盼執著於舊愛，以漫漫餘生承受孤獨，也受盡閒言冷語，最後留下了陳跡，成就了傳說，但引來後人一時的同情、感慨，或者無謂的議論，難道這便是執著的代價？

　　儘管必須付出代價，又未必值得，但人對於所執著的，仍舊難以輕易放下。縱使明知「古今如夢」，但又「何曾夢覺」？自古至今，人的一生都如夢，除了暮年或最後的回眸，今之視昔，後之視今，亦是如此。起造燕子樓的張愔何等真實，但張愔歿後，對獨居燕子樓的盼盼而言，共處的歲月既成過往也漸覺如夢；而獨居燕子樓的盼盼也曾是真實的存在，樓中處處留著她的痕跡，但對此時夜宿燕子樓的東坡而言，盼盼也終究成了夢中幻影，只留下空蕩冷清的燕子樓；東坡也應料想，對後人而言，自己的存在也是如夢，功業的執著、歸隱的渴望，一切的哀樂悲歡，依違徘徊，在內心裡衝撞不

81　蘇軾〈沁園春〉。
82　蘇軾〈與李公澤十七首〉之十一。

休的，眞眞切切扎扎實實，卻都註定是消逝的一場夢。人生何等難得，又何其艱難，卻虛幻如夢，只是活在夢一般的人生裡，又有誰能眞的清醒，能體認一切終將成空，瀟灑的把執著放下？也正是因爲難以放下，因此曾經執著愛戀的，在不覺中成了如今所怨尤的，這是否也是執著的滋味與代價呢？

這一夜，東坡在燕子樓爲盼盼的執著嘆息，料想他日也將有人對著黃樓夜景，爲自己的執著長嘆。在感慨中，東坡確信自己也將留下事跡而成爲永恆，這或許是執著的報償，然而成爲永恆又如何？背負的也應是「寂寞無人見」的滋味吧！

〈卜算子〉黃州定惠院寓居作

缺月挂疏桐，漏斷人初靜。誰見幽人獨往來，縹緲孤鴻影。
驚起卻回頭，有恨無人省。揀盡寒枝不肯棲，寂寞沙洲冷。

宋神宗元豐二年（1079）十二月，東坡經歷烏臺詩案，鐵窗百日，責授黃州團練副使。隔年正月，自汴京出發，二月抵黃州，寓居定惠院，五月時家人亦抵達黃州，始遷居長江邊的臨皋亭。以詞序可知，此詞作於元豐三年（1080）初抵黃州時，詞中訴說遭逢貶謫的心情。

詞以景開篇，殘缺的月以及雖已春天卻猶然稀疏的梧桐，透露東坡清冷寥落的心境及對其缺憾處境的感知。斷斷續續的漏聲除了更添夜裏的清寂，也暗示夜已深，人都入睡，彷彿一切都平息，都靜止了。然而東坡夜未眠，他內心的騷動才正開始。幽人，幽囚之人，背負罪責，東坡以此自稱。鐵窗百日，九死一生，餘悸猶存，即便入睡也容易夜半驚醒。於是在清冷的月光下，在深夜裡獨自徘徊，眾人皆睡，有誰看見？只有天際一抹鴻影，若有似無，同樣孤單。

鴻影引出下片。上片是孤鴻看見了人，下片則是人看著孤鴻。事

實上，並沒有那隻孤鴻，那是東坡的虛擬，即便有，對孤鴻的刻畫也是出自東坡的想像與心境投射。甫遭文字獄，此時下筆忐忑的東坡，擬藉孤鴻說出心聲。夜半驚起離枝遠飛的孤鴻，不正如去國遠謫驚魂未定的東坡？「回頭」二字說出了實情，在事情發生的當下，處身其中的人窮於因應，陷入一片混亂，並不眞的清楚究竟發生了什麼。眞相總是慢慢浮現，在一段時間過後，在抽離當下情境之後，隔著時空距離往回看，便明白究竟發生了什麼，當時自己被如何對待，如何攻擊、羞辱、忌恨，乃至必欲除之而後快。這是「事過境遷」之後的再度回擊，事實上也並無所謂的「事過境遷」，它會告訴你一切都將留下傷痕，造成陰影，不是過去，也不會過去。而這所有的憾恨與痛楚，除非親身經歷，否則無人能懂，畢竟同病才能相憐，偏偏類此遭遇以及感受又少有人有，因此東坡只能看著自己陷入如此沉重而孤絕的困情，「有恨無人省」。

　　但即使陷入爲人所擯棄、排擠、憎恨與疏離的困境，東坡依然倔強，展現傲岸的姿態，「揀盡寒枝不肯棲」，寒枝呼應首句「疏桐」，部分解讀視爲高處不勝寒的朝廷，與暗寓黃州的「沙洲」相對。但或許不須如此坐實解讀，此句重點應在「揀盡」、「不肯」，亦即即使遭遇打擊，處身困境，東坡依然堅持自己有權利向世人發聲，有權利選擇與拒絕，持守原則，不爲苟合取容而輕易妥協。

　　「寂寞沙洲冷」，是飛向寂寞冷清的沙洲？或者應是飛過寂寞冷清的沙洲？呼應上片末句「縹緲孤鴻影」，寒枝與沙洲對孤鴻或許都不是理想的託身之所，因此寧可在暗夜高空逆風飛行，也不願輕易屈就。此外，「寂寞沙洲冷」，也可以是以景結情，沙洲是水中陸地，縱使四周流水環繞，依然堅持本色，抵禦洪流，與「縹緲孤鴻影」同樣是東坡的自我象徵，也是經歷此番重挫之後的覺醒與重生。

〈定風波〉

三月七日，沙湖道中遇雨。雨具先去，同行皆狼狽，余獨不覺。已而遂晴，故作此。

莫聽穿林打葉聲。何妨吟嘯且徐行。竹杖芒鞋輕勝馬。誰怕。一蓑煙雨任平生。　　料峭春風吹酒醒。微冷。山頭斜照卻相迎。回首向來蕭瑟處。歸去。也無風雨也無晴。

　　詞作於宋神宗元豐五年（1082），東坡至黃州的第三年。東坡〈書呂道人硯〉：「元豐五年三月七日，偶至沙湖黃氏家。」又〈書清泉寺詞〉：「黃州東南三十里，為沙湖，亦曰螺獅店，予將置田其間，因往相田。」可見東坡此行目的。唯在途中突逢驟雨，持雨具的童僕腳程較快，與東坡一行人拉開了距離，一時間無處避雨，進退不得，眾人狼狽萬狀，唯獨東坡從容自若。不久，雨過天晴，於是以詞記下這一段雨中行程。

　　穿林打葉，極言雨聲嘈雜，可見是突如其來的滂沱大雨，處身其中自然聽見雨聲，但東坡以一「莫」字展現了操持與涵養，無須為之驚擾，自亂陣腳，何妨維持一貫的速度、步伐，從容前行。「吟嘯」，吟詠長嘯，即使在嘈雜雨聲中，依然可以發出自己的聲音，真實自然的心聲。

　　「竹杖芒鞋輕勝馬」歷來說解分歧，或云竹杖芒鞋指百姓，馬則是官員所騎，意謂東坡領悟做個百姓輕鬆自在勝過當官。但此時東坡還是官員，雖然貶官，仍官職在身，不是百姓，大概沒立場說這樣的話。事實上若是受困雨中，策馬突圍一定是更好的選擇，勝過手拄竹杖腳踏芒鞋，踩著泥濘步步走過，東坡之所以如此說，應是當時只有竹杖芒鞋，沒有馬。越是在艱困之中，越須學會無待，不外求，不妄求，善用自己本身所擁有，激發內在的力量，扎扎實實，步步走過，方能真正體會處身困境的感受，累積順處逆境甚至脫困突圍的經驗。「誰怕」？也唯有經此磨鍊，才能真正擁有無懼的自信，

「一蓑煙雨任平生」是「一蓑任平生煙雨」的倒裝，風雨無常，隨時來襲，並非人力所能預料，人所能做的只有做好準備，隨時因應面對。

過片，「料峭春風吹酒醒」應是這場風雨行路中最嚴苛的考驗，春寒料峭，又淋了一身雨，加上酒意都退了，此時是清清醒醒的受著風寒侵襲，應是冷風刺骨，渾身打顫，因此「微冷」是逞強，是故作灑脫，或者精神強悍了，也就自然看淡了身體上的不適。無論如何，沒有下不停的雨，終究會雨過天晴，且若不是經過風雨，又怎能體會斜照的溫暖與善意？

此時，「回首向來蕭瑟處。歸去。也無風雨也無晴」，「蕭瑟」指風雨。東坡回首這一段風雨路，體認它所帶來的歷練，「歸去」是接下來的路途，無風無雨也無晴，只剩一片陰霾？或者「無」是「忘」，心境超然於風雨陰晴之外，「世路如今已慣，此心到處悠然。」[83]無論是現實中的風風雨雨，陰晴變化，或者生命旅程中難以逆料又無法避免的浮沉起落寵辱成敗，東坡認為都已不足以掛懷，「一蓑煙雨任平生」，「何妨吟嘯且徐行」，且任悠然自適，神行其間。

〈念奴嬌〉赤壁懷古

大江東去，浪淘盡、千古風流人物。故壘西邊，人道是、三國周郎赤壁。亂石崩雲，驚濤裂岸，捲起千堆雪。江山如畫，一時多少豪傑。　遙想公瑾當年，小喬初嫁了，雄姿英發。羽扇綸巾，談笑間、強虜灰飛煙滅。故國神遊，多情應笑我，早生華髮。人間如夢，一尊還酹江月。

---

83 張孝祥〈西江月〉。

　　詞寫於宋神宗元豐五年（1082）七月，謫居黃州時期。東坡所遊赤壁乃黃州赤鼻磯，並非赤壁之戰的遺址湖北嘉魚。在詞中東坡以「人道是」三字隔開了嚴謹的史地考證，他只是借題發揮，想藉詞訴說其超越時空的更真實也更深沉的心聲。

　　滔滔滾滾的長江，揭開了全詞序幕。「滾滾長江東逝水，浪花淘盡英雄」，[84] 是時間巨浪，也是歷史洪流，將史上無數風流人物盡皆襲捲而去，彷彿一切都被吞噬，被帶走了。然而果真是如此？或者，有什麼被留下了呢？那廢棄的營壘西邊，人們說，正是赤壁之戰的遺址所在。三國、周郎、赤壁，因為歷史與人物的印記，使得此地便與他處不同，特別留下了意義。其下即承接「赤壁」，寫此地的山水勝景，而景的刻畫中也寓含對歷史人物精神氣象的詠嘆。「亂石崩雲」，言山勢崢嶸，直探天宇，有如對超越境界的探尋；「驚濤裂岸」，寫水勢迅急，劈裂涯岸，一如對命定侷限的抗擊；墜落的白雲與激盪的水花，有如層疊翻湧的千堆雪，壯闊激昂，正如歷史豪傑、風流人物展現的生命境界。於是隨即引出「江山如畫，一時多少豪傑」，既承接赤壁風景，也讚嘆成就輝煌與不朽的當時豪傑。

　　下片承續「豪傑」、「周郎」，以「遙想當年」過渡今古，進入史事、人物的吟詠。周瑜的理想刻畫，戰爭場景的輕描淡寫，是東坡在重塑歷史，也顯示其在意的並非歷史的表象，而是觀看的立場與角度。現實縱使艱難，事蹟也可能被抹煞、扭曲，然而通過時空的澄汰淘洗，也可能淬鍊瀟灑純淨的生命境界。其後「灰飛煙滅」則再度過渡古今，不僅遙想中的戰爭在烽煙中結束，即東坡的故國神遊也隨之消散，重返現實。而隨即湧上心頭的，則是一貫的自嘲與感傷。東坡多情，對世人、古人與自己莫不多情以待，只是「天若有情天亦老」，[85] 多情的心自然多感多病，註定「早生華髮」。面對眼前景，

84　楊慎〈臨江仙〉。
85　李賀〈金銅仙人辭漢歌〉。

方才猶栩栩如生的重現的風流人物、歷史豪傑，而今又安在？果然人間如夢，古今如夢，怎不令人生嘆？然而，「一尊還酹江月」，東坡最後此舉似乎又意圖撞擊現實，如江之長久，如月之永恆，是否在回顧歷史備感空幻之餘，東坡仍希望在虛無中掌握眞實，在有限中探尋永恆？

　　此詞爲東坡名篇，在詠史懷古詞的歷史中也具有卓絕地位，但其實深受柳永〈雙聲子〉影響。史事題材的選擇，詞作的字面、脈絡結構、意象運用等，各方面皆有所取法，詞中寓託的歷史意識，對於存在意義的思索，也與柳永進行著對話。首先，在史事題材方面，柳永〈雙聲子〉詠吳越爭霸，東坡〈念奴嬌〉則寫三國赤壁，皆是分裂時代、征戰無休；而詞中聚焦於范蠡與周瑜，詠歎一代風流人物，當因易於聯想西施、小喬，使詞增添陰柔情韻，不致因詠史題材而過度流於陽剛，有傷詞體美感本色。其次，於寫作手法上，觀其字面，顯然東坡詞中的「風流」、「江山如畫」、「遙想當年」等皆取自柳永詞，「驚濤裂岸」、「灰飛煙滅」等亦略從柳詞「雲濤煙浪」變化而來。再比較脈絡結構，二詞皆以上片記遊、寫景，景的描寫則疊映古今；下片進入歷史事件、人物的評論、省思，最後重返現實，抒發慨歎。而在意象的塑造與運用上，柳永以黃昏意象籠罩全篇，營造蕭索空茫的情調；東坡則以大江意象貫穿首尾，展現昂揚超越的氣勢。最後，承續柳永詞的虛無感慨，東坡則是意圖在虛無之中尋找存在價值。整體而言，東坡詞固爲巔峰之作，而柳永詞亦具開創之功、典範地位。

〈臨江仙〉夜歸臨皋

夜飲東坡醒復醉，歸來彷彿三更。家童鼻息已雷鳴。敲門都不應，倚杖聽江聲。　　長恨此身非我有，何時忘卻營營。夜闌風靜縠紋平。小舟從此逝，江海寄餘生。

　　此詞作於神宗元豐五年（1082）或六年（1083）。臨皋，指臨皋亭，在黃州城南，鄰近長江，是東坡貶謫黃州時的住居。據東坡〈東坡八首〉序：「余至黃州二年，日以困匱，故人馬正卿哀余乞食，為於郡中請故營地數十畝，使得躬耕其中。」所乞得故營地即東坡，也因此從此自號東坡。其後又於東坡築室，因於大雪中落成，故名雪堂。當年某夜，東坡於東坡雪堂飲酒，回到臨皋亭時，大約是夜半三更，家門緊閉，家童酣睡，回不了家的東坡只好倚在門外，聆聽江聲，思緒如潮。

　　「醒復醉」典出杜甫〈陪章留後侍御宴南樓得風字〉：「此身醒復醉，不擬哭途窮。」更早則是淘潛〈飲酒〉序：「余閑居寡歡，兼秋夜已長，偶有名酒，無夕不飲。顧影獨盡，忽焉復醉。」亦即酒醒了，再把自己灌醉，反覆再三，想來如果不是心中痛苦難當，不至於如此自虐般的喝酒。可見此時夜飲東坡雪堂的東坡，應是懷著重重心事，且不在家中飲酒，也是不願家人看見其鬱悶的樣子，人們總習慣了他的幽默灑脫。「彷彿」二字與「醉」字相關，醉意朦朧中回到臨皋的住居，確切的時間也記不清了。守門的家童鼾聲如雷，業已熟睡，東坡的敲門聲或許太輕，或許也不忍驚醒家人，而既然門敲不開，家回不去，那便留在門外，「倚杖聽江聲」。

　　再一次東坡展現了眾所熟悉的隨遇而安，無入而不自得的形象。只是在暗夜裡滿身醉意的東坡，本能的走上了回家的路，應是在無意識中仍渴望家的安適，渴望一個可以歸去的處所，接受在苦悶與醉意中脆弱不堪的自己。然而此時家也成為一個回不去的地方，在轉身之前，在隨遇而安之前，東坡吞下了多少有「家」難歸、無「家」可歸的無奈與辛酸？

　　江水無聲，卻暗潮洶湧，如東坡思緒的起伏。「長恨此身非我有」典出《莊子・知北游》：「舜問乎丞：『道可得而有乎？』曰：『汝身非汝有也，汝何得有夫道？』舜曰：『吾身非吾有也，孰有之哉？』曰：『是天地之委形也。』」莊子的原意，是身體乃天地造物的賦予，人只有使用權，並無所有權。東坡此處的「身非我

有」，則是感慨自己常處於身心悖離的狀態，心之所向常與外在形跡相違，仕與隱、入世與出世、多情與忘情，莫不如此。「何時忘卻營營」典出《莊子‧庚桑楚》：「全汝形，抱汝生，吾始汝思慮營營。」並非汲汲營營，名利奔走，而是內心的思慮，反覆依違，衝突無已。

這應是東坡「醒復醉」的苦悶所在，外界的風風雨雨東坡能夠瀟灑超脫，然而內心的風雨卻是無處可逃。「夜闌風靜縠紋平」，縠是縐紗，縠紋常用以形容水面波紋。此句是夜深了，風也平息，浪也靜了，然而東坡的心也平靜了嗎？萬籟俱寂的此際，或許更是思慮營營之人內心傾軋難平之時，最終的「小舟從此逝，江海寄餘生」，並非「縱浪大化中，不喜亦不懼」[86]的逍遙自適，而毋寧是徹底的遁逃，逃離多所拘牽的官場、人情牽絆的塵世，以及內心吵嚷無休的風暴。

〈鷓鴣天〉

林斷山明竹隱牆。亂蟬衰草小池塘。翻空白鳥時時見，照水紅蕖細細香。　　村舍外，古城旁。杖藜徐步轉斜陽。殷勤昨夜三更雨，又得浮生一日涼。

此詞作於神宗元豐六年（1083）夏，東坡謫居黃州的第四年。某日午後，城外散步，寫下沿途所見景物以及心中感觸。

上片寫景，頗有柳暗花明峰迴路轉的意趣，處處充滿意料之外的發現，也略略透露東坡心情的轉折變化。樹林斷處，青山明媚；綠竹掩映，圍牆隱現。或許原本走在林間，自適自得，無奈青山與牆擋住了去路，中斷了悠閒的行程；又或者原是在陰暗林間摸索前行，而迎

面而來的青山與牆，則顯現了清晰具體的輪廓，消釋了宛如處身混沌的迷茫之感。無論如何，沿途所見的景象變化難料，正如牆後的庭園，亂蟬衰草，破敗荒蕪，乍見之下，予人不勝煩亂荒涼之感，然而正因蟬聲亂耳，引人抬頭仰望，才見得白鳥在空中翻飛翱翔，身影矯健，生趣盎然，無拘無礙；也正因衰草環繞，更襯得小池塘中綻放的荷花嫣紅一片，幽幽含香。

　　上片四句，脈絡縝密，句句相扣，層層遞進，呈現的景既有遠近明暗的對比，也躍動著形色聲光、瀰漫著花草氣息，可見東坡釋放了感官，也開放了心懷，領受眼前這一片紛繁變化的黃州風景。下片「村舍外，古城旁」則是承接上片，所見之景即是這一段路途所經，東坡杖藜徐步，走出村舍外，走到古城旁，「村舍」屬於人境，走出村舍，即是走向自然，因此上片所寫之景除了與古城呼應的「牆」，其餘的山林綠竹、花鳥鳴蟬等盡是人境之外的自然景物；至於古城則是年代久遠，置身其中，特殊的情境氛圍尤其使人不覺抽離現實，別有悠然遺世之感。因此這一段路上，東坡應是擺落了許多眼前當下的俗世煩擾。「杖藜徐步轉斜陽」，「轉」字可解為空間的轉，路上偶然的一個轉彎，斜陽便映入眼簾，又是意料之外的風景，與上片首句亦相為呼應；或者「轉」亦可釋為時間的轉，也就是到了黃昏，天氣轉晴，即所謂的「晚晴」。

　　如李商隱〈晚晴〉：「天意憐幽草，人間重晚晴。」如果不是經過大半天的風雨陰霾，黃昏時候的轉晴，也就不會顯得那麼可愛，值得珍重；正如人生若不經過波折磨難，也就無從體會苦盡甘來，終於到手的平靜幸福有多麼美好。此外，正如蒙田（Michel de Montaigne）所言：「大自然對一切一視同仁，也就不會不恰如其份。」生長在幽暗處的小草，再如何的微弱、如何的不起眼，同樣也能得到天意的憐惜，和萬物一般，都能得到陽光、和風、細雨的照拂。此時的東坡或許也漸漸明白，即使對他而言，黃州是一個令人痛苦的貶謫之地，烙印著羞辱的印記，然而對於自然而言，這裡和他處並沒有甚麼不同，自然一視同仁，同樣讓黃州有著明媚的青山、幽深的竹

林，有白鳥翻飛翱翔的無垠天空，有隨著季節幽幽綻放的美麗芙蕖以及酣暢喧譁的蟬聲，自然並不因這裡是人們所謂的貶謫之地而有所偏私，任其荒蕪，只是人的成見往往侷限了視野，蒙蔽了意識，以致於經常看不見、領受不到眼前如實呈現的美好。

隨著天氣變化的感知，東坡此時不禁想起昨夜夜半的那一場雨，如果不是那一場雨，又何來今日清涼的天氣，得以偷得浮生半日閒，享受這一路上的風光，體驗自然，以及黃州的美景呢？「殷勤」，多謝之意，東坡心懷感激。事實上，三更夜雨的記憶也許透露東坡昨夜又是輾轉無眠，或者也可能是夜雨驚夢，無論如何，夜裡聽著雨聲的東坡心情想必低落，或許前塵往事紛至沓來，或者又是思慮營營，起伏難平；然而今日，雨後天晴，東坡卻轉而感激，感激它所帶來的清涼，以及隨之而發現的美好。或許在磨難中人們總是有所怨尤，但痛苦總會過去，也可能帶來報償，令人成熟，雖然如果可以選擇，平平順順無災無難的一生想必更是夢寐以求。

這闋詞寫在夏天，同年冬天，東坡寫了〈記承天寺夜遊〉：

> 元豐六年十月十二日，夜，解衣欲睡，月色入戶，欣然起行。念無與為樂者，遂至承天寺尋張懷民。懷民亦未寢，相與步於中庭。庭下如積水空明，水中藻、荇交橫，蓋竹柏影也。何夜無月？何處無竹柏？但少閒人如吾兩人者耳。

寒夜月色，不忍辜負，因此至承天寺邀張懷民共賞。為什麼是張懷民，又為什麼確定他也仍未就寢？「誰見幽人獨往來？」「驚起卻回頭，有恨無人省。」張懷民此年貶謫黃州，他的心情東坡理解，因此前去陪伴，且不說無用的安慰話語，只邀他共賞黃州的月光與夜景。讓他也明白，儘管是貶謫之地，但月光不曾遺忘，自然也不曾冷落。雖是寒冬十月，東坡的心卻溫暖。

〈定風波〉

王定國歌兒曰柔奴，姓宇文氏，眉目娟麗，善應對，家世住京師。定國南遷歸，余問柔：「廣南風土，應是不好？」柔對曰：「此心安處，便是吾鄉。」因爲綴詞云。

常羨人間琢玉郎，天應乞與點酥娘。自作輕歌傳皓齒。風起。雪飛炎海變清涼。　　萬里歸來年愈少。微笑。笑時猶帶嶺梅香。試問嶺南應不好。卻道。此心安處是吾鄉。

　　這闋詞寫在哲宗元祐元年（1086），汴京。神宗元豐七年（1084），東坡自黃州量移汝州，赴任途中，上表乞常州居住。八年（1085）三月，神宗駕崩，哲宗繼位，年幼，由高太皇太后掌政，起用舊黨，以司馬光爲相。五月，東坡以禮部郎中詔知登州（山東蓬萊），不久，召回朝廷，除起居舍人，隔年，除中書舍人、翰林學士。

　　王鞏，字定國，東坡任徐州知州時，即與東坡交遊。元豐二年（1079）因烏臺詩案，東坡貶黃州，定國亦受牽連，謫監賓州（廣西賓陽）酒稅，至元豐八年（1085）始詔還。隔年，與東坡會於汴京。賓州於當時仍屬蠻荒瘴癘之地，定國居其間六、七年，歸來之後，「面如紅玉」，[87]「氣益剛實，此其過人甚遠」。[88]而這段期間伴隨王定國遠赴賓州的，則是其侍兒柔奴。

　　東坡於詞序中詳述柔奴的身世背景，「姓宇文氏」、「家世住京師」，透露無論先天後天，柔奴都已習慣了北方的風土氣候，萬里投荒，困居嶺南，應是水土不服，極難適應，因此一見柔奴，便關切詢問：「廣南風土，應是不好？」想不到柔奴竟回答：「此心安處，便是吾鄉。」著實讓東坡感到驚喜與驚豔——爲她的聰慧、

---

[87] 蘇軾〈與王定國書〉。

[88] 司馬光《續資治通鑑長編》。

「善應對」，以及過人的心性涵養。「身心安處即吾土，豈限長安與洛陽？」[89]「無論海角與天涯，大抵心安即是家。」[90]超曠自適、隨遇而安，不正是東坡一向嚮往也持續鍛鍊的精神？這闋詞正是為柔奴這位不凡的女子而作。

詞作脈絡，由外而內，層次井然。上片先寫柔奴外貌之美，繼寫柔奴歌聲之美，最後以下片寫其精神之美。「常羨人間琢玉郎」，詞從王定國寫起，「琢玉郎」，言王定國姿容俊美，如白玉雕琢而成，南朝樂府〈白石郎曲〉：「積石如玉，列松如翠。郎豔獨絕，世無其二。」其風韻神采，差可彷彿。一說「琢玉郎」典出唐代盧仝〈與馬異結交詩〉：「白玉璞裡琢出相思心，黃金礦裡鑄出相思淚。」東坡藉以言與王定國情誼深厚。然如接續下句「天應乞與點酥娘」，指柔奴之美，呼應詞序「眉目娟麗」，與王定國堪稱一對璧人，天造地設，情緣天定，則應以前說為勝。「乞與」，賜予；「點酥娘」典出白居易〈阿崔詩〉：「玉芽開手爪，酥顆點肌膚。」酥，指白色膏狀油脂，點酥，以酥滴成，形容女子膚如凝脂，白皙細膩，可見柔奴確為清秀佳人。

眉目娟麗之外，柔奴亦善歌。「自作清歌傳皓齒」典出杜甫〈聽楊氏歌〉：「佳人絕代歌，獨立發皓齒。」「皓齒」亦是呼應「點酥」，言柔奴之美。東坡此詞刻意運用白色意象串聯，「玉」、「酥」、「齒」、「雪」、「梅」，以營造純白境界，一如柔奴與王定國之間的情感，以及柔奴心性精神的純真潔淨。美麗的歌聲來自美麗心靈，當其歌聲隨風傳送，即喚起飛雪，能使惡火燃燒的炎海，瞬間變成清涼世界。「炎海」，指炎熱的嶺南，也可指「火宅」，佛家語，多憂多難的人生與內心。在東坡神話般靈動的筆墨中，柔奴的歌聲具有神奇魔力，有如當今所謂療癒系歌者，能夠撫慰人心，使躁動

---

[89] 白居易〈吾土〉。
[90] 白居易〈種桃杏〉。

不定的心靈獲得寧靜，而這想必也是王定國處身蠻荒異域多年，猶能神采如常，「顏色和豫」[91]的重要原因。

　　下片「萬里歸來年愈少」既寫王定國，也寫柔奴。一般人在水土不服的地方待久了，不免變得形容憔悴顏色枯槁，甚至染病過世，古來遭貶文人死於貶謫之地的例子不在少數，柳宗元即是，可見貶謫與流放對文人無疑是身心的雙重折磨，能如王定國與柔奴之逆齡回歸者，實屬罕見。「微笑。笑時猶帶嶺梅香」，此時歸來，彷彿一切都能瀟灑一笑置之，所有陰影也已消散退盡，只有嶺梅香氣猶然伴隨。柔奴似柔實剛，不畏霜雪的梅花正是其經霜傲骨的象徵。最後，「試問嶺南應不好。卻道。此心安處是吾鄉」，扣合詞序，將與柔奴這一段令人驚豔的對話刻入詞中。

　　波斯詩人奧瑪珈音（Omar Khayyam）的《魯拜集》（The Rubaiyat）中有一首詩：「一簞疏食一壺漿，一卷詩書樹下涼。卿為阿儂歌瀚海，茫茫瀚海即天堂。」「阿儂」是上海話，即「我」的意思。「瀚海」，指沙漠。詩人想說的是，只要有簡單的食物、酒、詩、樹蔭，還有最重要的妳、妳的歌聲，那麼即使處身茫茫沙漠，這沙漠對我而言，也就是天堂。情感是足以改變世界的力量，只要在所愛的人身旁，無論處身海角與天涯，都是安穩的家，最純淨幸福的天堂。令柔奴「此心安處是吾鄉」的原因，除了她過人的聰慧與涵養，對王定國的感情應該是最主要的支持力量，詞一開頭即說出了答案，「常羨人間琢玉郎」，東坡早已看在眼裡。

91　司馬光《續資治通鑑長編》。

七、秦觀：一簾幽夢，哀婉傷情

　　秦觀（1049-1100）一生，可分四期：第一期，三十歲之前，即結識東坡之前。好讀兵家書，豪俊慷慨，有當世志。曾與孫莘老、李公擇、參寥子等人交遊。

　　第二期，神宗元豐年間，結識東坡，在不順遂的科舉之路上，幸得東坡始終勉勵勸慰。元豐二年（1079），東坡自徐州調任湖州，南下赴任途中，秦觀與參寥子一路伴隨，遍遊山水名勝。同年，烏臺詩案發生，東坡鐵窗百日，責授黃州，牽連甚廣，交遊多斷絕，秦觀則時時與東坡書信往來，請教科舉作文之道，並曾親至黃州謁見東坡，可謂生死患難之交。元豐八年（1085），登進士第，授蔡州（河南汝南）教授，開始其仕宦生涯。

　　第三期，哲宗元祐年間，為仕宦順遂期。時東坡為翰林學士，秦觀與黃庭堅、張耒、晁補之、陳師道、李廌等「六君子」，常至東坡汴京私第談論詩文。元祐五年（1090），自蔡州入京，除太學博士、祕書省校對黃本書籍；元祐八年（1093），因東坡舉薦，遷祕書省正字、史院編修官，撰神宗實錄。

　　第四期，哲宗紹聖、元符年間，連遭貶謫。哲宗親政，廢黜舊黨，起用新黨章惇為相，東坡等「元祐黨人」盡遭迫害。自紹聖元年（1094）起，陸續貶謫處州（浙江麗水）、郴州（湖南郴縣）、編管橫州（廣西橫縣）、雷州（廣東海康）；紹聖三年（1100），遇赦北歸，至藤州（廣西藤縣），卒。

　　秦觀心性細膩敏感，性格柔弱，思想悲觀，對於生命逆境不似東坡能強悍面對。此雖為處世弱點，卻也是文學創作的優勢。清代馮煦《六十一家詞選例言》：「他人之詞，詞才也；少游，詞心也。」其詞之清幽淡雅、柔婉纖細，即其詞心的體現，「得之於內，不可以傳」。

〈滿庭芳〉

山抹微雲，天黏衰草，畫角聲斷譙門。暫停征棹，聊共引離尊。多少蓬萊舊事，空回首、煙靄紛紛。斜陽外，寒鴉萬點，流水繞孤村。　　銷魂。當此際，香囊暗解，羅帶輕分。漫贏得青樓，薄倖名存。此去何時見也，襟袖上、空惹啼痕。傷情處，高城望斷，燈火已黃昏。

　　詞寫離別，一場黃昏的離別。上片寫景，景致荒寒蕭瑟；下片言情，情事旖旎纏綿。看似突兀違和，情景難以映照，卻更透顯出情感在荒寒人世中特有的溫度與力量，溫暖柔韌，可依可戀，在離別之際尤其可感。

　　上片透過視、聽覺的感官經驗，以景物的刻畫營造離別氣氛，接著引出離別情境，點出離別主題，如此的寫作手法極似柳永〈雨霖鈴〉。詞一開篇，即是極目遠望的景，「山抹微雲」，一縷微雲輕抹山頭，山是靜的，雲是動的，彷彿山渴望留住雲，雲也依戀著山，然而山留不住雲，雲也註定飄然遠去。「天黏衰草」，天地遠隔，有如即將到來的離別，然而相思相連，縱使柔弱如衰敗的枯草，依舊沾黏不捨。以上景物刻畫，透露人的主觀意願與客觀情境的衝突，再如何纏綿難捨，都無力改變離別即將來臨的事實，人世間的聚散總是偶然，總是艱難。至「畫角聲斷譙門」，則漸有聲音介入，悲涼如嗚咽的畫角聲迴盪在荒寒衰颯的場景中，更是增添愁慘氣息。畫角原是軍中所用的號角，後來亦作為晨昏報時之用；據陸游「城上斜陽畫角哀」，[92]可知其聲哀淒，尤其在黃昏時，在傷心人聽來，更是黯然傷神。譙門又稱鼓樓，築於城門上的城樓，供戍守城門的守衛登高遠眺，視察情勢；在黃昏時，負責報時的人也登上譙門，吹響畫角。畫

92　陸游〈沈園二首〉其一。

角聲在空中傳響迴盪，漸漸的，終於消失無聲。

以景物營造離別氣氛之後，「暫停征棹，聊共引離尊」則具體寫出離別的情境。船將啓航，人卻欲走還留，戀戀難捨，呼應「山抹微雲，天黏衰草」，如此離情依依。「引」有延長之意，亦即慢慢的，一杯一杯又一杯，此時此際，能再一同多飲一杯酒，都屬難能可貴，但是此舉也透露離別之後再相聚的希望極爲渺茫，而回首往昔，那些共度的美好時光，竟也漸漸如煙。如煙之多，也如煙迷濛，確實，明明是眞實的點點滴滴，但回首時卻總覺前塵往事紛繁模糊，使臨別之際更增悵惘。

「多少蓬萊舊事，空回首、煙靄紛紛」，「蓬萊」一說指「蓬萊閣」，位於會稽。神宗元豐二年（1079），秦觀陪蘇軾南下湖州赴任，隨後曾至會稽省親，當時叔父秦定爲會稽尉，會稽郡守程公闢於蓬萊閣設宴款待。胡仔《苕溪漁隱叢話》引《藝苑雌黃》：「程公闢守會稽，少游客焉，館之蓬萊閣。一日，席上有所悅，自爾眷眷不能忘情，因賦長短句。」可見此詞當是少游一晌留情、不能忘情之作。然而此說法或許過於指實。「蓬萊」見於《山海經》、《列子·湯問》、《史記·封禪書》，爲古代神話中的仙境樂園，此處應可作爲意象解讀，指往昔美好的種種，如今回首，紛繁迷離，但也將隨著離別而飄散如煙，一如神話中隨波逐浪漂流而逝的樂園。[93]「煙靄紛紛」是比喻，也是眼前景，隨即引出以下的「斜陽外，寒鴉萬點，流水繞孤村」。此數句化用楊廣〈詩〉：「寒鴉飛數點，流水繞孤村。斜陽欲落處，一望黯銷魂。」除了以景寓情，也使詞作過片意脈不斷。寒鴉飛向天涯，一如離者遠行，孤村流水環繞，亦如被留下

93　《列子·湯問》：「渤海之東，……其中有五山焉：一曰岱輿，二曰員嶠，三曰方壺，四曰瀛洲，五曰蓬萊。……其上臺觀皆金玉，其上禽獸皆純縞，珠玕之樹皆叢生，華實皆有滋味，食之皆不老不死。所居之人皆仙聖之種，一日一夕飛相往來者，不可數焉。而五山之根無所連著，常隨潮波上下往還，不可暫峙焉。……於是岱輿、員嶠二山流於北極，沉於大海，仙聖之播遷者巨億計。」

的人孤獨而漫長的守候。

　　上片以景醞釀離別情緒之後，下片則承「暫停征棹」，再度扣回離別場景。「黯然銷魂者，唯別而已。」[94]臨別之際，「香囊暗解，羅帶輕分」，意即他解下香囊為贈，她則以羅帶打成同心結相送。香囊、羅帶皆是隨身穿戴之物，至為親密，非比尋常，臨別相贈，表示千里同行，心意相隨。只是「暗解」、「輕分」也暗示彼此終將離分。

　　「漫贏得青樓，薄倖名存」，顯然從杜牧詩「十年一覺揚州夢，贏得青樓薄倖名」[95]變化而來，藉以表達對眼前即將離別之人的滿懷愧疚。人在離別之際所以對對方感到愧疚，可能是真的虧欠了對方，但另一種可能則是因為愛得太深，也只有對愛戀至深的對象，在緣分將盡的離別時刻，才會感到自責，即使付出再多也感到虧欠，愧悔莫及。只是再如何愧疚難捨，仍是終須一別，「此去何時見也？襟袖上、空惹啼痕」，面對給不出答案的問題，最是令人無奈，墮淚難禁。詞最後以景結情，「傷情處，高城望斷，燈火已黃昏」，化用唐代歐陽詹詩〈初發太原途中寄太原所思〉：「高城已不見，況復城中人。」呼應上片「暫停征棹」，此時船已啟航，船中之人回望離別之處，只見暮色降臨，華燈初上，對於離人而言，也已是漸行漸遠，正在流逝中的情感樂園。

　　蔡絛《鐵圍山叢談》卷四：「（范）溫嘗預貴人家會，貴人有侍兒，善歌秦少游長短句，坐間略不顧溫，溫亦謹不敢吐一語。及酒酣歡洽，侍兒者始問：『此郎何人耶？』溫遽起，叉手而對曰：『某乃「山抹微雲」女婿也。』聞者多絕倒。」據此記載，可見秦觀詞在當時甚為流行，歌筵傳唱，尤其此闋〈滿庭芳〉更是膾炙人口，廣為人知。

94　江淹〈別賦〉。
95　杜牧〈遣懷〉。

〈鵲橋仙〉

纖雲弄巧，飛星傳恨，銀漢迢迢暗渡。金風玉露一相逢，便勝卻、人間無數。　　柔情似水，佳期如夢，忍顧鵲橋歸路。兩情若是久長時，又豈在、朝朝暮暮。

　　這闋詞寫星星的神話，神的愛情，題材極為浪漫。牽牛織女神話最早的完整記載，見於南朝梁殷芸《小說》：「天河之東有織女，天帝之子也。年年機杼勞役，織成雲錦天衣，容貌不暇整。天帝憐其獨處，許嫁河西牽牛郎。嫁後遂廢織紝。天帝怒，責令歸河東，唯每年七月七日夜，渡河一會。」可見最初的故事單純而淒美，織女擁有善織的天份，卻織不成自己的圓滿婚姻。「古來才命兩相妨」，[96]或許連神也難以倖免。然而聚少離多的恆常缺憾，詞人以為神將以彼此的真心來彌補，使情感在缺憾的情境中依然圓滿，更加圓滿。

　　詞的上片從分離寫到相聚；下片從相聚寫到分離。上下片的結構皆是以前三句敘寫神話情節，後二句則是詞人的感受與詮釋。「纖雲弄巧，飛星傳恨」，寫七夕的夜空，雲絲纖細，如織女巧手正織著雲錦天衣，而流星飛過，似乎正為他們傳遞離別經年的憾恨；無論如何，在七夕夜晚，「銀漢迢迢暗渡」，織女就要渡過銀河，與遙遠彼岸的牽牛相會。秋風沁涼，秋夜的露水晶瑩如玉，這一年一度的良夜相逢，更勝卻人間無數情人的無數相聚。因為難得相聚，自然更加珍惜共處的時時刻刻，其凝聚的情感如金似玉，堅定純粹；相較之下，人間情人容易相聚，不覺間習以為常，任其虛度，也辜負了難得的緣份，相處時間雖長，情感卻顯淡漠。

　　下片「柔情似水，佳期如夢」，即延續上片的「金風玉露一相逢，便勝卻、人間無數」，即使久別，情懷依然如水純淨，佳期依然如夢美好；只是「似水」也暗示時光流逝，而「如夢」也暗示短暫

---

[96]　李商隱〈有感〉。

的相聚又將結束，夜盡天明，佳期夢醒，織女又將踏上鵲橋歸路。「忍」其實是「不忍」，難得相聚，更難於一別，「顧」字更是可見其臨別依依、頻頻回顧、黯然無奈的眼神。然而在臨別之際，他們彼此確信，一段情感的長久並非依賴於朝朝暮暮相處時間的累積，而是在於對這份情感的信仰與真心。只要深信不疑，情就常在。事實上，「朝朝暮暮」也呼應上片的「人間無數」，朝暮相處對於情感的品質與存在，都是隱憂與傷害。

　　李商隱〈辛未七夕〉：「恐是仙家好別離，故教迢遞作佳期。由來碧落銀河畔，可要金風玉露時。清漏漸移相望久，微雲未接過來遲。豈能無意酬烏鵲，唯與蜘蛛乞巧絲。」詞人創作此詞的動機，或許與這首顛覆神話的詩有關。義山詩常顛覆神話，將神話的美好情境拆碎。他質疑牽牛織女喜散不喜聚，因此遠隔經年才相聚一夜。為何詩人如此質疑呢？因為他們一直以來都在天上，在銀河兩岸，距離看來並不遙遠，隨時能夠相聚，那裡需要等到金風玉露、七夕佳節才相聚呢？即便是到了七夕，也是隔岸觀望，遲遲其行，應是極為珍貴的相聚時光卻任由它隨著漏聲點滴流逝；而縱使終於渡河，也以微雲未接作為遲到的理由。且明明是烏鵲搭橋，讓織女渡河，但她卻是無意酬謝，反而漫不經心的，將織布的巧手藝隨意給了蜘蛛。

　　詩人聲聲質疑，顛覆了神話的美好意境。想像織女牽牛在漫漫流光中，情感早已消磨殆盡，一年一會，只是配合演出，騙騙世人的眼淚。此詩寫於唐宣宗大中五年（851），歲次辛未。此年春夏，詩人失去摯愛的妻子，從此天人永隔，再會無期。因此在七夕仰望夜空，看著同在天上的牽牛織女星，不覺生此奇想，不惜粉碎了神話中世代凝聚的堅定之情。但詞人多情，以〈鵲橋仙〉這闋詞重新編織，彌縫情感，讓神話意境再現。

〈八六子〉

倚危亭。恨如芳草，萋萋剗盡還生。念柳外青驄別後，水邊紅袂分時，愴然暗驚。　　　無端天與娉婷。夜月一簾幽夢，春風十里柔情。怎奈向、歡娛漸隨流水，素絃聲斷，翠綃香減，那堪片片飛花弄晚，濛濛殘雨籠晴。正銷凝。黃鸝又啼數聲。

　　秦觀〈鵲橋仙〉寫神的愛情，而這闋〈八六子〉則是寫人的愛情。兩者對照，可見其間的差異。牽牛織女雙星在極爲缺憾的情境中，仍能以單純卻堅定的眞心，守護信仰般的愛情，祂們能掌控自己愛情；但人在愛情中卻顯得軟弱而被動，只能無助的任它來去，任意捉弄，人掌控不了愛情，相反的總爲愛情所掌控。這樣的體悟與感受在晏殊詞中曾見，〈木蘭花〉：「長於春夢幾多時，散似秋雲無覓處」、「聞琴解佩神仙侶，挽斷羅衣留不住」，只是晏殊以典故暗喻，而秦觀這闋詞則是將情生情盡、緣起緣滅的過程，以及經歷其間的心境，驚心動魄的刻畫呈現。

　　「倚危亭。恨如芳草，萋萋剗盡還生」，詞一開頭便是一個獨倚危亭的身影，登高望遠，春草綿延，然而觸動的不是遙遠的相思，而是無窮的悵恨，剗盡還生，除之不去。起首幾句，即造成懸念，究竟恨從何來？所恨爲何？繼而引出「念柳外青驄別後，水邊紅袂分時」二句，訴說其恨之所由生，很顯然與離別有關。在柳樹下，在流水邊，他策馬離去，她紅袖黯然，是極爲典型的離別場景。然而所寫的是特定的一次離別，或者是一次又一次的離別？以二句所用字數之多、篇幅之長，以及前後的「恨如芳草」、「愴然暗驚」，所表露情緒之深沉強烈，恐怕不只是特定的一次離別，而是歷經多次離別後所鐫刻的印記。人常處在漂泊流離的情境中，如風中飛絮，水面浮萍，聚散來去，身不由己，因此如今對景尋思，自然觸動無窮之恨，不禁愴然暗驚。

　　一次次的聚散，即是一段段情緣的生滅，下片就脈絡看來，即敘

寫一段愛情的開始與結束、出現與消失。「無端天與娉婷」，「無端」，是莫名的，毫無緣由的，一段情緣的開始就是如此突然，無從防備，也無從拒絕，它就是出現了。是天的安排、天的賜予，與美人如此意外的相逢。愛情的初始總是無限美好，「夜月一簾幽夢，春風十里柔情」，變化自杜牧〈贈別〉：「春風十里揚州路，捲上珠簾總不如。」而意境卻更加動人。在清夜裡共賞月色，垂簾掩映，情景如夢；在春日裡沉醉春風，濃情密意，無限溫柔；而晶瑩的月光、春風的浪漫，自然也都隱喻情感初始的純淨與美好。

　　只是這樣的美好短暫而脆弱，並不長久。「怎奈向、歡娛漸隨流水，素絃聲斷，翠綃香減」，隨著時光流逝，不覺濃情轉淡，歡娛不再，有如琴弦斷了，手絹上的香氣也淡了，曾有的知音之情與濃情密意都已逝去。「怎奈向」說出了經歷其中的無奈況味，同樣的人、同樣的事物，只因彼此熱情不再，感受就完全不同，曾經感到浪漫美好的事，如今也只覺索然無味。然而，琴弦斷了可以再續，香氣淡了可以重薰，如果彼此願意，情感可以努力挽回，重新開始，但是若真的彼此冷淡，情斷緣盡，天要收回，那也只能束手，如「片片飛花弄晚，濛濛殘雨籠晴」，花雨飄墜、夕陽沉落、陰晴變化，都是自然，都不是人力所能逆轉與操縱，如同情感的逝去終究是無力挽留，「那堪」，傳釋了坐視愛情斷滅時的無奈感受或倦漠不堪的心情。

　　「無端」、「怎奈向」、「那堪」，正是在愛情降臨、轉變與結束的過程中，經歷其間的內心衝擊。愛情是如此無端的來，無奈的轉變，最終也只能無助的看著它逝去。秦觀以景物的刻畫，以象徵性的手法，精確而美麗的傳釋情感的來去與變化。詞的最後，「正銷凝，黃鸝又啼數聲」，是危亭中人正黯然銷魂，正凝神思索的當下，黃鸝啼聲卻驚醒了他，中斷了對情緣生滅無端聚散的思索，以及對人只能被動地承受愛情任性來去的感慨。在黃鸝聲中，他又回到現實，又回到最初，「倚危亭。恨如芳草，萋萋劃盡還生」，一次次的聚散，愛情來去的無理無常，一如眼前芳草，在人世裡繼續蔓延、重演。

<h1>〈浣溪沙〉</h1>

漠漠輕寒上小樓。曉陰無賴似窮秋。淡煙流水畫屏幽。　自在飛花輕似夢，無邊絲雨細如愁。寶簾閒挂小銀鉤。

　　這闋詞風格精麗纖巧，意境迷離怡悅，一向被視爲秦觀的代表作，足以表現其細膩善感的詞心，亦是詞體特質「要眇宜修」[97]的經典展現。

　　全詞幾乎句句寫景，然而景中有人，所有景物皆是詞中人物所觸、所見、所感。首句「漠漠輕寒上小樓」解讀分歧，一種說法，「上小樓」的主詞是人，在漠漠輕寒中走上小樓，其後五句所寫，即是此人在樓中所感所見，以及所作所爲。陰霾籠罩的清晨，無端的，使人感覺如在深秋，雖然明明是飛花絲雨的暮春時節。樓中畫屏，繪著淡煙流水的圖景，清幽淡雅，煙水迷離，與窗外的淒迷風景相爲映襯。

　　上片寫樓中之景，下片則將視線轉向樓外。落花輕盈，自在的飛舞飄零，宛如夢幻；雨絲輕灑，無邊無際，綿綿不絕，一如心中的愁思。而這絲雨飛花的窗景，是人捲起窗前珠簾，掛上銀鉤之後所見。全詞以景結情，情韻幽渺，引人揣想。

　　另一種解讀，「上小樓」的主詞爲「漠漠輕寒」，這一股無聲無形看似輕飄卻凝重得化不開的寒意，逐漸湧上，瀰漫樓中，人物則是早已在樓中，從第二句的「曉」以及第三句的「畫屏」，可推測人原是在睡夢中，因爲感受到這股寒意而逐漸甦醒。在將醒未醒的瞬間，無端的，感覺到這陰霾的清晨竟有晚秋的氣息，而眞正的季節，據下片「飛花」、「絲雨」，可知是暮春。

　　「曉陰無賴似窮秋」，是錯覺也是心境，人在甦醒瞬間的感受，往往透露他這一向的心情。「窮秋」的愁慘更甚於暮春，荒寒衰

<hr>

[97] 王國維《人間詞話》。

颯，逼臨絕望，對詞中人而言，陰霾與寒意固然影響心情，但「無賴」，無端、無理，莫名的，無由分說的，也許更是實情，根深柢固的愁往往難以言說，憂來無方，根由不只一端。「淡煙流水畫屏幽」，則是醒時睜眼所見，相對於「小山重疊金明滅」[98]的日照妝屏，光影閃爍，此時屏風圖景煙水迷離，呼應「曉陰」，也延續前兩句所營造的情境與心緒，而其幽冷淒迷的意境，也引出下片的窗景。

延續脈絡，下片所寫是詞中人物甦醒後，起身來到窗前，捲起珠簾所見。窗外飛花絲雨，似夢如愁，輕盈自在的飛舞，若有似無的飄灑，予人迷離悵惘之感，與上片第三句「淡煙流水畫屏幽」的景象相為映承。詞人所藉以傳釋的，或許是暮春清晨初醒時，惘然若失、可感難言的幽微愁緒，呼應「曉陰無賴似窮秋」，只是呈現的圖景，也引人不禁遐想。

花自飄零，輕得有如失落的美夢，彷彿心中在意與護惜的夢想失落了，然而在旁人眼中，卻是如此之「輕」，如此當然、微不足道。失去所愛的哀苦得不到同理，甚至冷漠相對，於是夢想的碎片也只有自己拾掇、憑弔。正因如此，無邊的絲雨也就如愁一般，細密而綿長，無聲的浸潤著內心。而這飛花絲雨的窗外景致，原是捲起珠簾，閒掛銀鉤之後所見，如若移除銀鉤，珠簾垂下，這夢碎的苦、滿心的愁也就被遮掩，隱沒在美麗精致、華麗貴重，卻不具自然生命也若無情思的珠簾之後。

這是一種象徵寫照，總有人會以無情卻美麗的表象，掩蓋夢想破碎的悲傷靈魂。他看來很好，但內心滿是傷。

98　溫庭筠〈菩薩蠻〉。

〈踏莎行〉

霧失樓臺，月迷津渡。桃源望斷無尋處。可堪孤館閉春寒，杜
鵑聲裏斜陽暮。　　　驛寄梅花，魚傳尺素。砌成此恨無重數。
郴江幸自繞郴山，爲誰流下瀟湘去。

　　詞作於哲宗紹聖四年（1097），暮春，謫居郴州之時。此據
「可堪孤館閉春寒，杜鵑聲裏斜陽暮」、「郴江幸自繞郴山，爲誰流
下瀟湘去」可知。詞中所寄託的是遭遇貶謫之後，極度悲觀絕望的心
情。

　　首三句以象喻的手法，傳釋處身混沌困境的心情，也是全詞要旨
所在。「霧失樓臺」，在濃霧中迷失了方向，不知樓臺何在？樓臺象
徵生命的中心、定點，足以安頓身心、抵禦虛無的所在；或如葉嘉
瑩先生所言，指崇高遠大的境界，內心嚮慕與追尋的理想，但如今
已被濃霧吞噬，茫然失落。[99]「月迷津渡」，在慘淡的月光下，一片
迷濛，渡口何在，遍尋不著。津渡，意即渡口，藉以逃離困境的出
口，但是在朦朧月色中，亦渺茫難尋。「桃源望斷無尋處」，桃源用
陶淵明〈桃花源記〉典故，尋尋覓覓望眼欲穿，無奈美好樂園終究已
經失落，無處可尋。以上可見，隨著遭遇貶謫，秦觀的內心也墜入黑
暗深淵，無助的在其中承受一次次尋求救贖卻終歸徒勞的打擊，不得
不逼自己承認，生命中的美好、夢想、樂園都已失去，留下的只有逃
不出去的困境。

　　刻畫心境之後，「可堪孤館閉春寒，杜鵑聲裏斜陽暮」則是寫出
現實處境。「可堪」，怎堪，痛苦已逼臨極限，超出負荷，難以承
受。拘禁於郴州館舍中，「閉」字有雙重指涉，一是自我封閉，自
囚自傷，二是館舍爲料峭春寒籠罩，封閉於化不開的寒意之中，而
除了春日之寒，或許亦指人情之冷淡與處境之孤寒。館舍之外，斜

99　葉嘉瑩：《北宋名家詞選講》（北京：北京大學出版社，2007）。

陽西沉，最後的光芒將爲夜色吞噬，杜鵑啼聲，淒苦難聽，「不如歸去」除了觸動其不甘流離亟欲回歸的心情，所含典故亦是饒富意蘊，「望帝春心託杜鵑」，[100]來自揚雄《蜀王本紀》，望帝杜宇失去了所有，一段悲傷的失樂園故事，回應前三句樂園盡逝的絕望心情。

　　下片首二句亦是用典。「驛寄梅花」，南朝盛弘之《荊州記》載，陸凱與范曄友善，後范曄至長安，當江南梅花開時，陸凱折梅相贈，託付驛使，且寄詩一首：「折梅逢驛使，寄與隴頭人。江南無所有，聊贈一枝春。」除了遙寄相思，更盼望江南的春意能溫暖處身荒寒北地的友人。至於「魚傳尺素」，來自漢樂府〈飲馬長城窟行〉：「客從遠方來，遺我雙鯉魚。呼兒烹鯉魚，中有尺素書。長跪讀素書，書中竟何如。上言加餐食，下言長相憶。」亦是遙遠的相思，珍重心意的傳遞。二句言至親好友之間的書信往來，如抒發心情的出口，然而對秦觀而言，這些書信不僅無法解慰沉重心情，相反的，卻是「砌成此恨無重數」。或許他人的關切問候有時眞的無法減輕當事人的痛苦，或者彼此往來所訴說的盡是貶謫流離、相愛離居的痛恨；又或者貶謫之後憂讒畏譏，信中壓抑吞吐，難以一抒憤懣，反而字字句句更是提醒如今悲慘不堪的境遇，因此更增愁恨。無形的恨，卻能堆砌，且堆得「無重數」，秦觀就這般的將自己困鎖在以高高的恨牆所築起的愁城中，而此數句又再度回應前三句，茫然不見出口的困境。

　　最後二句，則是在愁恨絕望中，逼出了無理的「天問」：「郴江幸自繞郴山，爲誰流下瀟湘去？」郴江即郴水，源自郴山，北流匯入耒水，再北流於衡陽匯入湘水，而瀟水則是於零陵流入湘水，詞中的瀟湘即指湘水。此是郴州境內的河川流勢，自然而成，並非人爲，秦觀的質問顯得不可理喻，但也透露內心的積憤已到極點，以致於衝

---

100 李商隱〈錦瑟〉。

決了理性。郴山，郴江的源頭，象徵生命的初始，純淨的初衷，渴望守護與成就的理想境界，或者生命中的美好樂園；郴江則是秦觀的自我比喻，隨著北流而匯入其他河流，以致終於消失不存，如同隨著連遭貶謫，與自己的初衷漸行漸遠，終於流離失所，惘然迷失。此與全詞前三句所言黑暗吞噬，茫然自失的情境亦首尾呼應。郴山，正如「樓臺」、「津渡」、「桃源」，如今都已遠隔、都已失去。「爲誰」二字，控訴現實的無理與無情，那擺弄命運的手，總是躲在高處、藏在暗處，教人如何反擊？向誰控訴？

　　據說東坡極愛此詞最後二句，曾書之於扇，並云：「少游已矣！雖萬人何贖！」或許這備受摧折卻無處反擊的心情，東坡屢遭險難，也是感觸極深。

八、周邦彥：軟媚纏綿，氣魄渾厚

周邦彥（1056-1121），字清眞，錢塘人。在宋代詞史上，被視爲「結北開南」的作家，集北宋之大成，而下啓南宋，不僅爲南宋詞人典範，對格律派詞人姜夔、吳文英等尤具影響。

周邦彥之前的北宋詞人，大抵可分南唐、《花間》兩個系統。晏殊、歐陽修承南唐馮延巳，流連光景之餘亦以詞抒寫情志，而形式以小令爲主。至張先、蘇軾，則間以長調抒詠，且與個人經歷更加結合，但張先長調猶傷破碎，東坡以詩爲詞，逾越邊界，音律或往往不協。至周邦彥，歌詠風月之餘亦抒寫宦情，而小令長調兼擅，結構精整，嚴於格律，可謂去各家之所短而集其所長。另一方面，晏幾道爲《花間》遺響，內容多爲風花雪月、兒女相思，而形式以小令居多。柳永爲長調作手，羈旅傷離、纏綿心曲層層鋪敍，更添韻致，然風格近俗。秦觀以清淡幽雅之筆，一掃柳永俗豔之習，但風格卻傷於柔弱。至周邦彥，則「於軟媚中有氣魄」，[101]即使書寫相思怨別兒女情長之類的香軟題材，亦顯渾厚和雅，頓挫沉鬱。

從北宋詞的發展歷程觀照，在形式、題材及風格等方面，周邦彥集大成的地位當之無愧。此外，精審音律、琢磨字句、細密勾勒，詞作的布局結構、脈絡組織皆經過精密的構思安排，使詞作縝密典麗、富豔精工，成爲南宋格律派詞人的典範，而詞自此也由北宋的疏宕、眞率、自然，漸趨致密、深曲與雕琢。

周邦彥於詞史卓有成就，而於仕途上，雖有獻〈汴都賦〉於神宗，自太學諸生擢爲太學正的戲劇性開始，但早期官宦生涯略受黨爭影響，漂泊州郡，至徽宗朝始漸顯達，然依舊宦海漂流。在官場與文壇，周邦彥在當時皆是邊緣人物，詞作雖爲南宋詞人再三唱和，且至

---

[101] 張炎《詞源》。

元朝仍傳唱流行，但其生前並無與人密切結交、唱和的跡象。[102]

〈瑞龍吟〉

章臺路。還見褪粉梅梢，試花桃樹。愔愔坊陌人家，定巢燕子，歸來舊處。　　黯凝竚。因念箇人癡小，乍窺門戶。侵晨淺約宮黃，障風映袖，盈盈笑語。　　前度劉郎重到，訪鄰尋里，同時歌舞。唯有舊家秋娘，聲價如故。吟箋賦筆，猶記燕臺句。知誰伴、名園露飲，東城閒步。事與孤鴻去。探春盡是，傷離意緒。官柳低金縷。歸騎晚、纖纖池塘飛雨。斷腸院落，一簾風絮。

　　〈瑞龍吟〉詞調共分三段，第一、二段字數、句式、格律皆同，而與第三段有別，此類詞調因形式頗具特色，具有專屬名稱，稱「雙拽頭」。周邦彥這闋〈瑞龍吟〉寫人面桃花故事，第一段寫景，第二段寫人，第三段敘事；時間則是第一段寫今，第二段寫昔，第三段再回到眼前當下，至於其情思脈絡，則是來回流轉於今昔之間。

　　「章臺路」，在長安，漢代時是秦樓楚館歌臺舞榭聚集之處，於唐宋詞中常作爲煙花巷陌、風月情濃之地的代稱。詞一開始，即以「章臺路」構設全詞所敘故事的主要場景，點出了全詞與風月之情相關的主題，也引出以下空間景物的書寫。「還見褪粉梅梢，試花桃樹」，還見，又見，暗示詞中主角乃是舊地重回，與第一段最後的「歸來舊處」及第三段開頭的「前度劉郎重到」相爲呼應。重回舊

102 王強：《周邦彥詞新釋輯評》（北京：中國書店，2006）、蕭鵬：《宋詞通史》（南京：鳳凰出版社，2013）。

地，所見景物是粉白色的梅花自樹梢輕輕墜落，而豔紅色的桃花則是含羞帶怯，正嘗試綻放。詞人以花象細致的呈現多去春回的季節風景，而桃花之為物，則又有愛情的暗示。「愔愔坊陌人家」呼應「章臺路」，坊陌即坊曲，歌妓所居之處；愔愔形容寂靜，從前兩句花的色彩與開落清晰可見，可知此時應是白天，而按管調弦、繁聲淫奏、輕歌曼舞通常都在夜晚展開，因此此時仍是一片寂靜。最後，由「人家」又引出下句「定巢燕子，歸來舊處」，去年在此築巢的燕子隨著大地春回再度回歸，而春燕歸來，也暗指曾經離去的人如今再度重回。

　　「黯凝佇」，承接人重回舊地，對其形象的摹寫。在觀覽眼前熟悉中透著幾分陌生的風景之後，他黯然凝神佇立，思緒也不覺流向了往昔。於是，記憶中天真嬌麗的身影浮現，「因念箇人癡小」，年紀尚輕，涉世尚淺，一派天真。她初來乍到，對此地的一切還充滿好奇，「乍窺門戶」便是捕捉她偷偷望向門外好奇探索的眼神，天真而羞怯的神情與首段的「試花桃樹」略相呼應。「侵晨淺約宮黃」，則是她臉上的妝，在清晨，在額頭上輕輕抹上鮮黃的脂粉，是當時流行的彩妝，自宮裡流傳，廣為宮人喜愛，因此稱「宮黃」，又稱「額黃」。然而最引人目光的，還是她自然流露的神情意態，「障風映袖，盈盈笑語」，以袖擋風，露出半邊的臉龐，在晨光的掩映下更見姣美，時而與人細語，臉上是盈盈笑意，可想見「巧笑倩兮」[103]的嬌柔神韻。在未察覺有人觀看的情況下，人的行動舉止、言語神情都是最自然真實，也最透露其心性氣質，此時觀者所觸動的也往往是內心最純粹的情意。這位天真爛漫的歌妓，正是他如今重尋的原因。

　　「前度劉郎重到」，從字面看是用劉禹錫〈再遊玄都觀絕句〉典故：「種桃道士歸何處，前度劉郎今又來。」但如就其內蘊意旨，則是用劉義慶《幽明錄》「劉晨阮肇」故事，離開天台桃源的人，

---

103 《詩·衛風·碩人》。

如今又重回舊地。[104]詞人運用想像，改創故事，同時也承繼中唐以來世俗化遊仙詩的傳統，以仙境作爲風月流連之地的隱喻。[105]「訪鄰尋里，同時歌舞」寫其重返之後到處探尋，尋訪與她同時演藝歌舞的友伴，打聽她的消息，她在何處？然而所得到的回答盡是「唯有舊家秋娘，聲價如故」，亦即這裡的一切都變了，不變的是當時最走紅的歌妓，如今依然聲價不墜，言下之意，或許是指引他前去欣賞，當紅歌妓的精湛歌藝足以取代他想尋找的人。

然而對他而言，她卻是誰也取代不了。「吟箋賦筆，猶記燕臺句」說明了原因。「燕臺」，即〈燕臺四首〉，晚唐詩人李商隱年輕時的詩篇，訴說對一段純粹至美之情的無悔追尋。這一組浪漫唯美的詩篇曾爲詩人召喚了一位特別的少女知音 —— 柳枝。在〈柳枝五首〉序中，記存了與柳枝的一段奇緣：

> 柳枝，洛中里娘也。父饒好賈，風波死湖上。其母不念他兒子，獨念柳枝。生十七年，塗妝綰髻未嘗竟，已復起去。吹葉嚼蕊，調絲擫管，作海天風濤之曲，幽憶怨斷之音。居其傍，與其家接，故往來者，聞十年尚相與。疑其醉眠夢斷不聘。余從昆讓山，比柳枝居爲近。他日春曾陰，讓山下馬柳枝南柳下，詠余〈燕臺〉詩。柳枝驚問：「誰人有此？誰人爲是？」讓山謂曰：「此吾里中少年叔耳。」柳枝手斷長帶，結讓山爲贈叔乞詩。明日，余比馬出其巷。柳枝丫鬟畢妝，抱立扇下，

---

104 劉義慶《幽明錄》「劉晨阮肇」敘述東漢時劉、阮二人相約上天台山取穀皮，但在山中迷路，誤入桃源仙境，並在其中娶仙女爲妻。半年後，因思鄉而離開桃源，然重回故鄉後，發現景物、人事皆已改觀。一問之下，已是東晉時候。二人後來不知所蹤，唯詞作改創故事。

105 李豐楙：〈唐人遊仙詩的傳承與創新〉，《憂與遊：六朝隋唐遊仙詩論集》（臺北：臺灣學生書局，1996）。

風障一袖，指曰：「若叔是？後三日，鄰當去濺裙水
上，以博山香待，與郎俱過。」余諾之。會所友有偕當
詣京師者，戲盜余臥裝以先，不果留。雪中讓山至，且
曰：「為東諸侯取去矣。」明年，讓山復東，相背於戲
上，因寓詩以墨其故處云。

柳枝是一位洛陽女子，父親經商，不幸死於船難，由於母親特別寵
愛，以致於藝術家一般的瘋魔性格毫不受控的自然長成。柳枝經常是
妝畫一半、頭髮梳一半，就跑到園子裡玩弄花草，玩弄樂器，而演奏
的曲子聽來竟有如「海天風濤之曲，幽憶怨斷之音」，旋律飛揚，波
瀾壯闊，卻又情思迴盪，如怨如慕，可見是典型的活在自己世界裡的
浪漫天才。只是人們看她瘋癲的模樣，以為她醉生夢死，不像正常女
孩，因此一直無人上門談論婚嫁。

　　李商隱的堂兄弟李讓山與柳枝家比鄰而居，一日，返家時繫馬於
門前柳樹下，隨興吟起李商隱的〈燕臺四首〉，詩中執著癡迷的情懷
打動了柳枝，連忙奪門而出，驚問是何人所作？讓山不敢相瞞，柳
枝也立即以衣帶打了同心結作為信物，託其代為傳達，乞求贈與詩
歌。隔天，讓山帶著李商隱來到柳枝家門前，而她也早已梳好頭髮化
好了妝，以難得正常整齊的模樣在門前等候，一見李商隱，即提出邀
約，三日之後，洛水相見。李商隱應允了，然而也失約了。原本約
好擇期同去長安的友人提早出發，半開玩笑的將他的行李也一併帶
走，為了追回行李，只好匆匆的一路追到長安。因此三日之後，洛水
畔，只見柳枝孤單等待的身影，等待不會出現的詩人。同年冬天，李
讓山也來到長安，告訴李商隱柳枝已為東諸侯娶去。一次的失約，成
了永遠的失去，留下的是美麗的遺憾。

　　清真詞第二段中，對那位歌妓的形容描述，無論是天真癡傻的神
韻或障風映袖的姿態，都疊映著柳枝的身影；此處用典，是藉以說明
她如柳枝一般，深具靈性，能吟詠創作，才具非凡，而且與他相為知

音，遠超乎一般男女風月之情，因此她是如此無可取代，使他念念難忘，渴望尋回。只是如今重回舊地，她卻已經離去，如柳枝般已屬於他人。「知誰伴、名園露飲，東城閒步」道出了失去的悵惘，有誰知道她如今正陪伴著何人，在名園露飲，在東城閒步？露飲，脫去帽子或頭巾露頂而飲，以示放曠灑脫；東城則是洛陽。想像著她如今的處境，在距離遠隔的無奈中依然帶著憐惜。

　　無論她在誰身旁，他終究已失去了她。「事與孤鴻去」，這一段情事已隨孤鴻飄逝，「孤」字透露此時憑弔往事的孤單，也暗自追想，當她離開時，是否也是如此孤單的與這段感情告別？「探春盡是，傷離意緒」，探春，意指這一次的重尋，原是想尋回如春日般美好的她，怎知卻是贏得滿懷離情別緒，「傷離意緒」引出其後「官柳低金縷」，柳是離別象徵，官道旁的柳樹，金黃色的柳絲無力低垂，景中有情，暗示這是一段離去的路程，也是一段離別的路程，除了透露他正走上歸途，離開這重尋之地，與此同時，也正與這一段感情黯然告別。「歸騎晚，纖纖池塘飛雨。斷腸院落，一簾風絮」，歸來之後，天色已晚，只見纖纖細雨飛落池塘，一如她已消逝人海，茫茫不見，而簾外的院落，飛絮隨風，滿目淒迷，望之尤使人斷腸。詞以景結情，失去了她，對他而言春天也隨之匆匆逝去，徒留滿懷悵惘，如風絮迷濛飄散，茫然無託。

　　人面桃花的故事，以詩詞書寫，以小令、長調表現，各有不同的手法與風格。晏幾道〈御街行〉（街南綠樹）以小令營造迷離惝恍的意境，情事以景物暗示，隱晦朦朧，然更顯重尋者流連往復，纏綿難捨。周邦彥此詞以長調書寫，景物勾勒、人物刻畫、情事鋪敘，在詞中饒有層次的展開，而時空設計尤具立體效果，同一場景，時光流盪，今昔切換。其寫情或直抒或藉景，皆鮮明可感；而敘事則迭宕轉折，營造盪氣迴腸的氣韻。雖是長篇，依然語盡情遠，餘韻悠長。

〈六醜〉薔薇謝後作

正單衣試酒，悵客裡、光陰虛擲。願春暫留，春歸如過翼。一
去無跡。為問花何在，夜來風雨，葬楚宮傾國。釵鈿墮處遺香
澤。亂點桃蹊，輕翻柳陌。多情為誰追惜。但蜂媒蝶使，時叩
窗槅。　　東園岑寂。漸蒙籠暗碧。靜遶珍叢底，成嘆息。長
條故惹行客。似牽衣待話，別情無極。殘英小、強簪巾幘。終
不似一朵，釵頭顫褭，向人欹側。漂流處、莫趁潮汐。恐斷
紅、尚有相思字，何由見得。

　　此詞調名極為特別。據周密《武林舊事》記載，周邦彥曾解說調
名典故由來：「此犯六調，皆聲之美者，然絕難歌。昔高陽氏有子六
人，才而醜，故以比之。」可見其音樂之複雜多變，曲律之美麗動
人，極考驗歌者的功力。清真此詞為宋詞史上的詠物名篇。詩家嘗
言：「詠物詩最難工。太切題則黏皮帶骨，不切題則捕風捉影。須在
不即不離之間。」[106]此詞詠物正可謂「不即不離」，不離詠物，也不
徒詠物。所詠之物雖是常見的落花，但詞人筆力萬鈞，將已然凋謝的
落花寫得生氣蓬勃、靈動多情，儼然賦予新生。

　　詞不直接寫花，而是由人寫起，且藉「單衣」、「試酒」暗示時
間。據周密《武林舊事》：「夏曆四月，酒庫呈樣嘗酒。」時值春夏
之交，氣候漸暖，多衣收藏，因此一開始即應時的描寫人物形象，正
穿著單衣，正品嘗新酒。處於季節轉換之際，又逢年年定期舉行的活
動，最容易觸動時光流逝的感慨，今春已盡，一年又過，對於客居異
鄉之人，無疑更添光陰虛擲之感。「客裡」，有雙重的指涉含意，既
是現實中的客居他鄉，亦是彷徨漂泊未能安頓的心境寫照，長久游離
在心之所嚮的場域之外，甚至茫然漂流不知所歸，眼看著青春、生命

在虛無與焦慮中耗損，內心必定滋生悵惘。如此人物處境與心境的設定，與落花的飄零處境相似，埋下同情共感、彼此憐惜、相與救贖的伏筆。

　　詞作脈絡縝密，順著時光流逝的感知，隨即引發「願春暫留」的渴求，然而現實卻是「春歸如過翼」，「一去無跡」。事與願違，緊湊的脈絡中隱含衝突的張力，顯示現實的毫不容情，時間絕不暫留，更無從逆轉。而經由「春去」的鋪墊，終於引出落花，癡心追問，春去了，花仍在嗎？暮春暗夜的風雨，早已摧得落花狼藉，紛紛凋零。在此，詞中再次顯現衝突，人的顧惜之心與無情現實的衝突，當然的人的心意依舊不敵現實的殘酷。詞人化用〈春曉〉、〈長恨歌〉等一連串的詩歌典故，[107]將花的零落過程描寫得典雅而哀豔，猶如美人無奈而淒美的死亡，傾城風姿不復可見，如今憔悴殘損，只留釵鈿委地，一片狼藉。「釵鈿墮處」，顯然將落花置於無可轉圜絕不可逆的死亡境地，然而「遺香澤」三字，卻又隱然埋下一絲重生的希望，形雖憔損委地，但一縷香魂猶存。

　　於是，接著寫落花的隨風翻飛，「亂點桃蹊」、「輕翻柳陌」原是落花隨風飛舞的自然景象，然而詞人卻賦予「多情」的心意，設想落花並非漫無目的的隨風飄蕩，而是把握最後的時光，正在多情的尋找，尋找它所顧惜的那個人，想必是真正惜花、愛花的人。「蜂媒蝶使，時叩窗槅」，詞人再度賦予自然景物以擬人的色彩、多情的想像。花季過去，蜂蝶無花可尋，因此窗裡透出的薰香更吸引牠們，誤以為花在其中，於是「時叩窗槅」。然詞人以「媒」、「使」稱之，儼然賦予任務，是代替落花傳遞訊息，只因惜花人正在窗裡。

　　過片，人物登場。接獲了訊息，走出了室外，只見園裡一片岑寂，終究是春去花落，遊人散盡，漸漸的草木扶疏，綠葉成蔭。在殘

107　孟浩然〈春曉〉：「夜來風雨聲，花落知多少。」白居易〈長恨歌〉：「宛轉蛾眉馬前死，花鈿委地無人收。」

花委地的花叢間，他無言徘徊，唯有輕嘆。然而縱使花已零落，薔薇花樹卻依舊多情，多刺的枝椏絆住了衣袖，現實中使人備感困擾的狀況，詞人卻又賦予多情的擬想，「似牽衣待話，別情無極」，想像花樹猶如純情可愛的少女，在臨別之際離情依依，含辭欲吐，不忍放手，教人不得不心生憐惜，為它停留，也為它作出了回應。只是「殘英小，強簪巾幘」，溫柔之舉所證實的仍是殘酷的事實，「終不似一朵，釵頭顫裊，向人欹側」，花落了，無論如何再也比不上盛開的花朵鮮妍多姿，為人增豔。此時，花樹有情，也應黯然，而人也黯然。

　　透過花與人的互動，彼此情意可感，也因此詞並沒有終結在悲戚絕望之中，而是惜花人的殷切叮嚀，縱使零落卻不能自傷自棄，隨波逐流，落花雖已不適於插戴髮鬢為人增豔，卻仍能承載情意，為人傳情。詞人最後化用晚唐范攄《雲溪友議》「紅葉題詩」典故，盧渥是晚唐宣宗時人，某日，在御溝邊盤桓，忽見紅葉隨著御溝流水流出宮外，葉上有詩：「流水何太急，深宮竟日閒。殷勤謝紅葉，好去到人間。」原是一位宮女遭悶所作，人在宮中不得自由，至少這份情思能夠隨著紅葉流向宮外，得享人間的自在。盧渥看著詩好，遂拾取收藏。後來，宣宗遣放一批宮女出宮，盧渥也成了親。一日興來，取題詩紅葉與妻子共賞，才意外得知正是妻子為宮女時所作。一段奇緣，因一片死去的紅葉而成就，落花又何嘗不能。若是輕易隨著潮汐浮沉而去，那麼花瓣上承載的情意，又如何傳達，如何被看見？看來詞中的惜花人是在花瓣上題下了美麗的詩篇，賦予了情意，傳達了心思。

　　清真詞「於軟媚中有氣魄」，[108]詞詠落花，題材纖柔軟媚，但整體風格卻顯得沉鬱頓挫、迭宕起伏、氣魄渾厚，真可謂備極剛柔。生命的流逝、無情的現實，與護惜的本能、深情的力量，在詞中交織頡

---

[108] 張炎《詞源》。

頑，構成全詞的主旋律。落花遊子，飄零天地，偶然相會，惺惺相惜。而從詞中更使人感悟，形體存在只是「活著」的形式之一，有些生命可能在形體凋零、消逝之後依舊「活著」，乃至真正的「活著」，成就生命的更純粹美好境界。詞中的落花如此，賦予落花新生的美麗詞篇、創作心靈，又何嘗不是如此？

〈滿庭芳〉 夏日溧水無想山作

風老鶯雛，雨肥梅子，午陰嘉樹清圓。地卑山近，衣潤費爐煙。人靜烏鳶自樂，小橋外、新淥濺濺。憑欄久、黃蘆苦竹，疑泛九江船。　　年年。如社燕，飄流瀚海，來寄修椽。且莫思身外，長近尊前。憔悴江南倦客，不堪聽、急管繁絃。歌筵畔，先安簟枕，容我醉時眠。

　　哲宗元祐八年至紹聖三年（1093-1096）間，清真調任溧水縣令，詞即作於此時。溧水，近金陵，即今南京，據元張鉉《至大金陵志》：「無想山在州南十八里，有禪寂院，院中有韓熙載書堂。」禪寂院，又名無想寺。任溧水縣令時清真正當盛年，入仕未久，然宦海漂泊之感、棲遲零落之悲已見於詞中。

　　詞以上片寫景，下片抒情，景中有情，同時上片的景物描寫也為下片的抒情作了鋪墊。上片景中，透露哀樂迭宕的心情變化，更貼切的說，是欲藉樂景忘憂而不得，心情始終慣性般的跌墜於愁悶之中；而下片的抒情則是與之相反，在極度苦悶的驅迫下，直言渴望醉以忘憂，乃至逃脫到沉睡的世界裡，躲避醒時的愁思纏擾。

　　「風老鶯雛，雨肥梅子，午陰嘉樹清圓」，詞一開始即是初夏的怡人景色。「老」與「肥」皆作動詞用，清真也用得十分可愛，傳神的刻畫雛鶯在春風的照拂下逐漸成長，梅子在春雨的滋潤中變得渾圓飽滿的景象，且二者皆與樹有關，因此順勢寫出山中的樹景，同樣隨

著節候變化，綠蔭婆娑，在午後陽光映照下，更顯清潤幽美。

　　以上三句呈現了自然的哺育力量，以及生命成長的律動。然而自「地卑山近，衣潤費爐煙」之後，「人」逐漸介入景中。對人而言，或者對清眞這位異鄉客而言，溧水的自然環境稍稍帶來不適之感，地勢低，又靠近山，濕氣略重，衣服容易受潮，因此熏衣時頗費爐煙。「費」字說得輕描淡寫，卻含蓄地吐露難以適應的心情。就景的描寫角度，自無想山中俯瞰溧水縣城，也應是爐煙縹緲，景致迷濛，多少呼應詞人舒展不開的鬱悶心境。

　　在視景的描寫之後，漸漸的，有聲音傳響，詞人再度將注意力轉移至山林景致。「人靜烏鳶自樂，小橋外、新淥濺濺」，沒有人聲的干擾，山中鳶鳥自然自得其樂，翱翔山林的振羽之聲或者各種啼聲時時可聞；此外，自山中更傳來潺潺水聲，清新悅耳，彷彿無限的生機蓬勃湧現，予人愉悅感受，身心的負累也能藉以清滌。自「小橋」又引出以下的「憑欄」，詞的重心也逐漸從景轉移到人，上述的景皆是人在小橋上憑欄所見、所聞。

　　「憑欄久、黃蘆苦竹，疑泛九江船」，詞人於橋上佇立良久，不覺間，眼前的景象卻彷彿蒙上了一層幻影。「黃蘆苦竹」、「九江船」典出白居易〈琵琶行〉：「住近湓江地低濕，黃蘆苦竹繞宅生。」湓江，九江水名。「疑」字一本作「擬」，然而作「疑」似乎更能傳釋詞人當下幻影般的視覺感受，亦即眼前所見的溧水景象，恍然間，疑似變成白居易詩中的江州之景，黃蘆苦竹叢生，滿目荒枯蒼冷。如此奇幻的視景變化也許來自兩地同樣的「地低濕」，但詞人更想說的，應是「同是天涯淪落人」[109]的心情，眼前縱使麗景怡人，但所觸動的卻是謫居般的寥落與苦悶。

　　過片，以南北漂泊的社燕自比。「年年。如社燕，飄流瀚海，來寄修椽」，社，指春社、秋社，分別是立春、立秋之後的第五個戊

---

[109] 白居易〈琵琶行〉。

日，祭祀土地神的日子。古人觀察，燕子大約在春社日前後從南方飛回，而在秋社日前後飛去南方，因稱社燕。候鳥遷移，看似自然，但在詞人眼中卻身不由己。「瀚海」、「修椽」皆暗示宦海漂流的心境，飛翔時如處身無際沙漠，去向何方，一片茫然；樓居時也是寄人籬下，未曾安穩，又不知何時將遭到驅趕。處境如此不堪，卻又難以脫身，因此能做的也只有藉酒沉醉，藉以逃避思緒的牽纏。「且莫思身外，長近尊前」化用杜詩「莫思身外無窮事，且盡生前有限杯。」[110]與詩聖同情共感，結為古今知音，或許能稍稍稀釋無解的胸中苦悶。

　　自「尊前」順勢引出以下的「急管繁絃」與「歌筵」。「憔悴江南倦客，不堪聽、急管繁絃。歌筵畔，先安簟枕，容我醉時眠」，詞人是錢塘人，因此自稱江南倦客，「倦」字終於一吐藏蟄於詞景中的心情，不復含蓄壓抑。一場聊以忘憂的酒筵歌席即將展開，而深具音樂素養的詞人，自然也謝絕了聲情激越嘈雜駭耳徒擾人心的樂曲，此時，溫柔和緩的歌聲或許更是帶來撫慰的選擇。然而，即使是溫柔歌聲也無法留住詞人渴求脫逃的意念，藉著陶潛「我醉欲眠卿可去」[111]的狂放之語，詞人再度吐露倦漠的心情，只求一醉，渴望沉睡，好讓自己在不得自由的處境中，能貪得些許擺脫牽絆、任性自得的滋味。

　　官場，或者有一些場域，總是引人習慣性的熱中追尋，然而一旦遂其所願，處身其中，卻又常感到疲憊厭倦，渴望脫逃。是場域的特殊背景使然，還是追尋者自身的盲目？而如此反覆重演的經驗，是否也透露著人類的根性？

[110] 杜甫〈絕句漫興九首〉其四。
[111] 《宋書‧陶淵明傳》。

〈夜遊宮〉

葉下斜陽照水。捲輕浪、沉沉千里。橋上酸風射眸子。立多時，看黃昏，燈火市。　　古屋寒窗底。聽幾片、井桐飛墜。不戀單衾再三起。有誰知，為蕭娘，書一紙。

　　此詞脈絡由景及人，由外而內，由果而因，其層層遞進的手法一如柳永的〈婆羅門令〉（昨宵裡）、晏幾道的〈御街行〉（街南綠樹），彷彿說故事般的娓娓道來，特具啟人疑竇耐人尋味的效果。詞中首先以景物暗示人物的失魂落魄、輾轉反側，最後才終於揭露所以如此煎熬的原因，讓讀者在發現與理解之餘，也不禁感到同情。

　　上片景物以視覺為主。「葉下斜陽照水。捲輕浪、沉沉千里」，「葉下」典出《九歌‧湘夫人》：「嫋嫋兮秋風，洞庭波兮木葉下。」葉落，與風有關，呼應其後的「酸風」。風吹葉落，落入斜陽映照的水面上，隨之被浪花輕捲而去，沉入水中，流向千里之外。長日將盡、逝水難返，如此景象予人即將結束、正在消逝的預感。同時，景是變動的，透過其由上而下、由近而遠的視線轉移，也暗示景中有人，正在觀看，於是脈絡由景及人，「橋上酸風射眸子」，以上的景皆是人在橋上所望，在起風的暮色中。「酸風射眸子」用李賀〈金銅仙人辭漢歌〉「東關酸風射眸子」典故。風呼應落葉，而酸則具腐蝕性，酸風刺骨，備增人在風中的淒冷入骨之感，何況射入眼眸，更是酸澀難忍，然而即便如此，他依舊佇立良久，「立多時，看黃昏，燈火市」，彷彿對酸風射眼、時間流逝皆麻木無感，失魂落魄的凝望形象，透露其心事重重。

　　上片以「斜陽」、「黃昏」、「燈火」，串聯起時間脈絡，暗示其癡然凝望，忘卻時間，直到夜幕降臨。此時華燈初上，然而看來溫暖的人間風景仍與他一水相隔，並不處身其中。過片，時間延續，換了場景。「古屋寒窗底。聽幾片、井桐飛墜」，終於回到自己的家屋，「古屋寒窗」，與世隔絕一般，淒寒冷落，與「燈火市」形成鮮

明對比。此時，落葉再度出現，與上片不同的是並非目見，而是耳聞，因為人在屋裡，在暗夜中，寒風打窗，也吹落了井邊的梧桐樹葉，一片一片，聲響持續，暗示他的聆聽也持續，輾轉反側，未曾入眠。

透過所見、所觸、所聞等感官暗示，詞中人物的落寞心境已清楚可感，至「不戀單衾再三起」則具體刻畫其形象，寒風冷夜最宜擁衾入眠，然而卻是再三起身，「有誰知」進一步透露其心事無人可說或難以與人言說，只能獨自承受，益顯沉重，也為其失魂落魄、輾轉反側預作解釋，直到最後，「為蕭娘，書一紙」，才終於吐露原因，所有的煎熬都為了那一封書信。

「風流才子多春思，腸斷蕭娘一紙書。」[112]情事折磨、令人腸斷。雖然詞中並未明說信是蕭娘寄來，或是準備寄與蕭娘，但上下片一開始所呈現的落葉意象，流向千里、落入井中，皆不難想見信中所寫，是業已斷離再難挽回的一段情感。

〈浣溪沙〉

樓上晴天碧四垂。樓前芳草接天涯。勸君莫上最高梯。　　新筍已成堂下竹，落花都上燕巢泥。忍聽臨表杜鵑啼。

遊子思鄉、登高望遠，是文學常見的主題，清真此詞在陳舊主題中加入新意，不只鄉思煎熬，更添光陰虛擲、濩落無成的焦慮之感。

詞上、下片皆以前二句寫景，最後一句抒寫心情。上片的景為遠景，登樓遠望，視線由上而下，由近而遠，但見晴空籠罩，芳草連天，即便是窮盡目力，但極遠之處也只見天地相接，而故鄉依舊遠

---

112 楊巨源〈崔娘詩〉。

隔，渺茫難見，因此逼出「勸君莫上最高梯」的徒然之嘆。

　　下片則寫近景，呼應上片的芳草連天，景中暗含著時序。新筍成竹、落花成泥、林表鵑啼，皆是暮春初夏之景，尤其杜鵑聲聲，「不如歸去」，聽來更是淒厲難忍。而除了交代時序，「已成」、「都上」，物態的變化除顯示時間流逝，更透露遊子內心的感觸與焦慮。綠竹依時而成長，已成綠蔭，即便凋逝的花朵也已化作春泥，築成燕巢，成其所用，有若重生；襯托之下，羈旅異鄉的遊子卻似一事無成，也因此聲聲鵑啼所寄託的不只是思鄉情緒，更是生命流轉、棲遲寥落的悲慨。

　　家鄉是一個矛盾的地方。讓人在失意流落時，本能的渴望歸去，它具有不應質疑的包容性；但家鄉也是一個對人有所期待，帶來壓力的所在。衣錦還鄉，是每一個遊子的夢想，但又有多少失意遊子，徘徊在思鄉情切與近鄉情怯的矛盾之間，甚或逡巡流離，難以重回？

伍

南宋詞選

　　詞至南宋，詞家詞作數量都遠多於北宋，顯示詞在南宋之後更爲普及，成爲文人創作的流行體裁，詞集序跋、詞話、單篇詞學論述之外，論詞專著的出現，也顯示文人除了創作，亦熱中於詞的省思與討論。

　　儘管塡詞者眾，詞作倍增，但以比例而言，詞家面貌多數模糊，風格不顯，不似北宋諸名家之個性鮮明，風格顯露。其顯著原因是酬酢唱和或運用於實際社交場合如壽詞之類的作品大量增加，其中雖不無佳作，但多數不具眞實情感，字面富麗，內容空乏。於此類歌詞之外，受世變影響，歷經喪亂者，以詞敘寫流離；關顧國事者，以詞慷慨悲歌；至如浸淫音律之所謂「專業文人」，[1]則大多受清眞影響，琢磨樂調、精煉字句，縝密構思，營造或清空或密麗等前所未有的獨特風格，相較之下，更能代表南宋詞的成就。

1　村上哲見：《宋詞研究》（上海：上海古籍出版社，2012）。

一、李清照：揮灑俊逸，別是一家

中國詞史乃至文學史上，不讓鬚眉的代表，當推李清照（1084-約1155）為第一。

清照一生可以欽宗靖康二年（1127）為界。出身官宦之家、書香門第，父母皆具文學素養，使其清奇不凡的才華得以不受約束，盡情展現，除了詩詞文章，書畫亦佳。十八歲嫁與趙明誠，二人志趣相投，除了鶼鰈情深，更是靈魂伴侶。

自靖康之難，倉皇南渡，當趙明誠在時，尚能安穩度日，仍有閒情賞雪賦詩，有機會雙雙歸隱江湖。然趙明誠病故之後，清照不僅國破家亡，內心也頓失所依，從此開始避亂、遇盜、改嫁、離婚、下獄，[2]流離異鄉又飽受譏議的暮年歲月。

清照詞依生平分前、後期。前期多寫少女時期生活、心情，或與趙明誠的遠別相思，風格清新馨逸；後期則多為流離之痛、死別之悲與滄桑之感，風格酸楚悲涼。清照女子作閨音，詞中呈現的自我形象，與男性詞人筆下理想化或者夢想化的女性形象存在差異，即便同寫相思、怨別、等待，表現的姿態與心思皆更加鮮活細膩，更近真實。

詞作之外，清照作有〈詞論〉一篇，歷述唐五代至北宋歌詞發展，評議重要詞人詞作風格短長，並提出詞「別是一家」的主張，為宋代詞學史重要文獻。

2　按宋代法律，告發周親尊長、外祖父母、夫、夫之祖父母者，「雖得實，徒二年」，清照告發張汝舟罪，始得離異，也因此需服刑二年，幸得友人相救，「居圄圉者九日」。見李清照：〈投翰林學士綦崇禮啓〉。

〈如夢令〉

昨夜雨疏風驟。濃睡不消殘酒。試問捲簾人，卻道海棠依舊。知否。知否。應是綠肥紅瘦。

「昨夜三更雨，今朝一陣寒。海棠花在否，側臥捲簾看。」易安這闋膾炙人口的小詞，興許是從韓偓〈懶起〉這首詩中得到靈感，稍加變化，帶著些許遣玩的性質，或者藉以抒發傷春惜花、感慨流年的心情。

詞的時間，從昨夜延續到今晨，空間則有室內室外之分，人物共有二人，彼此有對話，且對話的意見還互相衝突，有所辯詰。在一闋短短小令中能夠容納如此豐富的內容，可見易安駕馭詞體的功力。然而，在字面意義的解讀之外，這闋詞最啟人疑竇耐人尋味的是，到底真相為何？亦即究竟是「海棠依舊」？還是「綠肥紅瘦」？

一直以來，多數讀者願意相信「綠肥紅瘦」，因為歷經一夜「雨疏風驟」，或者因為詞中發話者想當然耳是李清照本人，詞人的意見自然可信，更加上「綠肥紅瘦」的生動形容，無疑要比「海棠依舊」的含混模糊來得更具說服力。也因此，捲簾人的回答通常不被採信，而其所以如此回應，有人認為她在敷衍，沒有看仔細，漫不經心；有人則認為她是故意說了善意謊言，好安撫詞人的心。

在希臘神話中，特洛伊城的公主卡桑德拉（Cassandra）曾與太陽神阿波羅（Apollo）相戀，並且得到神所賜予的預言能力。然而在戀情生變之後，阿波羅所給予的懲罰不是收回預言能力，而是讓她的預言永遠不被相信，從此活在所見的真相所說的話語一概被當成謊言的痛苦中。這闋詞裡的捲簾人，隨著詞作的流傳與解讀，似乎就一直蒙受著這樣的責難和冤屈。

就詞論詞，以詞中二人的狀況看來，發話者（未必是李清照本人）還處於宿醉狀態，也並沒有親眼看見窗外的海棠花；相對的，捲簾人是清醒的，她就站在窗邊，正在捲簾，她看見了（如果沒看

見，發話者也不會問她）。從客觀的條件研判，誰的意見可信應是毋庸爭論；更何況從昨夜到今晨，發話者有一段時間並「不在場」，她醉了，「濃睡」，沉沉睡去，所以「昨夜」睡前的「雨疏風驟」也可能在她沉睡時已經停息，從「昨夜雨疏風驟」可見，顯然風狂雨急是昨夜的事，因此她所作的主觀推論只是憑睡前留下的印象而已，風雨短暫，所以捲簾人所見所說的「海棠依舊」，其實不無可能。

一千多年過去了，海棠如何已不是值得關切的重點，但是這一闋詞以及關於它的解讀，卻仍引人省思。對於捲簾人，人微言輕，看見實情、說出真相卻不被相信，如被神懲罰的卡桑德拉，同時也令人想起「盲人國」的寓言，在所有人都看不見的國家裡，看得見的人是有罪的。而關於詞中所設定的發話者（未必是李清照，再度強調），並沒有全程參與，親眼見證，但憑片段印象即斷然否定他人意見，作了主觀推論，如此的作為其實極易產生偏差，也未嘗不危險。或者，對某些人而言，真相如何並不重要，他要的是自己主觀認定的「真相」，同時也要他人背書，一起相信。

〈醉花陰〉

薄霧濃雲愁永晝。瑞腦銷金獸。佳節又重陽。玉枕紗廚，半夜涼初透。　　東籬把酒黃昏後。有暗香盈袖。莫道不銷魂。簾捲西風，人比黃花瘦。

全詞主旨為「每逢佳節倍思親」。[3] 上片以「佳節又重陽」為界，前後二句分別描寫白天及夜晚眼看著重陽佳節又將來臨的心情，下片則承接「重陽」，佳節終於到來，終究還是獨自把酒東籬，賞菊思親，黯然銷魂。

3　王維〈九月九日憶山東兄弟〉。

「薄霧濃雲」指天候，雲霧籠罩，自然影響心情，更覺白日漫長，百無聊賴，而心中的愁也如雲霧般揮散不去。或者「薄霧濃雲」也與次句的「瑞腦銷金獸」呼應，瑞腦，是龍腦香，香料名，金獸則是獸形金質香爐。「薄霧濃雲」形容香爐中噴散而出的煙氣，如雲如霧，升騰繚繞，在室內薰染著芳香。若作後者解讀，則由此兩句便能想見詞人在房帷之中，靜靜看著煙香繚繞，逐漸飄散無蹤，而漫長的白日時光也隨之消磨，一如爐中的香料無聲銷蝕，心情孤單而寂寥。

透過景物，暗示時間，以此順勢引出「佳節又重陽」，「又」字透露時間流逝快速之感，交雜著惆悵與無奈，也暗示離別日久，獨自度過重陽恐非首次，因此呼應首句的「愁」，不僅因天氣影響，也來自佳節將至的焦慮與落寞。同樣的，「玉枕紗廚，半夜涼初透」，夜半襲人的涼意不僅是膚觸也是心境，亦即不僅緣自「玉枕」、「紗廚」等過時的夏日寢具無法抵擋漸濃的秋夜寒氣，也是隨著佳節將至而湧現心頭的孤寂與淒涼。

「東籬把酒黃昏後」，過片運用典故，以淡定悠然的隱士形象，包裹獨自度過重陽的心情，展現詞人的倔強氣性，但也透露難以排遣的孤獨與思念。「把酒」而非飲酒，如葉嘉瑩所言，是一種等待的姿勢，如陶淵明之「靜寄東軒，春醪獨撫」，[4]把酒臨窗的詩人看來孤獨而閑靜，內心卻是滿懷思念與期盼；[5]可見詞人自我形塑的東籬之下賞花對酒的形象，既是過節應景，也是以名士風流自賞，但更暗暗寄託佳節重聚的想望；然而「有暗香盈袖」，直至黃昏，花香都薰透了衣袖，到底是希望落空了。此處亦是用典：「庭中有奇樹，綠葉發華滋。攀條折其榮，將以遺所思。馨香盈懷袖，路遠莫致之。此物何

4　陶潛〈停雲〉—思親友也。

5　葉嘉瑩：《南宋名家詞選講》（北京：北京大學出版社，2007）。

足貴，但感別經時。」[6]香染衣袖的浪漫書寫，所寄寓的是久別的相思，也是漫長等待後的失望與無奈。

　　藉由典故的層層包裹，詞人既寄託也隱藏獨自度過佳節的落寞，同時也因百般壓抑，哀怨更是蓄積，因此最後終於按捺不住，直言「莫道不銷魂，簾捲西風，人比黃花瘦」。刻意塑造的風流瀟灑的名士形象，到底掩蓋不住內心的黯然，詞人發出了心裡最真實的聲音，當西風捲簾，寒意漸起，黃花將隨之凋零，就如人也在相思的摧迫下日漸消瘦，比凋零的黃花更見憔悴了。

　　節日的歡聚氣氛總使得形單影隻的人更顯清寂，那種落寞之感猶如被整個世界遺棄。詞人幸運的是，這樣的情懷有能懂的對象可以訴說，且訴說得如此含蓄可愛。

〈一剪梅〉

紅藕香殘玉簟秋。輕解羅裳，獨上蘭舟。雲中誰寄錦書來，雁字回時，月滿西樓。　　花自飄零水自流。一種相思，兩處閒愁。此情無計可消除，纔下眉頭，卻上心頭。

　　「紅藕香殘」是室外的景，盛夏過後蓮塘凋枯，即使香氣也漸漸淡去，「玉簟秋」則是透過室內寢具的冰涼觸覺揭示秋日的降臨。夏去秋來，季節轉換，最易感知時光的流逝，同時也容易惹起相思，因為換季，須整理衣裳，而衣裳總是載滿記憶。因此「輕解羅裳」承上啟下，一方面指隨著秋來，將盛夏所穿的羅裳收起，一方面也是為「獨上蘭舟」作準備，古人所穿的羅裙甚長，為怕沾溼，因此先將其換下。[7]

6　〈古詩十九首〉其九。

7　揚之水：〈也說「輕解羅裳」〉，《無計花間住》（北京，中信出版社，2016）。

　　清照對泛舟似乎極感興趣，〈如夢令〉：「嘗記溪亭日暮。沉醉不知歸路。興盡晚回舟，誤入藕花深處。爭渡。爭渡。驚起一灘鷗鷺。」隨興遨遊，直如不繫之舟，即便「酒駕」肇禍，驚險萬狀，也留下了少女時期的浪漫記憶，以及無憂無懼、自得其樂的心靈寫真。而在此詞中，「獨上蘭舟」或許已不是純粹遨遊，而是為了排遣相思，因此泛舟時仍一味的望著天際，望著雁陣飛過，盼著遠方書信，不覺間時間從白晝來到了深夜，而人也不知何時離開了蘭舟，獨上月光遍照的西樓。如果明月代表相思，那麼「滿」字便說出其相思之濃，滿溢了整個空間。[8]

　　時空變換，在詞中不著痕跡，也暗示人在相思的牽縈中，對外界情境的變遷相對茫漠無感。過片即直接言情。「花自飄零」呼應「紅藕香殘」，「水自流」呼應「獨上蘭舟」，「自」有自然、兀自之意，花落水流，原屬自然，一如這份情，也是自然的存在，「一種相思，兩處閒愁」說得極為輕巧，彷彿脫口而出，不假思索，其中卻含藏著對彼此情感毫無疑慮無須辯證的絕對信任，雖分隔兩地，各自哀愁，然而兩人的相思則完全相同，亦即，你如何的思念我，我便也如何的思念你，因此相思雖苦，卻又含著甜蜜。

　　如自然般存在的情感，當然「無計可消除」，「無計」呼應上片的「獨上蘭舟」，也呼應下一句的「才下眉頭」，泛舟遨遊，也無法排遣相思，強顏歡笑、故意壓抑，最終也仍是任它縈繞心頭。越是需要逃躲、壓抑的情感，越是無法隱藏、消除，一如花落水流，自然常在。

〈漁家傲〉

天接雲濤連曉霧。星河欲轉千帆舞。彷彿夢魂歸帝所。聞天

8　江惇硯：〈哀愁如此擁擠——宋詞與我〉，臺北，臺大外文系，2021。

語。殷勤問我歸何處。　　　我報路長嗟日暮。學詩謾有驚人句。九萬里風鵬正舉。風休住。蓬舟吹取三山去。

　　詞人以驚人的想像力，在詞中展開了奇幻之旅，而豐沛的意志與熱情更是貫穿其間，展現縱橫迭宕、衝決侷限、向無盡超越的巨大力量。時間匆促流逝的壓力、競爭場域的險惡詭譎，抗衡之下，都已不再是阻力，而是成就其飛向高遠境界的支持與憑藉。

　　「天接雲濤」，意即巨浪滔天，「連曉霧」除了點出時間，亦顯示已是驚濤駭浪的海面上更是濃霧瀰漫，構成一片混沌未明又極其凶險的景象；「星河欲轉」依舊暗示時間流動，「千帆舞」則顯示此一險惡詭譎、變幻莫名的海面上，亦是競爭激烈的場域，無數船帆在此乘風破浪，冒險航行，飛躍競奔。「千帆」與詞末的「蓬舟」呼應，顯示詞人亦處身其中，在動盪的海面上，在競爭的場域中，毫無畏懼，歷險前行。

　　人在探索極限奮力前行的過程中，往往會自心中產生一股超越躍昇之感，在詞中詞人亦是「彷彿夢魂歸帝所」，「歸」字透露詞人的強烈自信，本是來自天上，來自那無限超越的境界，如今的殷勤努力只是自我的救贖，是對抗平庸回歸神聖的天賦任務。於是「聞天語」，即使天帝也為之驚動，殷殷詢問，何處才是詞人追尋的終點？何處才能徹底安頓其渴求超凡入聖的靈魂的歸宿？

　　過片即為詞人的回應，不卑不亢，與天對話。「路長日暮」，時間意識再度浮現，對應首句的「曉」字，不覺日暮，更能清楚感受時間流逝之倉促，對於渴求成就遠大理想、追尋高遠境界的人往往造成巨大壓力。事實上，時間脈動貫穿全詞，顯示時間流逝的焦慮之感一直存在於詞人敏銳的感知中。「學詩謾有驚人句」具體指出其尋求超越的競爭場域，乃是文學創作的場域，過度擁擠，競爭激烈，但即使

詞人自信已達成「語不驚人死不休」⁹此一眾多文人所嚮慕的創作成
就，卻不願以此自限，因為她所嚮往的不是與人爭勝的一時滿足，而
是自我不斷超越創新，以至於超越時間的永恆境界。

「九萬里風鵬正舉」，呼應首句的「天接雲濤」，狂風掀起巨
浪，令已擁擠的海面上更加險象環生，但狂風也是雲鵬展翅、鼓盪
船帆的有力憑藉，詞人了無畏懼，不求風停浪歇，反而祈求「風休
住」，她渴望如大鵬乘風展翅，高飛沖天，翱翔於無人可躋的九萬
里高空；又期許如一葉蓬舟，在長風的簇擁與引領下，穿越顛簸巨
浪、渺茫迷霧，航向凡人行跡難至的海上神山——蓬萊、方丈、瀛
洲。「三山」，神話中的海上仙境，幻麗誘人卻始終無人可及，呼應
首句海天動盪的奇景，也象徵詞人所追尋的超越時間、遺落凡俗的永
恆境界。

部分易安詞的版本在詞牌〈漁家傲〉後有「記夢」二字，則詞中
所記原是一場奇幻的夢境。的確，海天相連、晝夜未分，星河中群星
閃爍，狂浪中千帆翻舞，交融著奇險與幻麗的景象如同混沌也如夢
境，而不讓鬚眉、睥睨凡庸、與天相語的自負與氣魄，也只有在夢
中，在創作的奇幻異境裡，能掙脫現實的壓抑與干擾，如此勇於自信
的傾吐。詞人在詞中展現的不畏艱險勇於超越的形象，一如神話中衝
決逆境、自我追尋的英雄。¹⁰

〈永遇樂〉

落日鎔金，暮雲合璧。人在何處。染柳煙濃，吹梅笛怨，春意
知幾許。元宵佳節，融和天氣，次第豈無風雨。來相召，香車
寶馬，謝他酒朋詩侶。　　　中州盛日，閨門多暇，記得偏重

9　杜甫〈江上值水如海勢聊短述〉。
10　Joseph Campbell著，朱侃如譯：《千面英雄》（臺北：立緒文化，1997）。

三五。鋪翠冠兒，撚金雪柳，簇帶爭濟楚。如今憔悴，風鬟霧鬢，怕見夜間出去。不如向，簾兒底下，聽人笑語。

　　詞寫於南渡之後。國破家亡，尤其失去了趙明誠這位靈魂伴侶，詞人與現實世界的距離也更形疏遠，獨自活在憂患與哀傷的陰影之中。

　　在寫作手法上，上下片皆運用對比，上片側重於景與情的對比，下片則顯然呈現今昔對照。在上片中，四個小段落分別以前二句寫景，後一句寫情，景的溫暖和煦與情的茫然淡漠形成對比，更反襯詞人內心的落寞。「落日鎔金」，黃昏時的夕陽美景，金色光芒閃耀，光影流動變化，望之宛如金屬正在銷鎔，而這樣的視覺景象或許也暗示詞人眼中含淚，以致於造成迷濛之感。「暮雲合璧」變化自江淹「日暮碧雲合，佳人殊未來」，[11]當暮雲籠罩，日影璧玉般的渾圓輪廓依舊清晰可見，此句藉典故刻畫景物，而同時也透露詞人心情──「人在何處」？同樣的美景曾經共賞，如今只能獨自凝望，凝望中如慣性般悄然湧現的一絲等待，也已註定落空；或者「人在何處」是自問，景致如常如舊，過去曾在故鄉吟賞，但如今竟流落何方？眼前景象越是相似，越是令人惘然自失。

　　「染柳煙濃」，是柳絲漸濃，春意漸濃，「吹梅笛怨」則借笛曲名〈梅花落〉暗示梅花零落，冬日漸遠，只是對詞人來說，「春意知幾許」？眼前春景縱使美好，卻似與她無關，心緒漠然，難以感知春的氣息。而隨著時序轉換，元宵佳節也終將來臨，天氣愈見融和，然而詞人心中想的卻是「次第豈無風雨」？眼前的和暖能夠持續多久，誰能保證下一刻不會風雨來襲？歷經喪亂，陰影籠罩，無常的預感奪走盡享眼前美好的本能，如今活在隨時可能遭到摧毀的憂患之中。也因此，即使酒朋詩侶乘著香車寶馬前來邀約共度佳節，她也只

11　江淹〈休上人怨別〉。

能婉轉辭謝，無論是熱絡的人情或世俗的禮儀，對於已經無法感知歡樂的詞人都已是負擔，也徒增煩擾。

　　延續元宵脈絡，下片敘寫今昔。「記得」二字揭開了記憶的門扉。在追憶中汴京的繁華、青春的時光、閒適的心境、某一年閏正月的二度元宵，往昔的一幕幕景象紛至沓來，重現眼前；想當時也曾興高采烈，戴上鋪翠冠兒，插上撚金雪柳，裝扮得美美的，趕著節慶盛會，在滿城燈海中，上街與人爭奇鬥豔。只是如今，一樣的元宵，處境心境卻已不復當時。孑然一身，憔悴風裡，曾是滿頭珠翠的髮鬢不覺間染了風霜，稀疏凌亂，教人顧影神傷，何況客子畏人，因此元宵夜景再是如何喧嘩熱鬧，對詞人來說也是「怕見夜間出去」。外頭的狂歡世界已不適合蒼老憂傷的人，不如隔著簾兒，聽聽那歡聲笑語，也算沾得些許佳節的氣息了。

　　「歡場只自增蕭瑟，人海何由慰寂寥。」[12]詞人為自己做了安全的選擇。歡愉的場合，擁擠的人群，往往使傷心人更傷心，孤獨的人也更孤獨。如果無法擺脫心底沉重的憂傷，也無法強顏歡笑，那麼就把自己藏起來，與外界隔絕，無須因為成為他人負擔、破壞歡樂氣氛而感到不自在，同時也躲過了令人難堪的同情眼光。只是在南渡之後，垂簾的景象更常見於易安詞中，簾後的身影也更形孤單了。

〈武陵春〉

風住塵香花已盡，日晚倦梳頭。物是人非事事休，欲語淚先流。　　聞說雙溪春尚好，也擬泛輕舟。只恐雙溪舴艋舟。載不動、許多愁。

　　雙溪，流經浙江金華，這闋詞當是晚年易安避地金華時所作。

12　王國維〈拚飛〉。

　　詞一開始即是沉寂的景象。窗外風已停息，花已落盡，化入塵泥的香氣也已銷歇，而在窗裡，縱使日上三竿，人也仍慵懶倦怠，無心梳理。「物是人非」呼應首句，是年年暮春景物如舊，但人事已滄桑變改，心境也隨之異於往昔；或者物指身旁之物，如〈南歌子〉所言：「舊時天氣舊時衣，只有情懷不似舊家時。」又或者物指趙明誠的遺物，物在人亡，睹物思人，此時心境更是蕭索。無論如何，景物的恆常，經久不變，更突顯人處境心境的無常變遷，多少往事或未來約定，而今都如風停花謝，與之沉埋。只是眼前如舊的景物依然觸目傷情，滿懷心事欲說，但可堪訴說的人已不在，欲說還休，唯有淚流。

　　上片景物清寂，詞人也任自己沉浸在慵倦的情緒中，然而下片，情緒似乎有了波動。「聞說雙溪春尚好」，春訊撩動了如死水般的心湖，動了雙溪泛舟的念想。從少女時期開始，詞人便熱愛泛舟，〈如夢令〉中猶如不繫之舟的隨興遨遊與歷險樂趣，是烙印心中的青春記憶，想當時活得多麼理直氣壯，多麼肆無忌憚，只憑單純的勇氣與傻勁，便能直往未知的境地闖蕩。而在相思纏擾的幸福歲月，也曾藉著泛舟排遣愁思，如〈一剪梅〉的「輕解羅裳，獨上蘭舟」，順著花落水流，輕舟漫渡，遙寄綿綿不絕的相思。

　　泛舟承載青春往事與幸福記憶，因此此時雙溪泛舟也應能重拾往昔歡趣，藉以擺脫愁緒。只是「也擬」也終歸是一時的奢想，恐懼和憂慮隨即抵銷了難得湧上心頭的興致。無懼的青春、幸福的華年畢竟已遠去，如今憔悴飄零，歷經喪亂的愁恐怕不再是一葉舴艋輕舟所能承載，不僅無法消愁，只怕更添憶往傷今、今不如昔的惆悵。

　　或許對詞人而言，泛舟在生命中已烙印重要的意義，它象徵純粹的熱情、完美的幸福，不容許輕易毀壞。此外，對業已失去太多的詞人，熱愛的泛舟也可能是最後的拯救與希望，也許現下還不是最壞的時候，還不容許輕易嘗試，以免真的「載不動許多愁」，讓自己落入更絕望無助的境地。

二、辛棄疾：肝腸似火，色貌如花[13]

　　稼軒一生以高宗紹興三十二年（1162）為界，前期生活於北方山東故鄉，二十二歲即起兵投入抗金行列，率眾南歸。自二十三歲南歸之後，四十六年南方歲月又可分前後期，以孝宗淳熙九年（1182）首度遭到彈劾落職為界，此年之前在南宋朝廷任職，所為官職多屬技術官僚，掌管文書、農業、糧倉、運輸、律法等內政，或者出任地方官吏，管理滁州、江陵、潭州、江西等地方治安及建設。以稼軒南歸本意，皆非其渴望的理想職務，但依然政績卓著。

　　稼軒特具政治才幹，在中國文學史上是少數有資格自稱「懷才不遇」的文人。然而也因政績卓著，引起朝廷主和派忌憚，以「用錢如泥沙，殺人如草芥」為罪名彈劾，遂落職免官，開始長達二十餘年投閒置散英雄失路的歲月。先後隱居上饒帶湖及鉛山瓢泉，也三度短暫起用，又因憂讒畏譏或其他細故而去職。六十八歲時，宋金議和失敗，南宋國勢日危，韓侂胄銳意用兵，以辛棄疾為樞密都承旨，詔赴臨安，然未及受命，飲恨而卒。

　　兩宋詞史上，稼軒留下六百餘闋詞，數量居詞人之冠，遠遠超過蘇軾、劉辰翁、吳文英等人的三百餘闋。大抵投閒置散之時日太久，滿腔憤慨及過剩精力無處宣洩，因此託之於遊戲填詞，「苟不得之於嬉笑，則得之於行樂；不得之於行樂，則得之於醉墨淋漓之際。」[14]而嬉笑怒罵之中，詞人傲岸悲涼的身影則仍清晰可見。

　　詞史上稼軒屢被稱為愛國詞人，但若稼軒處在如今，人們又將如何說他？

13　夏承燾：《唐宋詞欣賞》（北京：北京出版社，2002）。案：夏先生以「肝腸似火，色貌如花」評稼軒〈摸魚兒〉（更能消），而作為稼軒整體詞風特色，亦頗為精當。

14　范開〈稼軒詞序〉。

〈水龍吟〉 登建康賞心亭

楚天千里清秋，水隨天去秋無際。遙岑遠目，獻愁供恨，玉簪螺髻。落日樓頭，斷鴻聲裡，江南遊子。把吳鉤看了，欄干拍遍，無人會，登臨意。　　休說鱸魚堪膾，儘西風，季鷹歸未。求田問舍，怕應羞見，劉郎才氣。可惜流年，憂愁風雨，樹猶如此。倩何人、喚取紅巾翠袖，搵英雄淚。

　　此詞作於宋孝宗淳熙元年（1174），時任江東安撫使參議官，距高宗紹興三十一年（1161）率兵南歸已十三年。十餘年來，歷任江陰僉判、建康府通判、司農寺主簿、滁州知州等職，皆地方官吏或技術官僚，雖頗具政績，實已蹉跎南歸的初衷。此年調任江東安撫使參議官，至建康，登賞心亭北望，一時間，山河破碎之感、遊子思鄉之情、流年虛度之憂、壯志難酬之恨紛至沓來。

　　全詞脈絡由景及人，由人物外在形象轉入內心思緒。上片由登臨所望之景寫起。登高望遠，景象空闊，但覺天地間瀰漫著清秋的氣息，隨後視線順著水流由近而遠，遠山色如玉簪，形似螺髻，看來清奇多嬌，然而在詞人眼中卻是徒然「獻愁供恨」。

　　自全詞開篇的「楚」字以至「遙岑遠目」一段，便隱約透露著〈登樓賦〉中「平原遠而極目兮，蔽荊山之高岑」的望鄉情緒，順勢引出下文「落日樓頭，斷鴻聲裡，江南遊子」，且又與下片「鱸魚堪膾」之張翰思歸典故遙相呼應，因此所謂「獻愁供恨」當指所望之景觸動思鄉之情，登樓望鄉，無奈視線為高山所阻，難以望見，更添鄉愁。而除此之外，更值得留意的是，詞人南來至今已十餘年，此時猶以「遊子」自稱，其中亦應透露難以為此間人所容的絕緣疏離之感。所謂「歸正人」，其實也是「異鄉人」，終究是一道隔閡，也是沉重的無形枷鎖，遭人防備，處處受制，不得自主。因此其所謂的「獻愁供恨」，亦是滿腔失路之愁、不遇之恨。

　　壯志難酬，中原未復，眼前所見唯是一片剩水殘山，心中自然

湧現無限的愁恨。於是，「把吳鉤看了，欄干拍遍，無人會，登臨意」，正是以激切的行動宣洩無人可懂、無處可說的滿腔憤恨。「吳鉤」，江南吳地所產的寶刀，古人刀劍隨身，如屈原「帶長鋏之陸離」，[15]而於作品中亦經常作爲才能的隱喻，「鉛刀貴一割，夢想騁良圖」，[16]鈍器猶希望能成其所用，何況是銳利的吳鉤？無奈此時卻淪爲配飾，一如空負雄才，才非所用，著實教人氣悶，因此唯有藉著拍遍欄杆加以宣洩。

　　下片承接「登臨意」，一連借用三個典故，將坎壈難言的心情吞吐道出。「休說鱸魚堪膾，儘西風，季鷹歸未？」典出《世說新語‧識鑒》：「張季鷹辟齊東曹掾。在洛，見秋風起，因思吳中菰菜、蓴羹、鱸魚膾，曰：『人生貴得適意爾，何能羈宦數千里以邀名爵？』遂命駕便歸。俄而齊王敗，時人皆謂見機。」張翰字季鷹，西晉時人，居洛思歸，實爲避禍。而詞人藉此典故所訴說的則是欲歸不得、欲隱不甘的心情。張翰思歸猶能即刻返鄉，但詞人的故鄉卻是歸返無望，因此有「休說」的感嘆；如今留置南方，有志難伸，初衷背離，原應引退，但恢復之念始終掛懷，心中畢竟有所不甘。

　　然而，若是勉強留在朝廷，詞人自問所作所爲卻與只圖苟且的主和派無異，求田問舍，但爲私利，恐遭天下英雄豪傑恥笑。「求田問舍，怕應羞見，劉郎才氣」，典出《三國志‧陳登傳》，後漢許汜身負國士之名，然於「天下大亂，帝王失所」之時，卻毫無救世之心，不能「憂國忘家」，但汲汲於「求田問舍」，是以爲陳登、劉備等豪傑所不齒。詞人所憂患的，正是眼看著自己在因循苟且中，也將成爲被天下英雄所恥笑的對象，連自己也感到羞愧，難以接受。

　　只是，在避世不甘、用世無緣進退不得的兩難之中，流年時光亦是匆匆逝去，「可惜流年，憂愁風雨，樹猶如此」典出《世說新

15　屈原〈九章‧涉江〉。

16　左思〈詠史詩〉其一。

語・言語》：「桓公（溫）北伐，經金城，見前為瑯琊時種柳，皆已十圍，慨然曰：『木猶如此，人何以堪？』攀枝執條，泫然流淚。」樹在歲月中長成，而人呢？流年更兼風雨，不僅催人老去，更易消磨壯志，平添憂患，徒增光陰虛擲、濩落無成之慨。因此，一如桓溫之「泫然流淚」，詞人也不禁感愴，英雄淚流。「倩何人」呼應上片的「無人會」，客子畏人，詞人始終獨抱憂思，滿腔悲憤無人可說也無人能說，因此縱使慨然涕下，也只能倩紅巾翠袖溫柔拭去，藉著流連聲色頹廢放縱的形跡掩飾，紓解內心如漫天秋意的愁。

〈木蘭花慢〉

中秋飲酒將旦，客謂前人詩有賦待月無送月者，因用〈天問〉體賦

可憐今夕月，向何處、去悠悠。是別有人間，那邊纔見，光景東頭。是天外、空汗漫，但長風浩浩送中秋。飛鏡無根誰繫，姮娥不嫁誰留。　　謂經海底問無由，恍惚使人愁。怕萬里長鯨，縱橫觸破，玉殿瓊樓。蝦蟆故堪浴水，問云何玉兔解沉浮。若道都齊無恙，云何漸漸如鉤。

　　詞作於某年中秋，天色漸亮，圓月西墜，在賓客突發奇想的提議下，詞人仿屈原〈天問〉，以「送月」為旨，填就這一闋帶有神話色彩的中秋詞，既馳騁想像，又暗合真實；而縱橫迭宕、奇思翻騰之餘，仍難以擺脫其憂國憂民的慮患心理。

　　首段即扣合「送月」主旨，皎潔可愛的中秋月即將飄然遠去，然而究竟去向何方？是否有另外一個人間，此時才見月亮正自東方緩緩升起？此數句翻騰想像、殷切詢問，卻與如今天文科學所證實的真相相符，王國維《人間詞話》曾讚嘆：「詞人想像，直悟月輪繞地之理，與科學家密合，可謂神悟。」可見想像並不全然虛假，有時反而觸及真實。其後，詞人繼續追問，月之所以飄然遠去，是否因為浩瀚

長空中有陣陣強風吹送，以致於將月亮給吹得漸漸飄遠？而望著逐漸
遠去的明月，詞人又不禁心生不捨，頻頻扣問，誰能繫住那如無根飛
鏡的明月？誰又能留住那月裡冰清玉潔、拒絕婚嫁的嫦娥？

　　自「姮娥不嫁誰留」詞作即進入更天馬行空的神話世界。「日
月之行，若出其中；星漢燦爛，若出其裡。」[17]自古相傳月亮來自大
海，在天空巡行一周之後，再度回歸大海。傳說迷離，難以證實，卻
使詞人感到憂愁。最擔憂的是大海中有長鯨，縱橫遨游，是否可能撞
碎了月中的玉殿瓊樓？月中蟾蜍固然識得水性，無須為其擔憂，然而
玉兔不能存活於水中，又如何在深海裡隨浪浮沉？而若說月中的一切
都安然無恙，但為何過了中秋，月亮又漸漸的消瘦如鈎？

　　月光、美酒、神話，都具有令人超離現實、沉醉幻境的魔力，然
詞人縱使流連其中，卻仍擺脫不了內心沉重的慮患。上片所傳釋的美
好逝去難留，固然是佳節將過、歡宴欲散的當下感觸，而下片的句
句扣問，更是流露家國之憂——情勢的威脅、艱危的處境、脆弱的
朝廷，或隱或顯的皆寓託於神話意象之中。尤其，在東坡〈水調歌
頭〉中那隱喻心靈原鄉、精神自由，引人嚮往的天上宮闕，在憂國憂
民的稼軒筆下，似已化為墜入險境，脆弱不堪，令人為之憂慮的朝廷
象徵。

〈西江月〉遣興

醉裡且貪歡笑，要愁那得工夫。近來始覺古人書，信著全無是
處。　　昨夜松邊醉倒，問松我醉何如。只疑松動要來扶。以
手推松曰去。

　　此詞不知何年所作，以詞中流露的憤慨之情看來，當是孝宗淳熙

---

[17] 曹操〈觀滄海〉。

九年（1182）遭遇彈劾落職之後所作。

　　首句「醉裡且貪歡笑」須從對立面解讀。只有在醉裡才能貪得些許歡笑，可見清醒時愁苦不堪；次句「要愁那得工夫」即直言要愁不需工夫，亦即不必費力尋求，因為愁總是不請自來，甚至早已沉積於心。三、四句「近來始覺古人書，信著全無是處」則進一步揭露所愁何事，變化自《孟子‧盡心》：「盡信書則不如無書。」感慨讀聖賢書，教忠教孝，如今身體力行，報效家國，誰知竟落得落職免官投閒置散的下場，可見古人之書，全不可信。詞人醉言醉語，嘻笑怒罵，但透露的卻是賴以立身處世的根本信念幾乎動搖，瀕臨崩解，陷入一片茫然，不知何去何從的存在危機。

　　下片承接首句，以酣暢淋漓的筆墨言其醉時貪得的「歡笑」。醉倒松邊，與松對話，其實亦透露詞人內心孤獨，無人與言。醉意迷茫，身影亦搖晃難以自持，在朦朧醉眼中，只見松樹彷彿正要動身相扶。荒寒人世，襯得松樹如此溫暖多情，只是即使在醉裡詞人依舊倔強，悍然的「以手推松曰去」，並非狠心拒絕這難得感受的善意（其實也是詞人潛意識裡對善意的渴求），只是在潦倒落拓的窘境中，在茫然流離的慌亂裡，仍努力要為自己守住一絲尊嚴，不依附不軟弱，依舊堅定立場、獨自站立，藉此對抗現實的打擊，抵禦信仰崩落的虛無。

　　「嘻笑之怒甚乎裂眥，長歌之哀過乎慟哭，庸詎知吾之浩浩非戚戚之尤者乎？」[18]在嘻笑怒罵狂妄瘋顛的身影背後，詞人內心所擔載的，卻是極清醒極深沉的悲哀。

〈醜奴兒〉書博山道中壁

少年不識愁滋味，愛上層樓。愛上層樓。為賦新詞強說愁。

18　柳宗元〈對賀者文〉。

而今識盡愁滋味，欲說還休。欲說還休。卻道天涼好個秋。

　　博山在江西上饒以東永豐縣境，據詞序可知詞當是閒居上饒帶湖時所作，約孝宗淳熙十三年（1186）左右。上片寫昔日少年，下片言如今歷經憂患的中年，以對愁的體會對照今昔，更顯世事無情，對詞人的磨難如此殘酷。

　　在上片中，「不識」二字說得毫不遲疑，十分確信，即使當時寫下甚多的言愁字句，如今想來都是出自「不識愁滋味」的少年心，不過是「強說愁」而已。「愛上層樓」再次重複，對照閒居帶湖時所作〈鷓鴣天〉：「不知筋力衰多少，但覺新來懶上樓。」應突顯少年時年富力強，不辭幾番登樓。此外，亦分別扣合上片中其前後二句。第一個「愛上層樓」與「少年不識愁滋味」呼應，初生之犢、勇猛無懼，懷抱「欲窮千里目，更上一層樓。」[19]「會當凌絕頂，一覽眾山小。」[20]的壯志豪情，確信只要擁有企圖心，不斷自我超越，一定能登峰造極，放眼天下，實現夢想。

　　至於第二個「愛上層樓」則與「為賦新詞強說愁」呼應，為賦新詞，登樓尋愁，因古來不少言愁之作亦是登樓之作——「登茲樓以四望兮，聊暇日以消憂。」[21]「暝色入高樓，有人樓上愁。」[22]「萬里悲秋常作客，百年多病獨登臺。」[23]「獨自莫憑欄，無限江山，別時容易見時難。」[24]「不忍登高臨遠，望故鄉渺邈，歸思難收。」[25]凡身世之感、家國之憂乃至深閨離愁，盡可透過登樓望遠而抒發，因此

19　王之渙〈登鸛雀樓〉。
20　杜甫〈望嶽〉。
21　王粲〈登樓賦〉。
22　李白〈菩薩蠻〉。
23　杜甫〈登高〉。
24　李煜〈浪淘沙〉。
25　柳永〈八聲甘州〉。

「愛上層樓」也是模擬古人，設想情境，藉以尋思愁滋味，作為創作靈感。

只是輕易說得出的，未必是真心感受的。下片「而今識盡」，卻已「欲說還休」，「識盡」二字無盡酸楚，是歷經幾番現實的磨難、意志的斲傷、理想的摧折之後所得的「成果」。再次重複的「欲說還休」，除了說明欲言又止的情況總是一再發生，也同樣的與下片中其前後二句相關。

第一次的「欲說還休」與「而今識盡愁滋味」呼應，正是因為「識盡」，才明白沒有任何言語足以說「盡」其中滋味；此外，以稼軒當時處境，也可能憂讒畏譏，或無人能懂無人可說，因此只能「欲說還休」。而第二次的「欲說還休」則與「卻道天涼好個秋」呼應，詞人仍在愁中，仍未釋懷，因此難以向人言說。但凡能夠向人訴說的，也代表已經過了自己心中的那道關卡，而若是吞吐難言，則必是仍耿耿於懷，仍在折磨中，無法輕易吐露。只是愁也已經瀕臨極限，沉重難以負荷，因此「卻道天涼好個秋」，轉移話題，故作輕鬆，也讓自己暫時從痛苦中脫逃。

如宇文所安（Stephen Owen）《追憶》所說：「當我們說，讓我們別再談它了，並且試圖轉移話題時，我們所處的正是個令人痛苦的時刻。它說明了一個真情，標誌著我們的思維難以擺脫我們同意要忘掉的東西，而且現在比以前更難擺脫了。」詞人不說愁，並且轉移了話題，但與此同時愁也更是如潮翻湧，起伏難平，更難壓抑，也更難擺脫了。

〈浪淘沙〉賦虞美人草

不肯過江東。玉帳匆匆。只今草木憶英雄。唱著虞兮當日曲，便舞春風。　　兒女此情同。往事朦朧。湘娥竹上淚痕濃。舜蓋重瞳堪痛恨，羽又重瞳。

　　此詞詠物、詠史也兼詠懷。據沈括《夢溪筆談・樂律篇》：「高郵桑景舒性知音，舊傳有虞美人草，聞人作〈虞美人曲〉則枝葉皆動，他曲不然。景舒試之，誠如所傳，詳其曲聲，皆吳音也。」特具靈性的虞美人草觸動了詞人的靈感，於史事傳說的吟詠之中，也抒發了功業未成的英雄悲慨。

　　上片首二句以倒敘手法，從項羽烏江自刎溯至垓下軍帳中英雄美人生死離別的一幕。「力拔山兮氣蓋世，時不利兮騅不逝。騅不逝兮可奈何，虞兮虞兮奈若何？」[26]在命定的失敗終局之前，項羽決意孤注一擲，以實力證明「此天亡我，非戰之罪」，[27]奈何此時虞姬是其心中的牽掛，滔滔亂世，失去所依，將遭逢如何的命運？「『可奈何』、『奈若何』，嗚咽纏綿，從古真英雄，必非無情者。」[28]據傳虞姬當時起舞而歌：「漢兵已略地，四方楚歌聲。大王意氣盡，賤妾何聊生？」對她而言，項羽是其存活世間的唯一理由，若項羽決意赴死，則她也無所眷戀。於是歌罷，拔劍自刎，為她的英雄獻出了生命，也成就了一段生死不渝的深情。

　　史詩般的場景，死亡對英雄美人是如此容易，又如此莊嚴。相對於當夜軍帳外充斥著算計、背叛與謊言的楚歌聲，早已化為歷史煙塵中群鬼夜哭般的模糊雜音，軍帳中死生訣別的深情絕唱卻是震鑠古今。如今，英雄美人皆已遠逝，鑴刻為歷史迴廊中的身影，然而當時的深情迴盪不絕，傳續神話時代的變形信仰，在後世傳說中，虞姬精魂託寄於虞美人草，以其裊娜搖曳的風姿，一遍遍回應當時項羽的牽掛與柔情。

　　透過「春風」意象，詞作下片過渡到更遠古的場景。項羽虞姬的深情一如春風美麗，而同樣的兒女深情也曾存在於交織著歷史與傳說

---

[26] 項羽〈垓下歌〉。

[27] 《史記・項羽本紀》。

[28] 沈德潛《古詩源》。

的往昔。「往事朦朧」如時空隧道，從烏江、垓下穿越至娥皇、女英淚灑湘竹的水畔。在虞舜南巡野死、葬於九疑，然其孤墳卻遍尋不著之後，娥皇、女英絕望的來到湘水邊，日夜哭泣直至淚盡，最後投湘水而死，以身相殉，留下斑斑點點的湘妃竹，作為生死不渝的愛情見證。舜與項羽，二位重瞳子，功業未竟雖堪痛恨，但也擁有了美人生死相隨的深情。

功業如曇花，情卻是長在。英雄功業落空的遺憾，有美人深情作為撫慰，而美人自然也以其癡心，對死亡的睥睨，使註定消逝的生命化為絕美傳說。

〈永遇樂〉京口北固亭懷古

千古江山，英雄無覓，孫仲謀處。舞榭歌臺，風流總被，雨打風吹去。斜陽草樹，尋常巷陌，人道寄奴曾住。想當年，金戈鐵馬，氣吞萬里如虎。　　元嘉草草，封狼居胥，贏得倉皇北顧。四十三年，望中猶記，烽火揚州路。可堪回首，佛貍祠下，一片神鴉社鼓。憑誰問，廉頗老矣，尚能飯否。

詞作於宋寧宗開禧元年（1205），鎮江府知府任上。京口，即鎮江，北固亭在鎮江城北北固山上，晉蔡謨所建，又稱北固樓，俯臨長江，形勢險峻。時韓侂冑當國，頗議北伐，稼軒雖心存匡復之志，但亦憂其一旦草率出兵，不僅難成大事，反而有傷國力。此際登樓懷古，意亦諷今，而老臣謀國、老驥伏櫪之心亦見於詞中。

上片懷古，以孫權、劉裕的京口事蹟為主，也隱然呈現守成與收復的對比。東吳孫權曾定都京口，後雖改遷建康，然京口仍為吳國重鎮，扼守江東，抵禦曹劉。如今詞人登北固亭，只見江山依舊，而當時的歌臺舞榭、英雄陳跡，都已被雨打風吹去，消失在流光長河中，流風餘韻亦不復可尋。

視線一轉，「斜陽草樹，尋常巷陌，人道寄奴曾住」，於京口的尋常巷陌中，也曾出現不尋常的人物。劉裕小字寄奴，京口爲其先世南渡後所居之處，也是後來帶兵起事，平定桓玄之亂的根據地。晉安帝義熙五年（409），劉裕爲車騎將軍，北伐鮮卑、滅南燕、後秦，收復洛陽、長安，戰功彪炳，甚有所向披靡的氣勢。「想當年，金戈鐵馬，氣吞萬里如虎」，鏗鏘有力的讚嘆中，流露詞人無限欣羨嚮往之情。

過片承接「金戈鐵馬」，同樣的北伐之役，成敗卻呈鮮明對比。「元嘉草草，封狼居胥，贏得倉皇北顧」，宋文帝元嘉二十七年（450），王元謨出兵北伐，欲效法漢將霍去病追擊匈奴，至狼居胥封山而還。然而草率出兵、貪功冒進的結果，便是落得大敗而歸，北魏太武帝拓跋燾甚至引兵南下，直逼國境，揚言渡江，更於長江北岸瓜步山建立行宮，稱佛貍祠。當時文帝登城北望，見敵軍壓境，軍容甚盛，不禁流露懼色，乃至涕下。

詞人歷數史事，意在借古諷今，苦心勸諭。而此時北望，對岸的揚州正是四十三年前率兵南渡之處，此數年來金兵幾度南侵，揚州首當其衝，飽經烽火摧殘，北方威脅實不容輕忽。只是如今「佛貍祠下，一片神鴉社鼓」，不只朝廷，連百姓也不識干戈，不知居安思危，對於歷史的殘酷教訓更是不復記省，一味沉迷在粉飾的太平假象中。然而即使滿懷焦慮鬱悶，詞人老驥伏櫪的壯志依然不減，「憑誰問，廉頗老矣，尚能飯否」，雖不無壯年消磨蹉跎老去的蒼涼，但請纓之志、款款之忠則至老不衰，滿腔熱忱可感，縱使在殘酷與愚昧的現實中，仍舊只能化爲遺憾。

此年（1205）七月，詞人「坐謬舉」，遂歸鉛山，韓侂冑拜平章軍國事。隔年（1206）夏，宋與金人戰，敗績。開禧三年（1207）八月，宋金議和決裂，韓侂冑銳意用兵，九月，以稼軒爲樞密都承旨，令疾赴臨安，未及受命，卒於家。[29]

29　鄭騫：〈辛稼軒先生年譜〉，《稼軒詞校注附詩文年譜》（臺北：臺大出版中心，2013）。

三、姜夔：野雲孤飛，幽韻冷香

　　姜夔，字堯章，號白石道人。生卒年不詳。據夏承燾《姜白石繫年》考證，約生於宋高宗紹興25年（1155），卒於宋寧宗嘉定14年（1221）。

　　姜夔乃江西鄱陽人，因父親姜噩爲漢陽縣令，自小隨父親宦居漢陽，父親過世後，因親姊嫁與漢陽人士，遂依親漢陽。約年二十，展開壯遊，沿著長江乘舟東下，遊歷江南。經安徽合肥，偶遇一位女子，彼此情誼深重，雖無緣相守，但在姜夔一生中，始終留下不可抹滅記憶，其身影屢屢見於歌詞吟詠。

　　約三十餘歲時，結識詩人蕭德藻，詩人愛重其才，以兄女妻之，遂寓居湖州。其後，因蕭德藻引薦，認識詩人楊萬里、范成大，結爲文學之友，姜夔以其性情學養，以及詩詞文章、書畫音律多方才藝，深受文人士大夫禮遇與敬重。

　　約四十餘歲，結識張鎡、張鑑兄弟，寓居西湖。張氏兄弟爲南宋當朝權貴，抗金名將循王張俊曾孫，南宋末詞人張炎曾祖。極欣賞姜夔之人品才學，欲爲其謀官，然姜夔婉拒。後獻所著《大樂議》、《琴瑟考古圖》於朝廷，再獻《聖宋鐃歌鼓吹十二章》，獲特許參加禮部科考，惜未能順利中舉。

　　姜夔於是絕意仕進，一生布衣，爲專業文人。詞集《白石道人歌曲集》存詞八十餘首。形式上，工於詞序，部分詞序讀來宛如精致小品文。至於詞作本身，則風格清剛淡雅，特具空靈氣息，清代劉熙載《藝概》以「姑射神人」喻之。

〈揚州慢〉

淳熙丙申至日，予過維揚。夜雪初霽，薺麥彌望。入其城則四顧蕭條，寒水自

碧。暮色漸起，戍角悲吟。予懷愴然，感慨今昔。因自度此曲，千巖老人以爲有〈黍離〉之悲也。

淮左名都，竹西佳處，解鞍少駐初程。過春風十里，盡薺麥青青。自胡馬、窺江去後，廢池喬木，猶厭言兵。漸黃昏、清角吹寒，都在空城。　　杜郎俊賞，算而今、重到須驚。縱荳蔻詞工，青樓夢好，難賦深情。二十四橋仍在，波心蕩、冷月無聲。念橋邊紅藥，年年知爲誰生。

　　約孝宗淳熙三年（1176），首度展開壯遊的詞人自漢陽乘舟沿著長江東下，是年冬至，行經揚州，暫作停留。自宋室南渡之後，揚州屢遭兵燹，高宗建炎三年（1129）、紹興三十一年（1161）、隆興二年（1164），金兵三度南侵，位長江北岸的揚州首當其衝，在幾番戰火蹂躪下，繁華浪漫的古都已成殘破空城，直到詞人行經之時，十餘年來，猶未修復。

　　詞人以詞序交代寫作背景，記錄當日揚州見聞，城裡城外具是一片蕭條，而當暮色降臨，戍角吹起，整個空蕩冷清的揚州城更是籠罩悲涼氣息。撫今追昔，不勝感愴，於是寫作此詞。後來，結識詩人蕭德藻後，蕭閱讀此詞，以爲有《詩經・王風・黍離》之悲，劫餘故都，景情相仿。

　　相對於詞序的背景敘述，詞本身尤其下片則側重當下心情的抒發，思緒流盪於今昔之間，眼前荒涼殘破的景象，不時疊映著昔日繁華的揚州印象。宋時揚州屬淮南東路，亦稱淮左，一向是東南名都。而在揚州城裡，位於城東的禪智寺、竹西亭，更是以風景清幽著稱，杜牧有詩〈題揚州禪智寺〉：「暮靄生深樹，斜陽下小樓。誰知竹西路，歌吹是揚州。」可見其景致之優雅，令人賞愛流連。曾經聽聞的揚州之美，吸引詞人駐足停留，也意外的展開了一段弔古傷今的旅程。

「春風十里揚州路，卷上珠簾總不如。」[30]十里長街曾是揚州城最繁華浪漫的行樂之地，珠翠填咽、日夜笙歌，宛若仙境，然而如今詞人走過，所見卻是薺麥青青，一片荒蕪，無人照管的野生農作物自城外蔓延城中，覆蓋了昔日酒綠燈紅的歌臺舞榭。幾番金兵南侵，造成如今的破敗荒涼，詞人以「廢池喬木，猶厭言兵」形容揚州城連年征戰後的景象，連無知無覺的廢池及見證無數滄桑的喬木都猶厭言兵，何況是血肉之軀的揚州百姓？對戰爭的恐懼與厭憎早已迫使城中人紛紛逃離，留下的是一座衰敗的空城，當暮色降臨，戍角聲起，悲涼的氣息更隨之幽幽傳響，迴盪於城中。

入夜，曾經「夜市千燈照碧雲，高樓紅袖客紛紛」[31]的揚州城更顯冷清。詞人徘徊其中，不禁回想當年流連揚州、所至成歡的詩人杜牧，若是如今重回，目睹一切，會是如何的心情？是否也將為眼前景象而震驚？縱使當年曾為揚州寫下「娉娉裊裊十三餘，荳蔻梢頭二月初」、[32]「十年一覺揚州夢，贏得青樓薄倖名」[33]等膾炙人口的浪漫詩句，但如今又該如何為迭遭蹂躪的揚州寫下內心難捨的深情？

沉吟中，詞人足跡踏上了揚州西郊，「二十四橋明月夜，玉人何處教吹簫？」[34]作為揚州名勝的古橋仍在，幸運的沒有被戰爭摧毀，然而傳說中曾在此處吹簫的玉人，如今又在何處？只見橋下流水悠悠，冷月映照波心，迴盪著無聲的嘆息。月照荒城，與往昔旖旎風光相比，更顯得景象一片淒清。而在橋邊，紅藥依舊滋長，在這戰火劫餘的空城裡，不禁令人感慨，究竟是為誰美麗，為誰年年綻放？

「晚涼天淨月華開，想得玉樓瑤殿影，空照秦淮。」[35]「江頭宮

30 杜牧〈贈別〉其一。
31 王建〈夜看揚州市〉。
32 杜牧〈贈別〉其一。
33 杜牧〈遣懷〉。
34 杜牧〈寄揚州韓綽判官〉。
35 李煜〈浪淘沙〉。

殿鎖千門，細柳新蒲爲誰綠？」[36]戰爭無情，摧殘了人的世界，但是自然的明月、草木不知世變滄桑，依舊美麗、生長如常，在閱歷世亂的人們眼中，也許顯得無辜，甚或冷漠。然而在滿目瘡痍之中，如常的明月，滋長的花草，毋寧也猶如一股生生不息、超越變化的恆定力量，在戰後的空城，默默守候著重生的希望。

〈點絳唇〉丁未冬，過吳松作

燕雁無心，太湖西畔隨雲去。數峰清苦。商略黃昏雨。　　第四橋邊，擬共天隨住。今何許。憑欄懷古。殘柳參差舞。

　　孝宗淳熙十四年（1187），白石依蕭德藻寓居於湖州，因詩人楊萬里引薦，將至蘇州拜訪范成大，途經太湖東畔的吳松（今江蘇吳縣），遂作此詞。詞以上片寫景、下片抒情。上下片首二句皆寫景物或人事，透露白石內心所嚮往的境界，而後數句則是轉回眼前現實。上片以空間爲主，下片以時間爲主。

　　「燕雁」，指北方來的雁子，「無心」，是無心機，無成心，隨興瀟灑的隨著天上白雲翱翔遠去。此時詞人身處太湖東畔的吳江，卻描寫太湖西畔燕雁隨雲的景象，或許透露其極目遠眺，又或許暗自感慨如此逍遙境界終究與自己遠隔，心雖嚮往，卻渺不可及。隨後的「數峰清苦，商略黃昏雨」即是在景中透露心聲，彷彿跌墜現實，眼前山雨欲來，暮雲籠罩，天色陰鬱凝重，群山也顯得清癯，似乎面露愁容。

　　過片，詞人心思又跳脫現實，「第四橋」在蘇州城外，唐末陸龜蒙在此隱居，自號天隨子，取順隨自然之意。詩人舉進士不第，隱逸終生，常泛舟太湖。姜夔有詩：「沉思只羨天隨子，簑笠寒江過一

---

[36] 杜甫〈哀江頭〉。

生。」[37]二人遭際相似，無怪此時更有追隨古人之意。只是相較於詩人的「心似孤雲任所之」，[38]白石終究仍有所牽絆，難以斷然捨棄。如今，不正是奔波於勞勞旅程中？轉眼之間，回到現實，方才湧現的隱逸之念，也頓時成了憑欄懷古時的悠然遐想，處身江湖不得自由的偶然脫逃。詞最後以景結情，風中殘柳，隨風搖曳，身不由己，燕雁隨雲的無心自得，終不可得。

從脈絡體察，整闋詞正呈現著詞人心思轉折的過程，人總有心之所嚮的境界，但人也總是受困於現實。詞人或許也是懷著如此的心境，走在這一段路途中。

〈暗香〉

辛亥之冬，予載雪詣石湖，止既月。授簡索句，且徵新聲，作此兩曲。石湖把玩不已，使工妓隸習之，音節諧婉。乃名之曰：暗香、疏影

舊時月色。算幾番照我，梅邊吹笛。喚起玉人，不管清寒與攀折。何遜而今漸老，都忘卻、春風詞筆。但怪得、竹外疏花，香冷入瑤席。　　江國。正寂寂。歎寄與路遙，夜雪初積。翠尊易泣。紅萼無言耿相憶。長記曾攜手處，千樹壓、西湖寒碧。又片片吹盡也，幾時見得。

光宗紹熙二年（1191），下雪的冬日，白石自湖州出發，前往蘇州拜訪范成大，在其石湖別墅停留月餘。期間，應范成大請託，作了兩首新詞，且配上新的曲子。完成之後，深得主人喜愛，令家中歌妓練習演唱，音律諧婉動人，因此命名為〈暗香〉、〈疏影〉。二詞

37　姜夔〈三高祠〉。

38　陸龜蒙〈和襲美新秋即事〉。

皆以梅爲吟詠內容，詞牌典故取自北宋隱士林逋的詠梅名句：「疏影橫斜水清淺，暗香浮動月黃昏。」[39]〈疏影〉用典甚多，或有政治託寓；而〈暗香〉則詠梅兼以懷人，幽幽淡淡的香氣，觸動了一段疊映著梅花與佳人身影的記憶。

　　上片以「舊時」、「而今」區隔今昔。曾經在月光下、在梅樹邊吹笛，更曾經因爲寒梅香氣的召喚，與佳人冒著清寒天氣，乘興踏雪尋梅。月下吹笛固然是浪漫雅興，「不管」二字，更是展露青春的氣性，這一切看似率性，但其實都爲了梅花，也爲了愛梅的佳人。然而這般的純情與浪漫都已是往昔，都成了長留在記憶裡的年輕身影。如今年歲漸長，心境漸老，不再有當年吟風弄月、花間尋幽的雅興，更早已忘卻了情動於中、隨興吟詠的純粹熱情。

　　於詞中，詞人以何遜自比，南朝詩人何遜有〈詠早梅〉詩：「銜霜當路發，映雪擬寒開。」而其〈詠春風〉：「可聞不可見，能重復能輕。鏡前飄落粉，琴上響餘聲。」亦是膾炙人口，「春風詞筆」即是用此典故，詞人亦以之比喻曾經青春浪漫的心境，以及揮灑不羈的詩興。詞人約生於高宗紹興二十五年（1155），作此詞時年約三十七，猶在盛年，之所以言「漸老」，應是就心境而言，人一旦與現實相刃相靡，心境也就不可避免的隨之老去，不復當年的浪漫純情，而對於身爲專業文人的詞人而言，創作也已成了謀生之資，不再是年少時單純隨興的情懷抒寫。只是如今，卻爲何動筆寫下這一首風花雪月、感恨往昔的詞篇？「但怪得、竹外疏花，香冷入瑤席」，詞人說，只怪梅花的香氣，暗香浮動，飄忽隱約，飄過了竹林，飄進了瑤席，不覺間觸動了記憶，也觸動了塡寫此詞的動機。

　　「江國」，指江南，詞人此時正在蘇州石湖別墅，且承接上片的「瑤席」，原是處身歌舞管絃、杯觥酬唱的宴樂情境中，然而對於詞人而言，周遭所有的聲音都已消失沉寂，因爲他墜入了往昔，進入了

---

[39] 林逋〈山園小梅〉。

屬於自己的回憶世界，他的心已經與外界隔絕。呼應上片「喚起玉人，不管清寒與攀折」，暗香輕啟記憶，想起佳人，如今所在的地方梅花已開，自然觸動折梅相贈的念想。此處亦略用《荊州記》陸凱折梅寄予范曄的典故，然而所寓託的心情其實更近於〈古詩十九首〉其六：「涉江采芙蓉，蘭澤多芳草。采之欲遺誰，所思在遠道。」人總是在不知不覺中爲所愛的人養成習慣，比如看見她最喜歡的花，便想著爲她摘下，帶去給她。只是當生離或死別之後，習慣仍在，仍爲她做著同樣的事，一旦回神，重回現實，當下定是備感悵然。詞中「歎寄與路遙，夜雪初積」正是如此心情，現實中彼此已是道阻且長，即使梅花喚起記憶，觸動習慣，卻遺憾這梅花與深情再也無法寄與。道阻且長是現實距離，但也可能是無形的距離。

在白石生命中，一直存在一位女子身影，壯遊途中於合肥相識，無緣相守，卻始終不能忘情，或隱或顯的常見於白石詞中。此詞虛實交織，「玉人」或許也疊映著與這位女子的記憶。「翠尊易泣，紅萼無言耿相憶」，折梅相贈成了不能實現的夢想，此時詞人思緒再度回到眼前，在華宴中，手捧翠尊，欲以澆愁，卻不覺潸然淚下；對著紅萼，無人與言，但珍藏心底的一段記憶又悄然重現，回想曾經攜手西湖，同賞寒梅，當時湖畔梅花盛開，千朵萬朵壓得枝條低垂，幾乎逼近碧綠的湖面。梅花滿開，正如情最濃時，也暗自喚起與佳人相逢的期盼，只是花開一瞬，當風起時，又將片片隨風吹盡。繁花易落，而佳人幾時相見，是否終究難逢？

在詞序中，詞人交代撰詞的緣由，乃因應范成大的請託而作；但在詞中，詞人幾乎以整個上片的篇幅，敘說其作詞的由來，是因梅花暗香所喚起的記憶，召喚了青春時期的感傷心靈、浪漫情事與創作熱情，因而填就了這首瀰漫著芬芳的詠物懷人之詞。詞人一生布衣，以一身文藝才具、風雅性情遊走於公卿大夫之門，在艱難的現實中，創作成爲了謀生手段，或許詞人也爲此偶爾感到悵惘。這闋〈暗香〉雖是受命之作，爲供文人宴樂聽賞，但是在創作中，詞人巧妙的轉移了寫作緣起，或許也藉此將一向自賞自惜的創作主導權收回手中，拾回

文人最在意的創作尊嚴。

〈鷓鴣天〉元夕有所夢

肥水東流無盡期。當初不合種相思。夢中未比丹青見，暗裡忽
驚山鳥啼。　　春未綠，鬢先絲。人間別久不成悲。誰教歲歲
紅蓮夜，兩處沉吟各自知。

　　此詞作於宋寧宗慶元三年（1197）元夕，感夢而作。上片寫夢
中，下片寫醒後。首句「肥水」即透露夢中所見，乃白石二十餘歲
壯遊旅程中，於安徽合肥所結識的一位女子，悠悠忽忽二十餘年過
去，仍情牽夢縈，未曾相忘。

　　肥水無盡，正如相思無盡，「當初不合種相思」看似怨悔，實則
已認定此情深種，難以根除，早已成為生命的一部分。夢中所見音
容，朦朧難辨，未比畫裡的清晰；又或許許久未見，入夢的她容貌已
有所變改，不似畫中留下的當年印象。無論如何此句透露詞人平時即
是思思念念，甚至為其作畫，對畫相思，畫中人的身影早已鑴刻於
心。「暗裡忽驚山鳥啼」略用《龍城錄》趙師雄羅浮夢境典故，一場
綺麗動人、知音相得的好夢，在鳥啼聲中醒來，不勝惆悵。[40]詞人夢
醒，想必也是惘然失落的心情。

　　下片敘寫醒後的感慨。元夕時節，猶是初春，綠意未遍；然相對
的，人在一年年春回的流光中，不覺鬢已成絲。除了歲月催人，或許
也因相思之故。「人間別久不成悲」，是離別太久，不得相見的苦楚

40　《龍城錄》中〈趙師雄醉憩梅花下〉載隋開皇年間，趙師雄遷羅浮，一日黃昏，在醉醒間，
　　驅車入林，投宿林中客舍，有白衣女子應門，姿容清麗，芳香動人，師雄與之相談甚歡，逐
　　至鄰近酒肆暢飲，席間有綠衣童子，笑歌戲舞，亦自可觀。不覺間，師雄醺然入睡。久之，
　　寒風輕拂，師雄起身，只見在大梅花樹下，暗香浮動，青鳥啁啾。

早已由悲傷化成了習慣，也成爲了根深柢固的牽掛。於是，最後二句的時間意識則指向未來，「遙知歲歲紅蓮夜，兩處沉吟各自知」，此後年年元宵，花燈處處，滿城狂歡的璀璨夜裡，「一種相思，兩處閒愁」，[41]深知即使分隔兩地，彼此思念的心也是遙相牽繫，以看似缺憾卻圓滿的方式，共度佳節良宵。

　　詞作首尾映照，年年相思如肥水東流。其時間脈絡由過去、現在指向未來；空間則出入於現實與夢境，至於貫穿其間的，則是一生難捨的牽絆，無盡的相思。所夢之人雖有生離與死別的不同，但詞的脈絡安排，與東坡〈江城子〉近似。

---

41 李清照〈一剪梅〉。

四、吳文英：七寶樓臺，幻麗空靈[42]

　　吳文英（1200-1260或1212-1272），字君特，號夢窗，浙江寧波人。生卒年不詳，生平事蹟亦隱晦不彰。夏承燾〈夢窗詞箋序〉云：「宋詞以夢窗為最難治。其才秀人微，行事不彰，一也；隱辭幽思，陳喻多歧，二也。」

　　因生平事蹟可考者甚少，因此知人論世的傳統解讀方法無甚用武之地，有藉其詞以考證事蹟者，不流於捕風捉影，即落入循環論證。此外，夢窗詞向稱晦澀，詞史評價兩極，乍讀之下脈絡支離破碎尤其受人詬病，如王國維《人間詞話》即以「映夢窗，凌亂碧」喻之；然而夢窗詞其實脈絡井然，只是縱橫古今，出入真幻，又為朦朧晦澀之字面所掩，難以輕易掌握，周濟論夢窗詞「奇思壯采，騰天潛淵」，[43]戈載亦云：「貌觀之雕繪滿眼，而時有靈氣行乎其間。」[44]即是穿透字面，尋繹脈絡。

　　夢窗實具有神話心靈，於兩宋詞人中，與東坡、稼軒皆常以神話入詞，使詞特具清奇飄逸、悲壯雄渾、幻麗空靈等神話色彩，詞評家屢將夢窗喻為詞中長吉、義山，[45]其視幻如真、神遊想像的神話心靈與創作手法，亦是作品風格相近的原因。

---

[42] 張炎《詞源》：「夢窗如七寶樓臺，炫人眼目，拆碎下來，不成片段。」

[43] 周密《宋四家詞選序論》。

[44] 戈載《宋七家詞選》。

[45] 紀昀：《四庫全書總目》卷一九八〈夢窗稿四卷，補遺一卷〉、戈載：《宋七家詞選》、孫麟趾：《詞逕》。

〈八聲甘州〉 靈巖陪庾幕諸公遊

渺空煙四遠，是何年、青天墜長星。幻蒼崖雲樹，名娃金屋，
殘霸宮城。箭徑酸風射眼，膩水染花腥。時靸雙鴛響，廊葉秋
聲。　　　宮裡吳王沉醉，倩五湖倦客，獨釣醒醒。問蒼波無
語，華髮奈山青。水涵空、闌干高處，送亂鴉、斜日落漁汀。
連呼酒，上琴臺去，秋與雲平。

　　詞爲登臨弔古之作。「庾幕諸公」據鄭騫《詞選》：「蓋指轉運
使之幕僚。」也就是官員的僚佐，詞人作陪，同遊靈巖。靈巖在蘇
州，《吳郡志》：「靈巖山即古石鼓山，在吳縣西三十里，上有吳
館娃宮、琴臺、響屧廊，山前十里有采香徑，斜橫如臥箭云。」又
「其山孤峙，不與附近諸山相連」，[46]登上靈巖可望見太湖，「煙波
浩渺，一目千里」。[47]

　　據上述記載，靈巖山可謂兼具自然奇景與人文遺跡，因此召喚詞
人「奇思壯采」，[48]縱橫迭宕於古今真幻之間。首句即劈空而來，如
〈天問〉般仰天叩問：是何年有彗星自無垠長空飛墜，墜落此地，幻
化成山，漸漸的蒼崖成形、雲樹連天，更在悠悠的歲月裡，承載著
歷史的興亡。詞人以其驚人想像馳騁於浩渺時空，虛擬靈巖山的來
歷，「幻」字精采展現造化的神奇力量，「蒼崖雲樹，名娃金屋，殘
霸宮城」，從自然到人文，從繁盛宮城到荒涼殘跡，在靈巖上生滅來
去，猶如時空幻術。美人霸主，如今雖已不復可見，然而留下的遺跡
卻是引人沉思。

　　箭徑，即采香徑，據《吳郡志》：「采香徑，在香山之旁，小溪
也。吳王種香於香山，使美人泛舟於溪以采香。今自靈巖望之，一水

---

[46] 鄭騫《詞選》。

[47] 《大清一統志・蘇州府志・靈巖山》。

[48] 周濟《宋四家詞選序論》。

直如矢，故俗又名箭徑。」可想見當年漫山香草馥郁繽紛，美人泛舟其間纖手折枝的動人情景，然而如今自靈巖望去，已不見美人香草，只覺酸風射眼，又覺風裡傳來的氣息，彷彿花香裡透著些許腥味。「箭徑」之「箭」一語雙關，既形容采香徑水流如矢，亦形容自香山吹來的風勢，如箭一般的直射眼眸，不僅令眼眶酸澀難忍，更化用李賀「東關酸風射眸子」[49]典故，流露憑弔陳跡的酸楚心情。至於「腥」字更是極特殊的嗅覺感受，「渭流漲膩，棄脂水也」，[50]也許當時美人脂粉浸染了溪水，使得香山花草失去了原本的純淨芬芳。此外，在史蹟的憑弔中，興亡過程必然的殘暴血腥、生命消殞亦在意識中浮現，因此風裡傳送的花香，在詞人感受中亦隱約透著死亡與罪惡的腥味。

　　特殊的觸、嗅覺之後，詞人更展現敏銳的聽覺感受，依舊是今與昔的重疊交纏。「響屧廊」曾是西施等美人步履輕踩，「廊虛而響」[51]的奇特建築，如今詞人身在靈巖，時而聽得清音傳響，令人不禁懷疑是當時美人猶在，重回廊中漫步弄音，但虛擬追想的畫面瞬即消失幻滅，原來是秋風迴盪，落葉飄墜所發出的聲響，如今廊上望去唯有枯黃落葉，不見美人曼妙身影，縱使迴音幽幽不絕。

　　館娃宮、采香徑、響屧廊，以上遺跡在在使人想起吳王夫差沉醉美色以致亡國的歷史，而夫差之所以霸業成空，范蠡在其中尤其扮演關鍵角色。在歷史上，沉醉的人固然承擔了亡國的後果，然而掌控全局最後得勝的一方，事實上也付出了極大的代價。「倩五湖倦客，獨釣醒醒」，詞人設想范蠡的心情，彷彿無端被託付了重任，運籌帷幄，扭轉興亡，取捨進退之際全然的清醒，也全然的孤獨，遨遊五湖獨釣滄浪的身影，灑脫中卻也掩藏不了一身的倦意。

49　李賀〈金銅仙人辭漢歌〉。

50　杜牧〈阿房宮賦〉。

51　《吳郡志》。

　　對於歷史人物的解讀，自然也透露了詞人的內心，成敗得失任它盡付煙雲，但存在的沉重卻無處逃脫。「問蒼波無語，華髮奈山青」，透過不變的景，詞的脈絡巧妙的過渡古今，是范蠡獨釣五湖煙浪的心聲，也是如今詞人登山臨水的感慨，青山綠水，永恆常在，然而顛簸於古今世路的人，卻不免在時光與現實的摧殘下逐漸的鬢白如霜。今生今世究竟所為何來？又該何去何從？叩問山水，山水無語。

　　此時，靈巖倚欄眺望，詞人目光不再停留於既輝煌又荒涼的歷史遺跡，而是遙連天際的空闊湖面，是亂鴉飛過、夕陽落處的漁汀，百姓賴以維生，尋常的世間風景，為此時疲憊而茫然的心眼，隱隱帶來一絲溫暖，一份安穩。不覺間，眼前暮色蒼茫，然而遊人興致未盡，於是彼此召喚著更上高處，琴臺飲酒，欣賞天際瀰漫的秋雲。只是對於作陪的詞人，憑弔遺跡、沉思史事之餘，眼前的這一切，是否又只是靈巖上一幕即將匆匆消逝的幻影？

〈浣溪沙〉

門隔花深夢舊遊。夕陽無語燕歸愁。玉纖香動小簾鉤。　　落絮無聲春墮淚，行雲有影月含羞。東風臨夜冷於秋。

　　全詞虛實迷離，真幻交織，夢境與現實的邊界模糊，也蘊含了多種解讀的可能。

　　「門隔花深」是夢者所居之處，夢醒之後，唯見窗外夕陽斜照，燕子歸來，美人纖纖玉手，指上含香，正輕觸簾鉤，準備放下或者揭開簾幕。天色漸暗，落絮無聲飄墜，猶如春亦墮淚；而天上行雲遮月，月影朦朧，似乎含羞。漸至入夜，晚風漸起，時序雖是春暮，卻覺風冷如秋。

　　以上解讀雖不見夢境，但從物象的描寫，如夕陽之無語、歸燕之

愁，以及下片營造的淒迷清冷意境，卻得以感受其醒後心情，而美人或許也具有暗示意義，若非夢中所見，則夢後自然更添悵惘。

其次，「門隔花深」呼應下片，爲夢者所居的深深院落，而上片「夕陽無語燕歸愁，玉纖香動小簾鉤」則承「夢舊遊」，敘寫其夢境。夢中夕陽斜照，燕子歸來，宛如夢中的自己回到舊地，然而想見之人卻在簾後，只見其纖纖玉手，似含香氣，輕觸簾鉤。下片則是夢醒之後，「春墮淚」呼應其夢中不見佳人的愁緒與悵惘，「月含羞」則如夢中佳人，隔簾相對，難於一見。因此夢醒之後的深夜裡，倍覺東風之冷，甚於清秋。

以上解讀夢景鮮明，舊地重尋，人雖猶在，卻已難於一見；或許簾中人渾然未知、或者故作未知，無論如何夢者只能在簾外徘徊。如此解讀則夢境更誘發遐想，醒後心情也更能貼切感受。

最後，「門隔花深」也可能呼應上片的「夕陽無語燕歸愁，玉纖香動小簾鉤」，同樣是夢境，則所夢見之人不僅身在簾後，更是在深深庭院、重重花樹之中，「隔」字透顯了彼此間的阻隔，即便在夢裡，亦是相隔，未能如願相見，因此「無語」的不僅是夕陽，「愁」的也不僅是歸燕，更是相尋夢裡的人。下片依其季節與時間脈絡，可依舊視爲夢境，亦即即使不得相見，夢者依舊門外徘徊，直至夜深。落絮如淚、行雲妨月，東風夜冷、心境如秋，皆爲夢中徘徊所見所感。或者，對比上片的夢境書寫，下片則是夢醒之後，透過無聲飄墮的落絮、爲雲遮蔽的月光，以及尚帶餘寒透著秋意的晚風，吐露醒後淒迷悵惘、冷清寥落的心緒。

詞中句句亦夢亦眞，如實如幻，而一段迷離情事以及追憶時的悵惘感受，透過詞中一幕幕美麗畫面，詞人將其極爲動人的呈現。

〈點絳唇〉 試燈夜初晴

捲盡愁雲，素娥臨夜新梳洗。暗塵不起。酥潤凌波地。　　　輦

路重來，彷彿燈前事。情如水。小樓熏被，春夢笙歌裡。

　　據周密《武林舊事・元夕》：「禁中自去歲九月賞菊燈之後，迤邐試燈，謂之預賞。一入新正，燈火日盛。」試燈，爲宋時元宵節前試放花燈的活動，試燈夜指正月十四日夜，元宵前夕。

　　詞上片寫景，呼應詞序「初晴」，夜空雲散雨晴，皎月明淨如洗，令人想像嫦娥正臨鏡梳妝；地上也因下過雨而顯得濕潤，如韓愈詩「天街小雨潤如酥」，[52]因此即使車馬行經，足跡踏過，也是暗塵不起。「凌波」用曹植〈洛神賦〉「凌波微步，羅襪生塵」典故，形容雨雖停，地上仍含著濕潤的水氣，氤氳迷濛，有如水面。

　　上片所寫雨後新晴的夜景，有如水晶琉璃世界，亦如女神臨在的世界，一片冰清玉潔。神話典故的變創運用，女身身影的依稀隱現，使得都城夜景呈現真幻迷離的美感，與下片今昔交織的感受以及如春夢般的情事相呼應。

　　「輦路」，帝王車輦行經的道路，此處指都城臨安。「重來」二字使上片所寫之景疊映今昔，「彷彿燈前事」更是明白道出朦朧如幻的感受，如今重來，所見試燈夜的都城夜景，與往昔情景依稀彷彿，而相似的夜景又輕易的觸動了往事。「情如水」，是當時柔情似水，但也暗示如今已是情如逝水，小樓熏被，笙歌相對，當時縈繞著溫馨暖意的神聖空間，浪漫歡愉的相知情境，都已成了美麗卻倉促，難以留住更難以追回的一場春夢，鐫刻於記憶，卻消失於現實，而那溫柔的身影也已如同女神，縈迴心中，渺不可尋。

〈思佳客〉賦半面女髑髏

釵燕攏雲睡起時。隔牆折得杏花枝。青春半面妝如畫，細雨三

52　韓愈〈早春呈水部張十八員外〉。

更花又飛。　　輕愛別，舊相知。斷腸青塚幾斜暉。斷紅一任風吹起，結習空時不點衣。

　　詞作題材特殊，詞人即物興感、化幻如真的想像與描寫功力，也藉以發揮得淋漓盡致。

　　上片首句即刻畫一動人遐思的女性身影，當初醒時，一邊起身，一邊以手梳理如雲秀髮，接著以髮釵固定盤起的髮髻。釵有兩股，尾端分叉如燕尾，因稱釵燕，此處作動詞使用。倒裝句式讀來一如倒轉鏡頭，釵燕精緻，髮絲撩人，女子初醒以及起身時的慵懶意態，躍然紙上，如在目前。接著，她望向外頭，牆外杏花正開，於是「隔牆折得杏花枝」，真率俐落的舉動顯露真性情，「花開堪折直須折」，[53]把握眼前的美好她絕不遲疑。自然的，自己的青春也須及時珍惜，於是在臉龐上化起了半面妝，細意描繪，精緻鮮妍，一如畫中人。「半面」來自所詠之物的聯想，但也顯露女子的鮮明個性，特立獨行，無視流俗。最後一句則陡然一轉，「細雨三更花又飛」，從清晨至深夜，從花開到花落，人也從甦醒到入睡，如伴隨著細雨飛墜的落花，她永遠的沉睡。「落花」是淒美的死亡意象，與下片的「青塚」呼應。

　　詞上片刻畫一位青春夭折的女子，側重於生前，下片則延續脈絡，寫其死後。隨著死亡，輕易的與摯愛離別，然而彼此的相知之情卻是依舊存在，情感原是極少數能與死亡抗衡的力量，不是死亡所能輕易斬絕。因此「斷腸青塚幾斜暉」，是死別之痛的延續，也是超越生死隔閡的情意相牽。然而「幾斜暉」也暗示時間的流逝，隨著時間流逝，這一段相死相隨的情感也終於釋懷，「斷紅一任風吹起，結習空時不點衣」典出《維摩詰經・觀眾生品》：「結習未盡，花著身耳；結習盡者，花不著也。」結習，佛家語，因情感而生的痛苦煩

---

53 杜秋娘〈金縷衣〉。

惱。當天女散花時，有些人花沾滿了一身，有些人則花不沾衣，關鍵就在於情根的斷滅與否。如今，隨著時光過去，已經彼此相忘，不再執著，如斷紅隨風，不再沾衣，如此灑脫。

　　面對著半面女髑髏，詞人感受的不是死亡的恐怖痛苦，不是鬼怪的陰森邪惡，而是想像其生前死後，一以貫之美麗姿態、瀟灑風神。超越所詠的物象，詞中所刻畫的是在生與死之間，在情生情盡、緣起緣滅之間，隨緣自在、瀟灑來去的女子，當珍惜時珍惜，當執著時執著，當放手時放手，如此真率而自然。尤其落花意象在詞中更是鮮活靈動，分別出現在上下片的最後，使全詞籠罩於飄逸迷濛的美感之外，更是意韻深長。夜雨花落正如女子青春驟逝，哀淒絕美；而無懼風起、隨之繾綣、不復沾衣的紛飛花瓣，更猶如其超越了死亡與情感束縛的靈魂，展現著瀟灑超脫的精神，宛若重生。

後 記

　　二○一九年底，病毒從距離黃州不遠的城市開始蔓延，一年之間，迅速攻陷了全世界，數百萬人在疫病肆虐中失去了生命，其餘的，也活在染疫的驚恐之中。

　　臺灣在二○二○年奇蹟般的「平靜」，除了一些很快就被平息的案例，一切作息如常。校園裡也依然按表操課，大家順從的接受許多館舍的門被上了鎖，往來必須繞道而行的不便，也習慣了進入每一個關口都得排隊刷卡、量體溫，在無法維持「社交距離」的情況下，安分的戴上口罩。除此之外，幸運的還能維持實體授課，在學生們依然生龍活虎，享受著熱血青春的美麗校園。

　　原以為會一直這樣。二○二一年，春天才剛過不久，流蘇、杜鵑、魯冰花華麗謝幕，迎來了初綻的鳳凰花。卻猝不及防的，隨著染疫的人數暴增，校園形同封鎖，所有的課程改為遠距。

　　那一天是五月十四日，星期五。從研究室走向普通教室，準備上大學國文的途中，遇見了中文系詞選課的學生，當時聊著學校規定，自下週起六十人以上的班改遠距授課，慶幸班級人數沒到那個門檻，還能如常上課。不料在大學國文課堂中，學生告知了消息，頓時教室裡彷如陰影逼近，面對的不只突如其來的離別，還有疫病入侵的恐懼，以及不可預料的變化。

　　那一天和學生們讀詞，看靈心善感的詞人如何以精致小巧的詞體詠物，精雕細琢卻生氣靈動，清真的〈六醜〉將凋謝的薔薇寫得纏綿多情，詞人如同造物者，透過創作的力量讓死去的生命重獲新生，更重新定義何謂「活著」。姜夔的〈暗香〉寫冰清玉潔的梅花，若有似無的香氣鑴刻著一段刻骨銘心的記憶。詞人一生周旋在朝臣貴冑之間，以才藝謀生，書寫的才華與熱情都遭遇生存壓力的無情輾壓，詞

是應邀而作，供歌妓演唱，詞人以詞序交代了背景，但在詞作中告訴聽歌的人，他是為了自己珍藏的一段記憶而寫。作為一個文人，他必須找回純粹創作的初衷，以及作者的尊嚴。

除了詠物，詞也寫景，如創世者般，詞人構設情境，將讀者循循然誘入其中，與之體嘗哀樂悲歡。當天最後讀的一闋詞是柳永的〈八聲甘州〉，壯闊蒼茫的景，大開詞境，連東坡都稱賞「不減唐人高處」。遊子離鄉，茫茫世路漂泊，幸而對故鄉與情人的依戀，成為內心的牽繫，不至於流離失所，徹底失根。總是想起博士班時，「詩學詞學專題」課程中聽柯慶明先生講這闋詞，最後留下了「在空茫的天地間，只有情感是唯一的真實」這一句話，當時不懂，後來懂了，心有所愛、有所繫，這份情感是存在的根本，足以對抗隨時來襲的空虛與茫然。

實體課程就結束在那一天。之後遠距開始，不同的形式，但一樣的備課、上課，只是面對的不再是教室裡的學生，也見不到普通教室204窗外的那一棵喜樹。不知道離開學校後學生過得如何，但自己是更與世隔絕，也更耽溺於詞中了。

像一根浮木，在被嚴格勸阻出門的隔離時期，在看不見盡頭的疫情迷霧中，讀詞讓自己清醒，明白自己還是有所愛，不至於陷入無邊的孤獨和憂慮。就把它寫下來吧！一直斷斷續續。從二〇一六年，一樣是春夏之交，父親告別式後回到家裡的晚上，心裡空了一塊，在書桌前坐了許久，於是新開了檔案，將當時備課讀詞的心得記錄下來。是救贖也是自省，是折磨也是享受，這數年間，閒暇時、受挫時、困惑茫然時，便打開檔案，與詞對話，在字字句句間撫觸詞心，感受清滌與療癒。如今因為疫情隔離，終於有較完整的時間，將數年下來累積的讀詞筆記整理，而整理修訂過程中，發現有些詞的理解改變了，更看見自己心境與處境的變化。

　　一直都在變化中。詞總是讀不盡，詮釋也是探不到盡頭，不易求得絕對的精確與完整。希望來日方長，也許能整理「勘誤表」，修正可能的錯誤，除了詞的解讀，還有人生。

李文鈺
2021年8月1日
臺北　新店山居

國家圖書館出版品預行編目資料

讀詞筆記／李文鈺著. -- 初版. -- 臺北市：
五南圖書出版股份有限公司, 2021.10
　面；　公分
　ISBN 978-626-317-114-5（平裝）

1.詞

823　　　　　　　　　　　　110013793

1XMA詩／詞／曲選

讀詞筆記

作　　者 ─ 李文鈺

發 行 人 ─ 楊榮川

總 經 理 ─ 楊士清

總 編 輯 ─ 楊秀麗

副總編輯 ─ 黃惠娟

責任編輯 ─ 吳佳怡

封面設計 ─ 王麗娟

出 版 者 ─ 五南圖書出版股份有限公司

地　　址：106台北市大安區和平東路二段339號4樓

電　　話：(02)2705-5066　　傳　　真：(02)2706-6100

網　　址：https://www.wunan.com.tw

電子郵件：wunan@wunan.com.tw

劃撥帳號：01068953

戶　　名：五南圖書出版股份有限公司

法律顧問　林勝安律師事務所　林勝安律師

出版日期　2021年10月初版一刷

定　　價　新臺幣320元

經典永恆·名著常在

五十週年的獻禮 —— 經典名著文庫

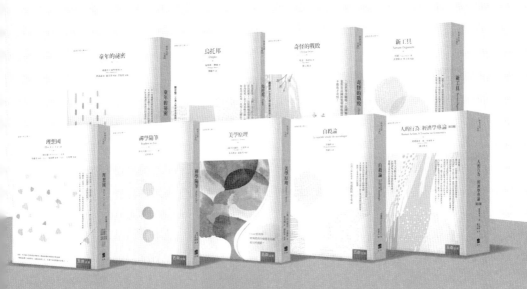

五南，五十年了，半個世紀，人生旅程的一大半，走過來了。
思索著，邁向百年的未來歷程，能為知識界、文化學術界作些什麼？
在速食文化的生態下，有什麼值得讓人雋永品味的？

歷代經典·當今名著，經過時間的洗禮，千錘百鍊，流傳至今，光芒耀人；
不僅使我們能領悟前人的智慧，同時也增深加廣我們思考的深度與視野。
我們決心投入巨資，有計畫的系統梳選，成立「經典名著文庫」，
希望收入古今中外思想性的、充滿睿智與獨見的經典、名著。
這是一項理想性的、永續性的巨大出版工程。
不在意讀者的眾寡，只考慮它的學術價值，力求完整展現先哲思想的軌跡；
為知識界開啟一片智慧之窗，營造一座百花綻放的世界文明公園，
任君遨遊、取菁吸蜜、嘉惠學子！